ज्ञान गरिमा के
65 वर्ष

भारतीय ज्ञानपीठ

णाणं पयासयं

वीर नि.सं. 2470

भारतीय ज्ञानपीठ

ई.सन् 1944

किस्सा-ए-कोहनूर

पंखुरी सिन्हा

भारतीय ज्ञानपीठ

लोकोदय ग्रन्थमाला : ग्रन्थांक 941

ग्रन्थमाला सम्पादक

रवीन्द्र कालिया

सह–सम्पादक

गुलाबचन्द्र जैन

पहला संस्करण : 2008
दूसरा संस्करण : 2009
तीसरा संस्करण : 2010

ISBN : 978-81-263-1887-2

प्रकाशक :
भारतीय ज्ञानपीठ
18, इन्स्टीट्यूशनल एरिया, लोदी रोड
नयी दिल्ली–110 003

मुद्रक : विकास कम्प्यूटर ऐण्ड प्रिण्टर्स, दिल्ली–110 032

आवरण चित्र : मनोज कचंगल
आवरण सज्जा : ज्ञानपीठ कला प्रभाग

तीसरा संस्करण : 2010
मूल्य : 120 रुपये

KISSA-E-KOHNOOR
(Hindi Short-stories)
by Pankhuri Sinha

Published by
Bharatiya Jnanpith
18, Institutional Area, Lodi Road
New Delhi-110 003

Website : www.jnanpith.net
e-mail : Jnanpith@satyam.net.in, sales@jnanpith.net

Third Edition : 2010
Price : Rs. 120

अनुक्रम

समानान्तर रेखाओं का आकर्षण

वह लिंडा का प्रस्ताव था। हालाँकि लिंडा को उसकी सबसे कम जरूरत थी। वह हमेशा से सदेह थी। उसने कभी अपनी देह को नकारा नहीं था। न देह के होने को और न होने के बाद को। फिर भी प्रस्ताव लिंडा की ओर से ही आया था और फौरन लपक लिया गया था। प्रतियोगिता की घोषणा हो चुकी थी।

प्रतियोगिता की अवधि तय हुई थी तीन महीने। अगले महीने से उसकी शुरुआत थी। अगले महीने यानी कि जुलाई की पहली तारीख को हमें अपने शरीर के तमाम आँकड़े लेने थे। सिर्फ ऊँचाई मापना और वजन लेना पर्याप्त नहीं था। हमारी हड्डियों को वजनी होने न होने की पूरी वैयक्तिक छूट थी। इसलिए आवश्यक था वसा का प्रतिशत निकलना। वस्तुतः हड्डियों को छूट देना हमारे बस से बाहर की बात थी।

हड्डियाँ आधार हैं, उनके साथ बहस नहीं की जा सकती। वे कुछ इस तरह अव्यय हैं कि जब तक हम उनमें से किसी एक को तोड़ नहीं लेते, जिन्दा रहते हुए हम उनके बारे में सोचते तक नहीं। चलते हुए हम अपने चलते हुए कंकाल के बारे में नहीं सोचते। हड्डियाँ हमारे बाद तक, मौत के दायरे में भी बनी रहती हैं। इसलिए जिन्दगी के दायरे में होने वाली प्रतियोगिताओं में हम हड्डियों को शामिल नहीं करते।

ऐसा सोचना शायद मेरा अपना मानव अहंकार है।

जो भी हो, ऐसी प्रतियोगिताओं में सचमुच हड्डियाँ शरीक नहीं की जातीं। हड्डियों का वजन, आकार-प्रकार, डील-डौल कुछ भी बदला नहीं जा सकता, ऐसी प्रतियोगिताएँ हड्डियों के ऊपर मांस, वसा और चमड़े के नियन्त्रण से जीती या हारी जाती हैं।

तो अगले तीन महीने तक पूरे मनोयोग से हमें अपने शरीर को साधना था। शरीर को साधना था इन्द्रियों को जीतने के लिए नहीं, जितेन्द्रिय बनने के लिए नहीं। शरीर को साधना था इन्द्रियों को प्रसन्न करने के लिए।

हड्डियों के ऊपर लगी मांसपेशियों को बेहतर, और बेहतर आकार देने के लिए, हड्डियों और मांसपेशियों के बीच के सुराखों, धमनियों और शिराओं के इर्द–गिर्द जमी चर्बी की फालतू परतों को निकाल बाहर करने के लिए। प्रतियोगिता की यही शर्त थी कि जो सबसे अधिक चर्बी घटा सकेगा, वह विजयी होगा। विक्टर।

शरीर को मन से विजित करना था, शरीर ही के लिए। शरीर साधना था, उसके अपने लिए। वैसे नहीं, जैसे अम्बा ने साधा था, गहन वन में, पशुपति की कठोर तपस्या करके। अपने रुष्ट स्वाभिमान के लिए। अपने अपमान के प्रत्युत्तर के लिए। उसने अपने शरीर के पार जाकर अम्बा से लेकर शिखंडी तक दो जन्मों की यात्रा की थी। अम्बा ने अपने शरीर का त्याग किया था। स्वयं अपने शरीर का दाह किया था। उसे सर्वथा नया स्वरूप दिया था। शरीर की इस सारी भंगुरता के बीच अटल रहा था अम्बा का निश्चय, और अटूट रही थी देवव्रत की प्रतिज्ञा, भीष्म संज्ञान थे, उन्होंने शिखंडी पर बाण नहीं चलाया। अम्बा स्वाभिमानिनी थी, उसने अपना सुन्दर शरीर राख कर दिया।

पर मात्र शरीर के लिए शरीर साधना?

यह कैसी देहगामी, देहवादी, देह केन्द्रित प्रतियोगिता है? या समूची सभ्यता है? क्या हम देहजीवी हैं, बुद्धिजीवी नहीं? क्या हम मनु की सन्तान नहीं? व्यर्थ ही हमारे नाम मनीष और मानसी हैं? जो कुछ भी हमारी सहज प्रवृत्ति है, उसको अपने मस्तिष्क से नियन्त्रित करना क्या हमारी मनुष्यगत जिम्मेदारी नहीं? कैसे नहीं!

क्या आदि ग्रन्थों के रचयिता हमसे कह नहीं गये कि हमारी सहज प्रवृत्ति नीचे फिसलने की है, रसातल की ओर, पर मनुष्य होने के नाते हम इस प्रवृत्ति को हावी नहीं होने देते। हम उसे जीत लेते हैं। हम मानव हैं, पर हममें शक्ति है कि हम देवत्व को प्राप्त कर सकते हैं। हम देवता भी हो सकते हैं और दानव भी। उत्थान और पतन की सम्भावना हमारे अन्दर है। चयन की शक्ति हमारे पास है।

हमारे या कम से कम इस सारे सन्दर्भ में, मेरे पूर्वज वहाँ तक पहुँचे थे जहाँ सहस्रार आसन है। मैं उस सभ्यता की सन्तान हूँ जिसमें नन्दिनी की रक्षा के लिए राजा दिलीप ने सिंह के आगे अपना मस्तक धर दिया था। अपनी इन्द्रियों के वशीभूत हो जाना हमारी नियति नहीं! हम अपनी कुंडलिनी की ऊर्जा जगानेवाले, इन्द्रियों को सुला सकने वाले हैं। हमारे राजा नहुष थे, जिन्होंने वह ऊँचाई पायी थी कि इन्द्रासन उन्हें दिया गया था—देवताओं के राजा का आसन। पर हर आसन डोलता है। हमारे अन्दर देव और असुर निरन्तर विचरते हैं। आखिरकार शची की

कामना ने नहुष को परास्त कर दिया। नहुष अपनी ही क्षुधा के शिकार हो गये।

पर मानव अहंकार कभी नहीं मरता। ऋषियों के शाप से भी नहीं। यह अदम्य है। वह हर युद्ध जीत सकता है। वह सर्प योनि में भी बड़े दर्प से कहता है —

"आज मेरा भुक्तयोज्झित हो गया है स्वर्ग भी,
लेके दिखा दूँगा कल मैं ही अपवर्ग भी..."

फिर अपनी सौन्दर्य-पिपासा के आगे ऐसे नतमस्तक हो जाना? और वह भी अमेरिका के ऐसे प्रतिष्ठित विश्वविद्यालय के हिस्ट्री ऑफ आर्ट डिपार्टमेंट में? शिक्षकों और भावी शिक्षकों के बीच ऐसी प्रतियोगिता?

और प्रस्ताव आया भी तो लिंडा से जो पहले ही संगमरमर की तराशी हुई मूर्ति लगती है, उससे ज्यादा कुछ नहीं। पर उसे डर है कि मूर्ति की तराश भोथी हो रही है। उसे वैसे ही धारदार बनाये रखने के लिए लिंडा को 'मोटीवेशन' चाहिए। उसे यह प्रतियोगिता चाहिए। उसे अपनी जीत चाहिए।

सचेत, अचेत मुझे भी शामिल मान लिया गया है, "ओह रैचना, ऑफ कोर्स यू आर इन इट।"

मुझे यहाँ आये साल से ऊपर हो चुका है, फिर भी मेरा नाम तोड़-तोड़कर रुक-रुककर, कठिनाई से ही लिया जाता है। शुरू-शुरू में मुझसे कहा गया था कि मेरा नाम रचना रेचेल के बहुत करीब है। बार-बार इन दो नामों की करीबी पर आश्चर्य व्यक्त किया गया था।

शायद मुझसे अपेक्षित था कि मैं रचना से रेचेल तक की दूरी तय कर लूँ। पर वह एक दूरी है जो मैं तय नहीं कर सकती। सारे सागरों को पार करने के बाद भी कुछ दूरियाँ पार नहीं की जा सकतीं।

मैं रचना हूँ तो सब कुछ हूँ, मैं रेचेल होऊँगी तो क्या होऊँगी? लबान की दूसरी बेटी, जेकब की दूसरी बीवी, बेशकीमत खूबसूरत सही, जिसे जेकब ने पहले प्यार किया, पर पाया तो बाद में, जिसके बाप ने ही धोखे से अपनी बड़ी बेटी उसके प्रेमी से ब्याह दी, जिसे पाने के लिए जेकब को 16 साल लबान की गुलामी करनी पड़ी, जिसे जेकब को एक बच्चा देने के लिए आखिरकार अपनी दासी का सहारा लेना पड़ा और अन्ततः जिसने अपने बच्चे का नाम दिया 'नाप्थाली' अर्थात् 'मेरा संघर्ष'।

नहीं, मैं रेचेल होने तक की दूरी तय नहीं कर सकती। मैं रचना हूँ, ऐसी जैसी कि सम्पूर्ण रचना है, और बदल नहीं सकती।

मेरे नाम को तोड़-तोड़कर बोलने वाले मुझसे कई बार कह चुके हैं कि गलती उन्हीं की है, उन्हें आसानी की आदत पड़ी हुई है। मैं खुद को ये कहने

से रोकती रहती हूँ कि सो तो मैं देख रही हूँ।

नाम अगर लम्बे हों, उनमें दो से भी ज्यादा सिलेबल्स हों तो उन्हें तोड़कर छोटा और आसान बना लिया जाता है। जैसे डेविड में दो बार ड बोलना भी गँवारा नहीं, इसलिए डेविड डेव पुकारा जाता है।

इसलिए अक्सर मेरा हाथ थामकर, दोहरी अदाओं में झुककर, मुस्कराकर हर एक सिलेब्ल के बाद रुक-रुककर मेरा नाम पुकारा जाता है। कई बार आगन्तुकों और अजनबियों के बीच मेरा नाम समझने-समझाने का समारोह बन जाता है।

लेकिन आजकल सारा समारोह प्रतियोगिता को लेकर है। जुलाई के पहले दिन से प्रतियोगिता का आरम्भ हो चुका है। आँकड़े दर्ज किये जा चुके हैं। विभाग में हर तरफ चर्बी घटाने के नये नुस्खों की चर्चा है।

अब जाकर मुझे मालूम हुआ कि इस देश में कम-से-कम समय में अधिक से अधिक चर्बी घटाने के बेहतर से बेहतरीन तरीकों पर अनन्त किताबें लिखी जा चुकी हैं, अनन्त और लिखी जा रही हैं और निरन्तर खरीदी जा रही हैं।

खूबसूरत दिखना और देखना 'नेशनल ऑब्सेशन' दिखता है। और उस देखने और दिखने में खूबसूरत सोचना और महसूस करना शामिल हो, देखकर तो ऐसा नहीं लगता। खूबसूरत होने की परिभाषा है, दुबला होना, कभी-कभी जर्जरता की हद तक दुबला होना, किन्हीं खास हड्डियों का किन्हीं खास कोण पर, किन्हीं खास डिग्री तक उभरा होना, जिनके चमड़े में विलुप्त होते जाने से लिंडा परेशान है।

लेकिन लिंडा समेत सब जानते हैं कि मुझे कपड़े की अनेक तहों की आदत है। इन तहों के पीछे चर्बी की चढ़ती-घटती परतों से मैं अनभिज्ञ हूँ। यह खेल मेरे लिए नया है। पर खेल यहाँ का दूसरा नेशनल ऑब्सेशन है। सारा देश खेल के पीछे पागल है। जिस तरह मेरे देश में हर कुछ में राजनीति शामिल है, स्कूल में, कॉलेज में, पुलिस में, पोस्ट-ऑफिस में, कला में, वैसे यहाँ हर कुछ में खेल शामिल है। वजन भी घटाना हो तो उसका एक खेल बना लो।

जो इस खेल से अपरिचित हों, उन्हें भी अपने दल में शामिल कर लो, धीरे-धीरे खेल के दाँव-पेंच सिखाओ, हू-ब-हू अपने जैसा खिलाड़ी बना लो। शायद इस प्रक्रिया को ये लोग प्यार से 'अमेरिकानाइजेशन' कहते हैं।

इसलिए हालाँकि हर कोई प्रतियोगिता जीतना चाहता है, हर कोई मेरी मदद को तत्पर है। सब चाहते हैं कि मैं खास उन्हीं वाले फॉर्मूले में शामिल हो जाऊँ। जो 'डायट' उन्होंने अपनाया है, मैं भी अपना लूँ। हमारे विभागाध्यक्ष जो कि वृद्ध-से एक भले सज्जन हैं, जिसे अँग्रेजी में जेंटिलमैन कहते हैं, मेरे लिए एक किताब के सात पन्नों की फोटोकॉपी करके ले आये हैं।

समय सारणी में बँधा, सप्ताह के सातों दिनों के लिए उपयुक्त भोजन का

चार्ट। विविध सामग्रियों से प्रत्येक दिन ली जाने वाली कैलोरी की निश्चित मात्रा, न कम, न ज्यादा। मेरे शारीरिक परिमाण के अनुरूप यह मात्रा चौदह सौ कैलोरी प्रतिदिन की बतायी गयी है। एक बार में काफी कम और दिनभर में कई बार खाना अच्छा बताया गया है।

क्या मैं यही सब कुछ ढूँढ़ती हुई इतनी दूर से, इतनी मुश्किल से स्कॉलरशिप हासिल करके आयी हूँ?

मैं तो इसलिए आयी हूँ कि इम्प्रेशनिज्म के गुच्छा-गुच्छा ब्रश स्ट्रोक्स का एक-एक रेशा अलग करके देख सकूँ कि पानी पर तिरते 'सनराइज' की लाल रोशनी, बर्फ बनती पिघलती सेन नदी, पॉपी के खेत में चलती युवती, इन सारे 'इम्प्रेशंस' के टुकड़े-टुकड़े करके, इनके सारे घटक अकेले देख पाऊँ। ये बेतहाशे खूबसूरत शरीर जिन्हें आँकते हुए कोई बाहरी सीमा-रेखा नहीं दी गयी, जिन्हें एकदम से उनके समूचे हाड़-मांस के साथ कागज पर उतार दिया गया। उन अमर शरीर के सारे कोण, उनकी सारी नसें, वे सारी रेखाएँ जिनका वे जंजाल हैं, उन सबको करीब से, बहुत करीब से देख सकूँ।

अमर शरीर? शरीर कहाँ अमर है, अमर तो वह क्षण है, वह मोमेंट जिसका वह इम्प्रेशन है! लेकिन वह क्षण भी कहाँ अमर है?

इतिहास गवाह है कि वह क्षण उसी क्षण गुजर चुका है और उसके रिक्त किये हुए स्थान से नये क्षण निरन्तर गुजरते जा रहे हैं। हाँ, उस क्षण में, जो कि गुजर चुका है, वह खूबसूरत शरीर अमर है, अपनी पूरी भाव-भंगिमा के साथ, अपने गहरे हरे लिबास के घेरे में बालों में लगे फूलों के गुच्छों, उठी हुई उँगलियों और झुके हुए कन्धों के साथ।

पर ऐसा कैसे है कि वही शरीर अमर है, कोई दूसरा नहीं? नहीं, कोई शरीर अमर नहीं, किसी का शरीर अमर नहीं, शरीर मर्त्य है, इसलिए मात्र माध्यम है, क्या कृष्ण ने नहीं कह दिया था अर्जुन से कि शरीर मात्र माध्यम है, इसलिए मिथ्या है, सत्य है आत्मा क्योंकि वह अमर है? लेकिन कृष्ण ने क्यों कहा था अर्जुन से ही, अर्जुन जो स्वयं सारी उम्र कभी उलूपी, कभी चित्रांगदा, कभी सुभद्रा के बाहुपाश में भटकते रहे थे? और विडम्बना यह कि द्रौपदी और अपने भाइयों समेत अर्जुन जब स्वर्ग की ओर चले तो सबसे पहले द्रौपदी गिरीं, क्योंकि उनके पाँचों पति उन्हें समान रूप से प्रिय न होकर, अर्जुन सबसे प्रिय थे!

किसने हमसे कहा कि स्वर्ग में सबकुछ न्यायसंगत है? या न्याय तर्कसंगत है? किसने हमसे कहा कि स्वर्ग का होना सच है? कि आत्मा का होना सच है? कि वही सच है, आत्मा और उसका स्वर्ग, कि हमारी ये दुनिया और हमारा ये शरीर मिथ्या है?

मैं निश्चित रूप से भटक गयी हूँ। बेकार मुझे अपने अन्दर यह धर्मयुद्ध छेड़ने की कोई आवश्यकता नहीं। मुझे भी 'मनसा, वाचा, कर्मणा' प्रतियोगिता में शामिल हो जाना चाहिए।

कुछ हद तक देह होना भी ऐसा क्या बुरा है? वैसे भी, दर्शन कभी भी मेरा विषय नहीं रहा। मेरे विषय हैं—19वीं शताब्दी के चन्द फ्रांसीसी चित्रकार जिनके चित्र पूर्णत: इस धरती, उसके अवयवों और बाशिन्दों को समर्पित हैं। जिन्होंने फलों के बगीचों में बदलते मौसम, पथरीली गलियों में गुजरनेवाली हवा, और पानी पर पड़ने वाली रोशनी की परछाईं को भी अपने चित्रों में सदेह पकड़ लिया है।

हाँ, रेन्वार अन्त में मानव-शरीर से आसक्त हो गया था। "मैं अपने ब्रश के जरिए प्रेम करता हूँ," वह कहा करता था। उसके कुछ आखिरी चित्र बहुत बड़े धड़ और बहुत छोटे सिर वाली युवतियों के बदसूरत-से चित्र हैं। उनके लगभग भयावह मांसल शरीर के ऊपर चिड़िया जैसे छोटे सिर आँककर वह उनके शरीर में बुद्धि के लिए कोई स्थान नहीं छोड़ना चाहता था। तो क्या बुद्धि की भी शारीरिक उपस्थिति होती है?

लेकिन पिअरे-अगस्त रेन्वार ने युवतियों के कई खूबसूरत चित्र भी आँके थे। पेरिस की 'सैलां ज्यूरी' के लिए कसे हुए फ्रेम के अन्दर, रईस महिलाओं के पोर्टेट्स ही नहीं, रेन्वार ने कमिल मोने के कई 'इम्प्रेशंस' भी आँके थे। अपने बगीचे की घास पर दोपहर की बिखरी हुई धूप में, अपने आठ वर्षीय बेटे के साथ बैठी कमिल, जाने क्या सोचती हुई? उसका वह 'जाने क्या सोचना' जो आँखें बन्द करके भी सुना जा सकता है! क्या ऐसे अनेक चित्र नहीं, जिन्हें मन की आँखों से निरन्तर देखा जा सकता है? लेकिन मन की आँखों से निरन्तर देखने के लिए, उसे एक बार असल आँखों से देखना होगा! और एक बार उन चित्रों को अपनी शारीरिक आँखों से देखने के लिए हम कितनी लम्बी दूरियाँ तय करते हैं। मान लीजिए कि बड़ी दूर से चलकर आकर हम एक पेंटिग के सामने खड़े हों और हमारे सिर पर गैलरी की छत गिर जाए तो कैसी भी आँखों से हमारा देखना, सुनना और कमिल का सोचना कम-से-कम हमारे लिए हमेशा के लिए खत्म हो जाएगा! यानी कि सारी मानसिक बातों की एक शरीरगत सच्चाई होती है!

मैं भयानक रूप से भटक गयी हूँ। किसी भारी द्वन्द्व में, उलझन में फँस गयी हूँ। मैंने तय किया था कि मैं अपने अन्दर वातावरण और संस्कारों का यह धर्मयुद्ध नहीं लड़ूँगी? आखिर मैं ही अकेली क्यों लड़ूँ?

मैं भी बाकी सबकी तरह प्रतियोगिता में शामिल हो रही हूँ। और बिना किसी प्रतिवाद, मैं उस सबका पालन करूँगी जो मुझसे करने को कहा जाएगा।

आखिर क्या मेरे ही लिए विदेह होने का आदर्श है? और यदि विदेह होना ही वांछनीय है तो हमारी सदेह रचना ही क्यों? क्यों नहीं एक अदद मन या आत्मा की निराकार शक्ल में हमारी रचना हो? ऐसी रचना शैली का क्या तात्पर्य कि हम सशरीर पैदा हों और तमाम उम्र शरीर के रंग, गन्ध, स्वाद की भूख को जीतते रहें, खामख़्वाह विजयी बनने के लिए, कहलाने के लिए कि हम विजयी हैं—'विक्टर'।

खैर, विजयी होने की चाह ही प्रतियोगिता का भी लक्ष्य थी। लिंडा समेत तमाम लोगों ने जब 'फिटनेस क्लब' या 'जिम' ज्वायन करने का प्रस्ताव रखा, तो मैंने निर्विवाद स्वीकार कर लिया। बाकी सब जिम से भलीभाँति परिचित थे, अतीत में कभी न कभी जिम का चक्कर लगा चुके थे। सिर्फ़ मेरे लिए यह खेल नया था।

पर नये खिलाड़ियों को यहाँ कोई परेशानी नहीं, उनके लिए अलग इन्तजाम है। मुझे बताया गया कि क्लब की अलग-अलग कई स्कीम्स के तहत मैं जितनी संख्या में चाहूँ, पर्सनल 'ट्रेनिंग सेशंस' खरीद सकती हूँ। स्कॉलरशिप के पैसों का बहुत उदार उपयोग करते हुए मैंने कुल तीन ट्रेनिंग सेशंस देने वाली एक स्कीम खरीदी। स्कीम की शुरुआत ही एक घंटे प्रतिदिन की तीन दिन लम्बी ट्रेनिंग से होती थी। दो शामों के बाद, शाम के छः बजे मेरा अपने ट्रेनर के साथ एप्वाइंटमेंट था। हर नयी चीज से घबराने की मेरी पुरानी आदत है। उसमें यह चीज मेरे लिए सर्वथा नयी थी।

घबराती हुई मैं जिम के दरवाजे के पास खड़ी थी कि कहीं मेरी घबराहट नजर तो नहीं आ रही! बेहद चौड़े कन्धों वाला किशोर-सा दिखता हुआ एक बहुत सुदर्शन युवक मेरी ओर बढ़ा आ रहा था। मुझ तक पहुँचकर उसने अपना हाथ बढ़ाया, "हैलो! आय एम विक्टर!"

"रिअली? यू आर विक्टर!" मैं अपनी सहज सोच-प्रक्रिया को संशोधित कर पाती, इससे पहले ही उसे जाहिर कर चुकी थी।

मुलाकात की काफी बेवकूफ़ाना शुरुआत की मैंने। मैं घबरायी हुई थी इसलिए नहीं, सचमुच कितनी अजीब बात थी कि उसका नाम ही विक्टर था। "तो तुम पहले से ही विजयी हो," मैं आगे तक सोचती गयी।

वह मेरे आगे-आगे चल रहा था। वह जिम के विशाल हॉल के पार, मशीनों की बगल से मुझे ट्रेनिंग स्टूडियो में ले जा रहा था। कद में वह काफी छोटा था, पुरुष होने के नाते, बमुश्किल मुझसे एक-सवा इंच बड़ा, लेकिन, अचानक आधी दूरी पार करके वह शिष्टतावश मुड़ा और मुस्कराया, और उसका सुदर्शन चेहरा पूरी तरह इस बात को गुम कर गया कि जमीन से कितने फुट कितने इंच

की ऊँचाई पर वह खड़ा था। वह एक बेतहाशा खूबसूरत चेहरा था।

स्टूडियो में आमने-सामने बैठकर उसने सवाल-जवाब, आँकड़ों और परिधियों का सिलसिला शुरू किया।

विक्टर ने एक अजब नया सिलसिला शुरू किया।

मैं कब सोती हूँ, जागती हूँ, खाती हूँ, कब नहीं खाती, कब मुझे खाना चाहिए, ताकि मेरा 'मेटाबॉलिज्म' हमेशा एक्टिव रहे, मेरे काम में कोई दौड़-भाग शामिल है या नहीं, ज्यादातर मैं शिथिल महसूस करती हूँ, या ऊर्जा से ओत-प्रोत? मेरे हृदय की गति क्या है और उसे कहाँ तक ऊपर जाना चाहिए ताकि वह फैट बर्न कर सके? उसने शरीर के आकार-प्रकार, स्वभाव और कार्यपद्धति के विषय में अनेक बातें कहीं। अपने कहने में वह भारी-भरकम तकनीकी शब्दों का इस्तेमाल करता रहा। उसके कहे में से अधिकांश मेरी समझ से परे जाता रहा। शरीर की मेरी समझ बेहद कच्ची थी। और ज्यादातर समय मैं तय नहीं कर पा रही थी कि उसकी आँखों में देखूँ या कहीं और देखती हुई सुनूँ।

हर बार जब मैं देखती थी उसकी आँखों का रंग बदल जाता था। उसकी आँखों का रंग मेरी आँखों के अन्दर फैल रहा था।

बिना समझे, सिर्फ़ उसको सुनते जाना मुझे बहुत भला लग रहा था। हम अक्सर अपने शरीर के साथ बदसलूकी करते हैं, वह कहता जा रहा था। मैं स्वीकृति में सिर हिलाती जा रही थी बेचारा! हमारा प्यारा शरीर! हम दुखी होते हैं तो वह रोता है, हम खुश होते हैं तो वह हँसता है, हम खाते हैं तो वह यह करता है, हम चलते हैं तो वह यह करता है, और हम उसके बारे में सोचते तक नहीं! क्या बेहतर न हो कि उसे हम व्यर्थ न सताएँ? उसने पूछकर खत्म किया था। जिम से बाहर निकलते हुए मशीनों के बीच से घूमकर मैंने पीछे स्टूडियो में देखा। वह, क्लब का नाम लिखा, अपना लाल जैकेट उतार रहा था। उसके कन्धे वाकई बहुत चौड़े थे।

अगले दिन मेरा शरीर पहली बार व्यायाम सम्बन्धी कुछ आजमाने जा रहा था। वह जानता था। वह मुझसे बहुत हल्के वजन उठवा रहा था। वह बड़े एहतियात से मशीनों में बने खाँचों में मेरे हाथ पैर रखवा रहा था। नहीं, वैसे नहीं, ऐसे। ''नो टर्न योर हैंड्स अराउंड, नॉट दैट वे, दिस वे।''

मैं समझ नहीं पाती थी कि हाथ वैसे नहीं तो फिर कैसे घूम सकते हैं? मैं हाथों का अलग ढंग से घूमना समझ नहीं पाती थी। वह समझ रहा था कि मैं उसकी भाषा समझ नहीं पा रही हूँ। कि मुझे अँग्रेजी समझने में दिक्कत हो रही है। इसलिए बार-बार बोलने के बदले वह मुस्कराकर मेरे हाथ पकड़कर उन्हें घुमा दे रहा था।

यहाँ आकर मैंने जाना है कि अँग्रेजी न समझना कोई सामाजिक अपराध नहीं। अँग्रेजी मात्र एक भाषा है। वह आपके परिचय, आपकी हस्ती से भी बड़ी कोई उम्दा चीज नहीं। यहाँ पर कई बार किसी विदेशी लड़की का अँग्रेजी न बोल पाना अचानक उस युवक के लिए बेहद रूमानी हो जाता है जो जन्म से सबसे मात्र अँग्रेजी ही बोलता आया है। बहुत थमथमकर अँग्रेजी में अपनी क्षमायाचना पेश करता हुआ वह कहता है कि अपनी अँग्रेजी के सिवा और कोई भाषा बोल नहीं सकता। 'इट बिकम्स पार्ट ऑफ द चार्म...'

विक्टर अब मेरे समझने का इन्तजार किये बगैर मेरे हाथों की मुद्रा बदल दे रहा था, "जस्ट लाइक दिस।"

मेरी यह कहने की इच्छा नहीं हो रही थी कि जो वह कह रहा है, मैं भली प्रकार समझ रही हूँ। मैं वहाँ जन्मी, पढ़ी-लिखी हूँ जो अँग्रेजी को जिन्दा रखने के मामले में अँग्रेजों की सम्भवतः सबसे वफ़ादार कॉलोनी साबित हुई है। स्कूल में दाखिला लेने के लिए मुझे अँग्रेजी में अपना परिचय याद करना पड़ा था। छड़ी की नोक पर पढ़ी हुई अँग्रेजी मुझे भूल नहीं सकती। पर यह कुछ भी विक्टर से कहने की मेरी इच्छा नहीं हुई। इसलिए मैं अँग्रेजी समझती हुई भी अँग्रेजी नहीं समझती रही। वह मुस्कराता हुआ मेरे हाथ, मेरे कन्धों, मेरी कमर की मुद्रा बदलता रहा।

वह एक बहुत रोमांचक खेल था जो हम खेल रहे थे। और बहुत खतरनाक भी। लेकिन शायद अधिकांश रोमांचक खेल खतरनाक होते हैं, 'मौत की छलाँग' नाम के उस सर्कस के खेल की तरह जिसमें लोहे के बन्द पिंजरे के अन्दर दो सवार मोटर साइकिल की रेस लगाते हैं।

पर खेल हमने शुरू कर दिया था।

उतने चौड़े कन्धों और भारी भुजाओं वाले पुरुष के लिए मेरी उँगलियों का स्पर्श बहुत मुलायम था। मैं उससे पूछना चाहती थी कि मैं उसे मुलायम महसूस होती हूँ या नहीं?

धीरे-धीरे मेरे हृदय की गति बढ़ रही थी। मुझे अपने हृदय की गति गले में सुनाई दे रही थी।

वह एक घंटा जब बीत गया तब पता चला कि एक घंटा बीत गया। बरसों बाद मुझे पूरे एक घंटे के गुजरने का कुछ पता नहीं चला। और अगले दिन भी वह एक घंटा वैसे ही गुजर गया।

उस एक घंटे के लिए दुनिया में कहीं कुछ और नहीं था। सारी दुनिया उस जिम के अन्दर थी, जहाँ विक्टर मेरा हाथ पकड़कर धीमे-धीमे मुझसे 15 और 25 पाउंड के वजन उठवा रहा था।

उस दूसरे दिन की रात को मैंने वह सपना देखा। सपने में मैंने देखा कि दोनातेलो का बनाया डेविड सजीव हो गया है। वह विदेश में अजनबी प्रतिमाओं के साथ बन्दी है। उसने अपने चारों ओर का काँच का लिहाफ़ तोड़ दिया है। पुराने म्यूजियम के सारे बन्द दरवाजे खोलता हुआ वह बाहर सड़कों पर निकल आया है। उसने पत्थर के अपने सारे कपड़े उतार दिये हैं। उसके कन्धे बहुत चौड़े हैं। भुजाएँ बहुत मांसल हैं। कद काफी कम है। उसे इतालवी नहीं आती। और वह इटली के शहरों की अपरिचित सड़कों पर भटक रहा है। यह बाथशेबा को ढूँढ़ रहा है। बाथशेबा अपने स्नानागार में नहा रही है। वह डेविड को भटकता देखती है और उसे पुकारती है, "विक्टर!"

हाँ, हाँ, यही पुकारती है, मैंने गलत नहीं सुना या मुझे गलत याद नहीं। वह यही पुकारती है, विक्टर—वी से विक्टर! वह पलटता है, सचमुच डेविड का चेहरा मेरे खूबसूरत विक्टर का चेहरा है!

और मेरी नींद खुल गयी। रात के या आने वाली सुबह के दो बज रहे थे। ये मैं उसको लेकर कैसे सपने देख रही हूँ? मुझे उसके ऐसे अश्लील सपने देखने का क्या हक है? पर सपनों पर किसी का हक़ कहाँ होता है?

और आखिर क्यों नहीं देखूँ मैं उसके सपने? वह इस तरह देखने लायक है!

मेरी इच्छा हुई कि न केवल मैं उसके अश्लील सपने देखूँ बल्कि उसे बताऊँ भी कि मैंने उसके वैसे सपने देखे। मेरी उससे कुछ बहुत बेशर्म, बहुत बदतमीज कहने की इच्छा हुई।

ये मैं अब किस दिशा की ओर अग्रसर हो रही हूँ? यदि मुझे अपनी मर्यादा का लिहाज नहीं तो अपने लोक-परलोक का खयाल करना चाहिए। ऐसे कर्मों से मुझे कैसा परलोक मिलेगा?

पर परलोक कहीं होगा, तब तो मुझे मिलेगा? सचमुच यदि स्वर्ग न हुआ तो? यदि यही आखिरी सच हुआ, उसकी आँखों का बदलती हुई रोशनी में नीले से भूरा होते जाना? उसके गुलाबी किशोर गालों पर सुनहले बालों का उगना?

हमारी तीसरी और आखिरी ट्रेनिंग के पहले एक इतवार पड़ता था। उस इतवार की सुबह उसने मुझे फ़ोन किया। पहले भी, उन दो घंटों में वह मुझसे कह चुका था कि मुझे उससे और सीखने की जरूरत होगी। मुझे उसके साथ कुछ और ट्रेनिंग सेशंस खरीदने चाहिए।

मुझे उसके साथ कुछ और वक्त खरीदना चाहिए! 200 डालर में मैं उसके साथ 20 ट्रेनिंग सेशंस खरीद सकती हूँ, और वह कीमत मुझे एकबारगी नहीं धीरे-धीरे तीन महीनों में अदा करनी होगी। यदि मैं ध्यान से सोचूँ, तो वह डील बुरी नहीं थी। जाने कहाँ से वह फोन कर रहा था, दूर से आती हुई उसकी आवाज

इतनी खूबसूरत थी, उसके साथ बीतने वाले 20 घंटों का लालच इतना प्रबल था कि मैं नहीं न कह सकी। मैं सोचूँगी, मैंने कहा। क्या वह थोड़ा-थोड़ा जानता है कि मैं किस तरह उसकी आँखों की कायल हूँ।

200 डॉलर में मैं उसके साथ 20 घंटे खरीद सकती हूँ। वह सबसे खूबसूरत चीज होगी जो मैं पैसे से कभी खरीद पाऊँगी।

पर 200 डॉलर इतनी बड़ी रकम है, मैं कहाँ से उस पर खर्च कर पाऊँगी? अगर मैं हर रोज दोनों बार वही एक सैंडविच खाऊँ, अगर मैं लिंडा वगैरह के साथ कभी बाहर खाने अथवा फ़िल्म देखने न जाऊँ...तो शायद...और सर्दियाँ अक्तूबर से पहले शुरू नहीं होतीं, अक्तूबर आने तक मैं गर्म कोट खरीदने लायक पैसे भी बचा पाऊँगी...

अपने सारे साधन दाँव पर लगाकर मैंने उसके साथ 20 घंटे खरीद लिये हैं। उसके साथ के 20 घंटे जो सिर्फ़ मेरे हैं!

डिपार्टमेंट में जब मुझसे पूछा गया (कि मेरी ट्रेनिंग कैसी चल रही है) और मैंने सूचना दी तो मेरे सीखने के उत्साह का बड़ी गर्मजोशी से स्वागत किया गया। जब लीजा ने अकेले में मुझसे पूछा कि मेरा ट्रेनर कैसा है तो मुझसे रहा नहीं गया।

"आई थिंक आई माइट हैव एक लिट्ल क्रश ऑन हिम।"

"ओह, रिअली, हाऊ स्वीट डार्लिंग, इज ही हैंडसम?"

"वेरी मच!"

पर कहते ही मुझे लगा कि मुझे खुद को रोकना चाहिए था। 27 की उम्र में, 17 साल की अल्हड़ लड़कियों की तरह बात करना क्या मुझे शोभा देता है?

कुछ लीजा को सफाई देते हुए और कुछ खुद के लिए चीजें साफ करने के अन्दाज में मैंने कहा कि असल में वह विक्टर नहीं, हर रोज अपने हाथों में थोड़ा और वजन उठाकर सीधे खड़े हो जाने का एहसास है, खुद को मिलने वाला एक नितान्त नया अनुभव जिस पर वस्तुतः मेरा दिल आ गया है, विक्टर मात्र माध्यम है।

पता नहीं लीजा ने समझा या नहीं, जब मैंने उससे कहा कि लगता है मैंने अब तक का अपना सारा जीवन बस पढ़ते हुए गुजारा है? अगर बहुत सृजनात्मक और आजाद होने की छूट मिली तो वर्जिनिया वुल्फ को पढ़ लिया। शायद अब तक का मेरा सबसे बड़ा विद्रोह रहा हो यह कह पाना कि किसी भी अँग्रेज लेखक से ज्यादा मुझे काम्यू और मान पसन्द हैं।

पर जल्दबाजी में खुद को यह सब बोलता हुआ सुनकर भी मुझे लगता रहा कि मैं झूठ बोल रही हूँ।

एक जोड़ी नीली आँखें मुझ पर हँसकर कहीं खो गयीं। मुझे लगा कि इन नीली आँखों के मोहपाश से मैं शायद कभी नहीं निकल पाऊँगी।

लीजा के साथ की बातचीत में मान के उल्लेख से मुझे उनकी वह प्रेम कहानी याद हो आयी। वेनिस जैसे रूमानी शहर में उस प्यार का पनपना जिसे नहीं पनपना था, जिसके पनपने का कोई तुक नहीं, तात्पर्य नहीं, फिर तो उसी दिन लाइब्रेरी में ढूँढ़कर मैंने वह किताब निकाली और अपने नाम करवा ली। उसे दूसरी, तीसरी नहीं, बीसवीं बार पढ़ डाला। ओह कैसी सच्ची कहानी थी, प्यार की मदहोशी का पागलपन बनते जाना, उसमें ऐसा लुत्फ पाना कि खतरे की सीमा-रेखा पर से खुली आँख गुजर जाना...'पैशन इज लाइक क्राइम...' कुछ चुराये हुए लम्हों का मादक आनन्द, जिसे आप किसी से नहीं कह सकते...कितना सच था कि भाषा बयान नहीं कर सकती वह सौन्दर्य, जिसे इन्द्रियाँ महसूस कर सकती हैं...!

मुझे लगा कि मैं भी गुस्ताव वॉन आश्चेनबाख की तरह जी रही थी, ऐसे कि जैसे कोई बन्द मुट्ठी हो, और मैंने अपनी मुट्ठी कसकर बन्द कर ली, अब मैं भी खुली मुट्ठी की तरह जीना चाहती होऊँ, ऐसे मैंने अपनी मुट्ठी खोल दी। इस तरह बन्द मुट्ठी को खोलने में मुझे एक अजब खुफिया खुशी की प्राप्ति हुई। दिन में कई-कई बार, कहीं भी मैं अपनी मुट्ठी बन्द करती और खोलकर देखती थी, एक गुप्त रोमांच से मेरा शरीर सिहर उठता था।

खेल जारी था। उस एक घंटे का, उस घंटे में उसके मुस्कराने का, मुस्कराकर मेरा हाथ थामने का, मैं सारे सप्ताह इन्तजार करती थी। क्या वह भी इन्तजार करता है? क्या वह भी मेरा हाथ थामकर सारी दुनिया के सिमट आने को, एक कभी नहीं आये तूफान के लरजने को महसूस करता है?

मैं उससे पूछ लेना चाहती थी। मैं उससे सब कुछ कह देना चाहती थी। पर चाहकर भी सब कुछ पूछ लेना, कह देना नहीं हो पाता, मुझे पता नहीं था, मैंने ऐसा पहले कभी नहीं चाहा था।

वह सब कुछ तो नहीं, पर एक शाम मैंने उससे उसका जन्मदिन पूछ लिया। हम कम्प्यूटर पर बैठे भोजन का एक नया चार्ट निकाल रहे थे, जिसके लिए पहले हमें कुछ सवालों का जवाब देना था। कम्प्यूटर बजाय मेरी सीधी उम्र के, मेरा जन्मदिन जानना चाहता था। विक्टर ने कम्प्यूटर के सवाल में अतिरिक्त मिठास घोलते हुए पूछा, ''एंड योर बर्थडे?''

''एंड योर्स?'' जवाब देकर मुझे वह पूछने का जायज मौका मिल गया जो मैं कब से पूछना चाहती थी।

''टू, ट्वेंटीएट, एट्टीवन।'' महीना, तारीख, साल।

उसने भी उसी दफ्तरी भाषा में जवाब दिया, जिसमें मैंने दिया था। पर हम दोनों जानते थे कि हम अपने प्रोफेशनल रिश्ते के दायरे से बाहर चहलकदमी कर रहे हैं।

मेरे पूछते ही उसकी मुस्कराहट आपे से बाहर हो गयी, चेहरा लाल हो गया, लगा कि उसका कुर्सी में बैठे रह पाना मुश्किल हो गया।

अट्ठाइस फरवरी उन्नीस सौ इक्यासी। मात्र 21 साल। वह मुझसे पूरे 6 साल छोटा है। उसने अभी-अभी किशोरावस्था पार की है, वह पुरुष, वह लड़का, जिसे मैं इस तरह चाह रही हूँ।

मेरा यह चाहना बिलकुल अनुचित है। इस पूरे खेल का कोई तुक नहीं। मुझे उसके सपने देखने का कोई हक़ नहीं।

पर आखिर वह इस तरह मुस्कराता क्यों है? वह इस तरह मेरा हाथ थामता है कि जैसे दरिया के पार ले जा रहा हो! उस जन्मदिन वाली शाम के बाद से, उसकी आँखों में। जो ज्यादातर भूरे रंग की दिखती हैं, क्योंकि वह रोशनी के पीछे जा खड़ा होता है, एक सुनहली धूप खिली रहती है। मैं अशक्त हूँ, इस खेल को बीच में रोक नहीं सकती। जिस किसी के भी प्रति मेरा यह अपराध हो, उनसे क्षमा चाहती हूँ, पर उस लड़के को चाहना छोड़ दूँ, यह मेरे बस में नहीं। मैं बेबस हूँ!

मेरी इस बेबसी के बीच में हमारे डिपार्टमेंट का वाशिंगटन की नेशनल आर्ट गैलरी जाने का टूर बना। यह वह तीर्थयात्रा थी जिसके लिए मैं इतनी दूर से चलकर आयी थी। पर अब मुझे उस शहर को छोड़कर जाना मंजूर नहीं था जहाँ मेरा प्रेमी, जो तकनीकी रूप से मेरा प्रेमी नहीं था, साँसें ले रहा था। कुछ बहुत प्रिय छोड़कर मुझे जाना पड़ रहा है, इस भाव से मैंने वाशिंगटन की ओर प्रस्थान किया।

इम्प्रेशिनिस्ट पेंटिंग्स मैंने पहले भी देखी थी, पर एक साथ इतनी नहीं और दिलोदिमाग की इस हालत में कभी नहीं। इम्प्रेशिनिज्म के अलावा भी गैलरी में अपार संचय था। कारावागियों, और टिटिअन, रेम्ब्रान्त और वरमीर रेनेसांस, पोस्ट रेनेसांस से लेकर मॉडर्न एक्सपेरिमेंट आर्ट तक गैलरी अथाह थी।

तस्वीरों के अन्तहीन सिलसिले में भटकते हुए एक दिन के बाद दूसरे दिन, आदमी का दिमाग वहाँ पहुँच जा सकता है, जिसे मनोविज्ञान की भाषा में 'ट्रांस' कहते हैं। तस्वीरों का मुझ पर हमेशा असर होता था, पर इस बार मैं पूरी तरह हिपनोटाइज्ड थी। और हिपनोसिस की इस हालत में लगातार विक्टर मेरे साथ था।

वह मेरे साथ हर कमरे में था। मैं उसके साथ तस्वीरों में थी। वह मेरे साथ बदलते हुए रंगों में था, बदलती हुई रोशनी में था, बदलती हुई सदियों में था।

अचानक मैंने पाया कि बाकी के दर्शकगण हमें उस कमरे में अकेला छोड़कर चले गये हैं। विक्टर भी मुझे छोड़कर चला गया है, जिस पेंटिंग के सामने मैं बैठी हूँ, जिसे पता नहीं कितनी देर से मैं एकटक देख रही हूँ, वह इम्प्रेशिनिस्ट स्टाइल की, बिखरते-फैलते रंगों की पेंटिंग है। पर उसकी तारीख इम्प्रेशिनिज्म से सौ साल पुरानी है। वह एक ब्रिटिश पेंटर की पेंटिंग है, सत्रह सौ कुछ की। वह टर्नर की पेंटिंग है। किसी मिथक को लेकर। एपिस बल द्वारा किसी रूपसी के अपहरण को लेकर, लेकिन पेंटिंग अधूरी है। एक विराट समुद्र है, उसको अपने रंग में डूबोता सूरज है। दूर कहीं एपिस बुल की आकृति है, कुछ और आधी-अधूरी आकृतियाँ हैं, सब कुछ ऐसा है जैसे सुबह की धुन्ध में पर धुँधला नहीं, दूर से, पास से, पेंटिंग इतनी खूबसूरत है कि देखनेवाले को ट्रांस में डाल भी सकती है और निकाल भी सकती है। और पेंटिंग अधूरी है। अधूरा रह जाना ही इसकी नियति है। कैथरीन मैंसफील्ड की अधूरी कहानियों की तरह। जैसे एक अधूरेपन के साथ लगातार तलाशते हुए एक कमरे से दूसरे कमरे में भटकते रहना मेरी नियति है। जैसे विक्टर को इस तरह चाहना मेरी नियति है! जैसे वैन गॉग के 'सेल्फ पोर्ट्रेट' में भी विक्टर का चेहरा देखना मेरी नियति है! ...''आई हैव मेड द आइज स्लैंटिंग लाइक द जैपनीज...'' जापान के प्रति अपने आकर्षण से वैन गॉन उबर नहीं पा रहा था, उन दिनों...पर क्या सचमुच इस तस्वीर में वह विक्टर जैसा नहीं लगता? मतलब क्या विक्टर जैसा नहीं लगता? ओह विक्टर! मैं सचमुच तुम्हें किस तरह चाहती हूँ!

आखिरी दिन न भटकने का फैसला कर, मैं सिर्फ़ एडगर डेगा कि पेंटिंग्स और मूर्तियों के बीच बनी रही। घुड़सवार और नतर्कियाँ। नाचने को तैयार होती, नाचने का अभ्यास करती, नाचती हुई, नाच की एक खास मुद्रा में कैद नर्तकियाँ! उठते-गिरते हाथ-पैर की कितनी भंगिमाओं में डेगा की पत्थर की नर्तकियाँ!

देह जो खूबसूरत है, लचकती है, निरन्तर जन्मती और मरती है, देह जिसकी कहानी कभी खत्म नहीं होती।

लौटकर मैंने एक दिन बिताये बिना विक्टर को फोन किया। डरती थी कि उससे कभी कुछ नहीं कह पाऊँगी, फोन पर एक साँस में रटे हुए मजमून की तरह सब कुछ उगल दिया। सब कुछ नहीं उतना कुछ कि सारी बात, सारी स्थिति उसकी समझ में आ जाए।

लगभग एक अजनबी से आप यह यहीं कह सकते कि अपनी जिन्दगी की सबसे बड़ी आर्ट गैलरी आपने उसके साथ देखी। कि वैन गॉग के चेहरे में आपने उसका चेहरा देखा!

सुनकर उसने कहा कि यह जानकर उसे बड़ा अच्छा महसूस हो रहा है।

उसने मुझे उस एहसास के लिए धन्यवाद दिया।

किसी अच्छे एहसास के लिए, आप उसे दिलानेवाले को धन्यवाद दें, इसका क्या तुक है? कोई आपको पसन्द करे इसके लिए आप उसे धन्यवाद कैसे दे सकते हैं? ऐसी आधारभूत बातों के लिए धन्यवाद कैसे दिया जा सकता है? पर हमारे बीच ऐसी कई बातें होंगी जिनका कभी उसके लिए, कभी मेरे लिए कोई तुक नहीं होगा, यह मैं उस छोटे वार्तालाप से ही जान गयी थी।

हम अपनी तय मुलाकातों के लिए जिम में मिलते रहे।

पर हमारा खेल अब अपने नियम तोड़ चुका था। बतौर खिलाड़ी हम उसे सँभाल नहीं पा रहे।

दो-एक बार फोन पर हमने टूटी-फूटी बातें कीं। आखिरकार हम दोनों इस पर राजी हुए कि वह अपनी गाड़ी लेकर मुझे लंच पर लेने आएगा।

मैं यूनिवर्सिटी हॉस्टल के एक कमरे में एक रूममेट के साथ रहती थी। यूनिवर्सिटी की बस से सफ़र करती थी। वह भी पढ़ता था। मैं शोध कर रही थी। वह 'एक्सरसाइज साइंसेज और न्यूट्रीशन' में मास्टर्स कर रहा था। वह शहर की बाहरी सीमा पर अपने बॉस के साथ उसके घर में रहता था।

लेकिन उसका बॉस सारे दिन जिम में रहता था, मेरी रूममेट की तरह किसी भी क्षण दरवाजा खोलकर कमरे में दाखिल होने की उसकी सम्भावना नहीं थी। विक्टर के पास बहुत जर्जर नीले रंग की गाड़ी थी। इससे पहले मैं लिंडा वगैरह की, खास करके विभागाध्यक्ष की, बहुत आलीशान गाड़ी में बैठ चुकी थी। पर शोर मचाती उस नीली गाड़ी में बैठकर मुझे लगा कि वह दुनिया की सबसे खूबसूरत गाड़ी है, जिसे खुद वह चला रहा है।

वह, जिसकी चाहत में मैं इस तरह तैर रही हूँ। हालाँकि मैं जानती हूँ कि तैरना मुझे नहीं आता।

मैंने घूमकर उसे देखा। वह बहुत संयत बैठा गाड़ी चला रहा था। मुझे लगा कि वह तूफान अकेले मेरे अन्दर लरज रहा था। कि उसके लिए वह बदलता हुआ मौसम था।

"मुझसे बात करो!" मैंने सिर्फ़ उसके साथ होने के लिए कहा। उसने पूछा कि मैं यहाँ क्या पढ़ने आयी हूँ? उसे याद नहीं था, मैं उसे पहले भी बता चुकी थी। जो भी उसने दो-चार बहुत फॉर्मल सवाल पूछे, वे सारी बातें हम पहले कर चुके थे।

उसे मेरे बारे में, मेरे साथ का कुछ भी याद नहीं था। अकेली मैं ही उसके हर कहे हुए को सहेजती रही थी, हर वक़्त थाम रखती थी। बुरा मत मानो, वह कह रहा था। नहीं, बुरा नहीं मान रही, कम-से-कम कोशिश तो यही कर रही हूँ।

वह कहाँ खाना पसन्द करेगा? वह बाहर नहीं खाता। वह बहुत सधा हुआ खाना खाता है। थोड़ी-थोड़ी मात्रा में दिन में आठ बार खाता है। तीन महीने से उसने नमक नहीं खाया, चीनी नहीं खायी। कहकर वह हँसने लगा। नमक और चीनी दोनों हमारे अर्जित किये हुए स्वाद हैं, हम उससे मुक्त हो सकते हैं। 'एक्वायर्ड टेस्ट...' वह कह रहा था। मुक्त तो हम किसी भी इच्छा से हो सकते हैं, मैं सोच रही थी, हम पूरी तरह विदेह हो सकते हैं। 21 साल का देवदूत-सा दिखता हुआ यह नौजवान, क्या इसकी चाहत से मैं अभी मुक्त नहीं हो सकती?

मैं क्या खाना पसन्द करूँगी? मैं भी कहीं से कोई सैंडविच उठा लूँगी। तो अपने-अपने सैंडविच हम कहाँ बैठकर खाएँ? वह तथाकथित लंच जिसके लिए हम इकट्ठे हुए हैं, उसका आयोजन कहाँ हो?

हालाँकि अभी सितम्बर की शुरुआत है, पर तापमान बहुत नीचे गिर चुका है। हम खुले पार्क में बैठकर दोपहर नहीं गुजार सकते। हम उसके घर की ओर चले।

अलग-अलग सोफे पर उकड़ू बैठे, हम काफी देर तक वाहियात बातों से तुक निकालने की कोशिश करते रहे। आखिरकार वह अपनी जगह से उठकर मेरी ओर आने लगा।

वैसे ही पहले दिन की तरह मुस्कराता हुआ, जब मैं घबरायी हुई दरवाजे के पास खड़ी थी। अब मैं उससे भी ज्यादा घबरायी हुई थी। उसने मेरा हाथ थाम लिया। मुझे खींचकर अपनी बाँहों में भर लिया। उसने मेरी एक-एक उँगली चूमी। मेरी हथेलियाँ चूमी। मेरी बाँहें चूमी। जब वह मेरे ओठ चूमने मुझ पर झुका था, उसकी आँखों का रंग नीला था।

वह टर्नर की पेंटिंग का ट्रांस नहीं था जिसमें मैं खो रही थी।

मुझे याद है हमने हाथ पकड़कर ड्राइंग रूम से ऊपरी मंजिल तक की सीढ़ियाँ चढ़ी थीं, लकड़ी की सीढ़ियों पर हरे रंग का 'कारपेट' था।

उसने फिर से मुझे बाँहों में भर लिया था। मैं पत्ते की तरह काँप रही थी। उसने बहुत कोशिश की, पर उस अजीब अनजाने दर्द से मैं मुक्त नहीं हो पा रही थी। क्षणभर के लिए मैं सिर्फ़ उसकी बाँहों में पिघलती हुई होती थी, अगले क्षण दर्द मुझे फिर लपेट लेता था। वह मुझसे दूर लहरों में डूब-उतर रहा था। वह मुझे अपने साथ लपेट ले जाने की पूरी कोशिश कर रहा था, पर मैं तैरना नहीं जानती थी, अन्ततः मैंने उसे अपनी बाँहों में निढाल होते देखा। उसे तड़पते, सिहरते, काँपते हुए देखा। मैंने उसे अपनी बाँहों में आनन्द से चीखते हुए देखा। सर्दी थी, पर वह पूरी तरह पसीने से भींग गया था। "मैं शावर लेकर आता हूँ," कहकर वह चला गया।

वह उसका कमरा था। मैं उसके कमरे में अकेली लेटी हुई थी। मेज पर कुछ तस्वीरें थीं। एक लड़की के साथ उसकी तस्वीरें। एक खूबसूरत लड़की के साथ उसकी तस्वीरें किसी पार्टी की थीं, उसने सफेद शर्ट के ऊपरी गहर नीली टाई बाँध रखी थी। एक तस्वीर में वह उस लड़की को चूम रहा था।

"यह लड़की कौन है?" वह नहाकर लौट आया था। वह मुझसे मीलों दूर महसूस हो रहा था।

"मेरी गर्लफ्रेंड, बल्कि एक्स-गर्लफ्रेंड, हम कभी-कभी साथ बाहर जाते हैं पर अब हम साथ नहीं हैं।" वह मेरी ओर मुखातिब हुए बगैर कह रहा था।

"उसका नाम क्या है?"

"रेचल।"

रेचल? रेचल? नहीं विक्टर, रेचल नहीं, वह तुम्हें जखमी छोड़कर चली जाएगी, जैसे विंसेंट को छोड़ गयी थी। विंसेंट वैग गॉग सारी रात अपने खून में लथपथ पड़ा रहा था।

पर मैंने उसने कुछ नहीं कहा। आखिरी बार मैंने रेचल को चूमती हुई उसकी तस्वीर देखी, और तस्वीरों का पुलिन्दा वापस मेज पर डाल दिया।

वह कपड़े पहनकर तैयार था। हम बिना कुछ कहे, बिना हाथ पकड़े नीचे उतर आये और फिर किसी मूक समझौते का पालन करते हुए-से बाहर निकल आये। उसने गाड़ी की डिक्की से एक सैंडविच निकालकर अपनी सीट के सामने रख लिया।

गाड़ी यूनिवर्सिटी की ओर चलने लगी।

हमारे बीच की खामोशी निरर्थक नहीं, बहुत बुरी थी। मैं उसे तोड़ने के लिए कुछ भी कहना चाहती थी, पर कह नहीं पा रही थी। वह पीनट बटर और स्ट्रॉबेरी प्रिजर्व की अपनी सैंडविच खा रहा था। मैं उसकी सैंडविच में से एक टुकड़ा माँग लेना चाहती थी!

वह मुझसे बेहद दूर था। मैं उसका हाथ थामना चाहती थी पर मेरे हाथ मुझसे बँध गये थे।

मेरी बगल में बैठा विक्टर, शाम के उस एक घंटे का लगातार मुस्कराता, हाथ थामता विक्टर नहीं था, जिसे शायद वैसा होने के मैं पैसे देती थी।

अब मैं उससे कभी नहीं सुनूँगी। अब वह मुझे कभी फोन नहीं करेगा। उस दर्द से भी ज्यादा यह आतंक मुझे सताने लगा।

क्या सोच रहे हो? कुछ नहीं। कैसा महसूस हो रहा है? ठीक, अच्छा नहीं, बढ़िया नहीं, कुछ ख़ास नहीं। बस ठीक।

मैं तुम्हारा दिल नहीं दुखाना चाहता, पर तुमसे मुझे किसी बीमारी का डर

तो नहीं? नहीं, इसके बाद फिर मुझसे भी बातों का सिलसिला नहीं बन सका।

सिर्फ़ गाड़ियों की तेज रफ़्तार का शोर हमारे बीच से गुजरता रहा। हम एक मॉल के सामने से गुजरे तो उसने पूछ लिया कि क्या मुझे शॉपिंग पसन्द है? नहीं।

गाड़ी मेरे हॉस्टल के सामने रोककर उसने बड़ी अदा से अपनी एक उँगली अपने ओठों से चूमी, और उसे मेरे गालों से छुआ दिया!

'द गुडबाय किस!'

नीली गाड़ी के दूर चले जाने, ओझल हो जाने के काफी देर बाद तक मैं बाहर सड़क पर खड़ी रही। पर आखिर कोई कब तक सड़क पर खड़ा रह सकता है? सदियों से इन्तजार करने वाले भी आखिरकार थककर अपने कमरों में बैठ जाते हैं। और मुझे फिर किसका इन्तजार था? उसका जो कुछ कहकर ही नहीं गया?

मैं अपने बिस्तर पर सुन्न पड़ी रही। घंटों तक खामोश, व्यर्थ।

अन्त में मुझसे रहा नहीं गया। अगली सुबह मैंने उसे फोन किया। घंटी बजती रही पर सेल उसने उठाया नहीं।

"हाय दिस इज विक्टर," ऐनसरिंग मशीन में उसकी रिकॉर्डेड आवाज जो मुझे इस तरह याद है, कि मुझे यह भी याद है बीच में कहाँ रुककर वह साँस लेता है, "आई कैंट...ऐन्सर द फोन राइट नाऊ" ...खास अमेरिकी उच्चारण में कहे 'कैंट' के बाद अचानक एक विराम है और लम्बी साँस ली गयी है। लगता है जैसे बड़ी जल्दबाजी में रिकॉर्डिंग की गयी हो।

वहाँ उसके साथ रुककर मैंने भी कितनी बार साँस ली है!

"विक्टर, आई रिअली नीड टु टॉक टु यू," बहुत बेचारा-सा एक मेसेज मैंने छोड़ा।

दस मिनट में उसका फोन आया। "हे!", आवाज बहुत नरम थी।

मैं उसके बारे में सारी रात सोचती रही। मैंने कहा, मेरी आवाज टूटने को थी।

"मैंने भी सोचा," उसने कहा, "हमें जिम से बाहर नहीं मिलना चाहिए।"

"पर आखिर क्यों?"

"हमें अपने प्रोफेशनल रिश्ते की इज्जत करनी चाहिए, वहीं तक सीमित रहना चाहिए।"

"पर आखिर क्यों?"

"वैसे भी कुछ महीनों में तुम्हें वापस इंडिया लौट जाना है..."

"पर क्या पता मैं कई महीने बाद इंडिया लौटूँ, या फिर दुबारा यहाँ आ जाऊँ..."

"इट वाज प्योरली फिजिकल रैटना, आई अंडरस्टैंड व्हेअर यू आर कमिंग फ्रॉम।"

"यस, ऑफकोर्स," काफी देर के सन्नाटे के बाद मैं कुछ बोल सकी।

आखिरकार मेरा संयम टूट गया, नहीं, रचना रोना नहीं, उसके सामने रोना नहीं, मैंने खुद को भरसक थामना चाहा, मैंने अपनी पीड़ा छिपाई पर क्रोध उसके ऊपर निकल आया, "आई थॉट यू टु बी मोर दैन व्हाट यू आर।"

मुझे याद नहीं फोन उसने रखा या मैंने पर उससे कोई फर्क नहीं पड़ता। वह कुछ भी याद रखने लायक नहीं था।

मैं चाहती थी कि मुझे कुछ भी याद न रहे। पर वह सम्भव नहीं था। मुझे सब कुछ हमेशा याद रहेगा। लाल जैकेट पहने, देवदूत की तरह मुस्कराते हुए उसका पहली बार मेरी ओर आना...

ओह विक्टर! आखिर क्यों चाहा मैंने तुम्हें इस तरह? क्या चाहना अशक्त हो जाना होता है?

"प्योरली फिजिकल"...

क्या तुमने कुछ भी महसूस नहीं किया? क्या तुम कुछ भी महसूस नहीं कर सकते? क्या तुम्हारे पास सचमुच कोई दिल नहीं? अगर है, तो सिवाय तुम्हारी धमनियों और शिराओं में रक्त प्रवाहित करने के, और कुछ भी करने के नाकाबिल है? वह क्षण तुम्हारे लिए उस क्षण से ज्यादा कुछ भी नहीं हो सका जब तुम मेरी बाँहों में आनन्द से चीख रहे थे! और वह क्षण तुम्हारे लिए गुजर चुका है! वह क्षण जो कुछ तुम्हें दे सकता था, दे चुका है!

और उस क्षण को किसी मोने पेंटिंग की तरह कैद करके अपने अन्दर रखना मेरी नियति है।

वैसे ही रहेगा वह, सुरक्षित, मेरे पास, किसी बेशकीमत पेंटिंग की तरह।

वैसे ही रखूँगी मैं उसे। जब तुम मेरे ऊपर झुके हुए थे, तुम्हारी आँखों का रंग नीला था।

वह नीला हमेशा मेरे पास रहेगा। जब मैं सागर के ऊपर से उड़कर वापस जाऊँगी, नीले सागर में, जब भी मैं कोई नदी देखूँगी, नीली नदी में, तालाब में, झरने में, नीले आकाश में मैं नीली आँखें देखूँगी।

नीली आँखों वाला मेरा विदेशी प्यार...

दो दिन भी नहीं गुजरे और मुझे प्रशिक्षण के लिए फिर से उससे मिलना है।

किसी न किसी क्रम में वह फिर से मेरा हाथ थामेगा।

चाहूँ तो पूरी स्कीम बीच में रद्द कर सकती हूँ। पर मैं ऐसा चाह नहीं सकती।

इतनी चोट खाकर भी मैं उसे और देखना चाहती हूँ। वे सारे घंटे जो मैं उसके साथ पा सकती हूँ, पा लेना चाहती हूँ।

और मैं जानती हूँ कि उसे इन पैसों की जरूरत है। मेरी स्कॉलरशिप के गिने हुए पैसे, जिसमें से उसे देते रहने के बाद मैं हर रोज वही एक फल, वही एक सैंडविच खा सकती हूँ। पर अगर वह हर दिन वही पीनट बटर और स्ट्रॉबेरी प्रिजर्व की सैंडविच खाकर रह सकता है तो मैं टूना सैंडविच खाकर क्यों नहीं रह सकती? सप्ताह दर सप्ताह...पीनट बटर और स्ट्रॉबेरी प्रिजर्व की सैंडविच जिसका स्वाद मुझे कभी नहीं मिलेगा...

पर इस बार वह मेरा हाथ नहीं थाम रहा। उसकी मुस्कराहट नदारद है। चेहरा बहुत सर्द और कठोर है। वह मेरी आँखों में बिल्कुल नहीं देख रहा। उसकी आँखों से धूप की धमक पूर्णतः लुप्त है।

मैंने किसी ऐसी जगह प्रहार किया है कि उसे गहरी चोट लगी है और वह चोट नहीं झेल सकता। वह अकेलापन झेल सकता है, वह सर्दी में ठिठुर सकता है, पर प्रहार नहीं सह सकता।

''इतने खामोश क्यों हो?'' मैं उससे पूछती हूँ।

''मैं अपना काम कर रहा हूँ,'' उसकी आवाज ठंड से जमी हुई है।

आखिर में मुझसे हाथ मिलाते वक्त वह क्षणभर के लिए मेरी आँखों में देखता है, उसकी आँखें बहुत आहत हैं।

मैं उन आँखों को आहत नहीं देख सकती। मैं भी पीड़ा उठाऊँ, और वह भी, इसका क्या तुक है?

तुक तो खैर, शुरू से ही नहीं था, पर मैं उसे पीड़ा पहुँचाऊँ, मैं यह झेल नहीं सकती।

मैं उससे माफी माँग लूँगी। अपने अपशब्द वापस ले लूँगी। उससे जिसे मैंने इतना चाहा, 21 साल का वह बेवकूफ़-सा लड़का, जिसकी नीली गाड़ी की पिछली सीट सेकेंड हैंड किताबों से भरी हुई है, जिसको मास्टर्स डिग्री मिलने में अभी दो साल की देर है...

उसने अपनी फ्रेंच कट दाढ़ी साफ कर ली है और साइडबर्नस बढ़ा लिये हैं, कनपटी से नीचे गालों तक आती हुई सुनहले बालों की रेखा को छूकर मैं उससे माफी माँग लेना चाहती हूँ।

पर मैं जानती हूँ उससे माफी माँगते हुए भी मेरी उँगलियाँ उसके साइडबर्नस पर नहीं, फोन पर होंगी।

''मैं तुमसे नाराज थी, तुम्हें वापस आहत करना चाहती थी,'' मैं उससे कहती जाती हूँ, शुरू में वह कुछ सुनना नहीं चाहता, पर मेरी भावविह्वल बातें

उसे पिघलाती हैं।

"मैं भी तुम्हें कभी आहत नहीं करना चाहता था," अपनी ओर से वह इतना जोड़ पाता है।

"तो क्या हम दोस्त बन सकते हैं?"

"साउंड्स ग्रेट"...

वह फोन पर हमारा आखिरी वार्तालाप था। मैंने हर दिन सुबह, दोपहर, शाम उसके फोन का इन्तजार किया, पर फोन नहीं आया।

सप्ताह के एक तय दिन मैं उससे घंटे भर के लिए मिलती रही। वह बेहद शिष्टता के साथ मुस्कराता रहा। कभी-कभी बहुत भारी वजन उठाने के क्रम में मेरी मदद के लिए मेरा हाथ थामता रहा। वह कभी अपनी फ्रेंच कट दाढ़ी, कभी अपने साइडबर्नस बढ़ाता रहा। मैं उसे उसी तरह चाहती रही। मैंने उसे बहुत चाहा है। वह मेरा उन्माद है, पागलपन है।

"द ल्योर ऑफ द वाइल्ड वेस्ट"...

जब पहले-पहले पश्चिम ने पूरब को जीता था, वह पूरब का आकर्षण नहीं जीत पा रहा था।

"द ल्योर ऑफ द मिस्टीरिअस ईस्ट"...पश्चिमी विचारकों ने कहा था। पश्चिमी कलाकार अपनी कला में होने वाले परिवर्तन को रोक नहीं पा रहे थे। 'एग्जोटिसिज्म', 'प्रिमिटिविज्म' उन्होंने उस अपराजित आकर्षण को तरह-तरह के नाम दिये थे।

"फास्ट एंड श्योर, लाइक द जैपनीज," वैन गॉग अपनी चिट्ठियों में लिखा करता था। क्या मेरे इस अजनबी प्रेमी का यह खूबसूरत चेहरा कभी मेरी आँखों के सामने से ओझल हो पाएगा? मुझ पर झुकी हुई वे नीली आँखें क्या कभी धूमिल हो जाएँगी? उसकी वह अपार अपरिचित खूबसूरती क्या मैं एक दिन भूल जाऊँगी?

❑

वीकएंड का स्पेस

"वीकएंड का कोई समय नहीं होता, सिर्फ़ स्पेस होता है, नील!"

"और ये स्पेस किसी के आने से खत्म हो जाता है क्या?"

"तो क्या नहीं होता? तुम्हें लगता है कि कोई और आकर हमारे साथ इन कमरों में रहे और ये कमरे वैसे ही रहेंगे जैसे अभी हैं?"

"नहीं। पर अरित्र तो बच्चा है, उसके रहने से ऐसा क्या फर्क पड़ता है? उसे तो कहीं भी फिट किया जा सकता है!"

"अरित्र दोलन दी का बच्चा है और उसे कहीं भी फिट नहीं किया जा सकता। उसके रहने पर मुझे हमेशा यह लगता है कि मुझे आँका जा रहा है—कि मैं इतवार को कुछ खास खाना बनाती हूँ कि नहीं? कि मैं घर साफ-सुथरा रखती हूँ कि नहीं? कि मैं तुम्हारे कपड़े ठीक करती हूँ कि नहीं?"

"ओह, कम ऑन रश्मि!"

"बिल्कुल! जबकि मेरे लिए वीकएंड का मतलब है कि मैं अपने रंग उतरे पजामे में टाँगें घुसाकर पड़ी रहूँ। रात तीन बजे तक फिल्में देखूँ और दिन भर सोऊँ!"

"बेशक!"

"लेकिन अरित्र के रहते मैं ऐसा नहीं कर सकती। मैं तुमसे नहीं कह सकती कि आज नाश्ता तुम बनाओ, मैं देर तक सो रही हूँ। पूरे सप्ताह ऑफिस में 'परफॉर्म' करने के बाद मुझे घर में भी 'परफॉर्म' करना पड़ता है। मुझे लगता है जैसे मेरी पेशी हो रही है, नील!"

"तुम परवाह ही क्यों करती हो दोलन दी की सोच की इतनी? जब मैं इतना तूल नहीं देता, तो तुम क्यों देती हो? सिम्पली इग्नोर! तुम्हें अरित्र की उस तरह खातिर करने की जरूरत नहीं है जैसे तुम करती हो!"

"मैं एक ही छत के नीचे उसे इग्नोर नहीं कर सकती और दूसरी बात यह है कि अगर आप किसी बच्चे को हॉस्टल से ला रहे हैं, तो फिर उसे 'अनवांटेड'

फील कराने का कोई मतलब नहीं है।'' कहते-कहते रश्मि की आवाज काँप गयी।

अगर ये कोई अदालती जिरह होती तो रश्मि के इस वाक्य ने उसका ही केस कमजोर किया होता। क्योंकि कहीं न कहीं तो इसका आशय यही था कि घर से दूर हॉस्टल में रहने वाले बच्चों का अपना एक दुख होता है।

लेकिन यहाँ इसका असर एकदम उल्टा हुआ। इन्द्रनील आगे बढ़ा और उसने रश्मि को समेट लिया।

इन्द्रनील और रश्मि का घर कोई अदालत थोड़े ही है, जहाँ सिर्फ़ कानून की सत्ता हो। न ही नील और रश्मि के बीच हार-जीत वाले दाँव-पेंच हैं। अमूमन उनके बीच अप्रिय बहस भी नहीं होती। हाँ, छोटे-मोटे खूबसूरत प्यारे-से झगड़े अक्सर होते हैं।

लेकिन इस बहस में कुछ भी प्यारा नहीं था।

रश्मि की आवाज ही नहीं काँपी थी, वह खुद काँप रही थी।

नील ने अपना घेरा और भी मजबूत किया और लगभग सहलाती हुई आवाज में बोला, ''तुम तो बिना मतलब परेशान हो गयी रश्मि!''

रश्मि अपनी आँखें बन्द किये चुप खड़ी थी। नील अपनी आँखें खोलकर दीवार पर टँगी घड़ी देख रहा था, ''लेकिन अब सवा नौ बज रहे हैं, तुम ऑफिस के लिए तैयार हो जाओ। आज तुम्हारी जरूरी मीटिंग है, है न?''

''तो तुमने इसलिए पैच-अप किया है कि तुम्हें ऑफिस के लिए देर हो रही है।'' रश्मि ने बिसात एकदम उलट दी, लेकिन अब वह काँप नहीं रूठ रही थी।

नील जोर से हँसा। रश्मि के यों रूठने से वह वाकिफ़ है। वहाँ मनाने और इठलाने की गुदगुदाहट होती है, काँपने की घबराहट नहीं।

''देर मुझे नहीं, तुम्हें हो रही है। मैं नहीं चाहता कि आज की मीटिंग में तुम देर से जाओ। भूल गयी कितने दिनों से तुमने इस प्रेजेंटेशन पर कितनी मेहनत की है। और तुम्हें पता है आज सब कुछ एप्रूव होने वाला है। अब तुम्हारी ऑफिस की बस तो निकल चुकी, आज तुम गाड़ी ले जाओ।''

''और तुम?''

''मैं ऑटो ले लूँगा।''

''नहीं, मैं ऑटो ले लूँगी, मुझे मुश्किल से दस मिनट लगेंगे, तुम कहाँ इतनी दूर ऑटो से जाओगे?''

''हो सकता है ऑटो तुरन्त न मिले, तुम फँस जाओगी, और मैं कोई जरूरी मीटिंग के लिए लेट हो रहा हूँ क्या? लेकिन अब तुम जल्दी करो, शाम को सेलीब्रेट करते हैं, चलो, ऑल द बेस्ट...'' और नील सीढ़ियाँ उतर गया।

मीटिंग के लिए तो कुछ फॉर्मल-सा ही पहनना चाहिए। आनन-फानन में रश्मि तैयार हुई और गाड़ी स्टार्ट हो गयी।

ओफ, ये मीटिंग भी आज ही होनी थी। लेकिन मीटिंग तो कई दिनों से तय थी कि आज ही होनी है, इस बाकी कुछ का आज होना जरूरी था क्या? पर सब कुछ तो उसी का किया-धरा है। क्या करें, फ्राइडे की शाम एक नयी जिम्मेदारी सिर पर आने वाली है, ये ख़्याल झेलना भी मुश्किल हो जाता है।

और फिर दोलन दी के मुआयने भूले जा सकते हैं क्या? पर उन्हें इतना याद रखने की भी क्या जरूरत है? जैसे उनकी आँखें हमेशा पीठ पर ही गड़ी हों।

पर वो नील का कहा क्यों नहीं मान सकती? नजरअन्दाज कर दे, दोलन दी की बातों को! याद है, जब शादी के फौरन बाद दोलन दी इस घर के तौर-तरीकों की फेहरिस्त उसके सामने पेश कर रही थी, नील ने कितनी सफाई से कहा था, "हमें रश्मि को कनवर्ट करना है क्या दीदी?" और वहीं उसी कमरे में, उन सारे लोगों के सामने यह नील पर ढेर हो गयी थी।

क्यों करती है वह नील के साथ ऐसी घटिया बहस? पर नील भी तो नहीं समझता, अरित्र को घर लाकर यूँ छोड़ नहीं दिया जा सकता।

और अरित्र घर में होता है तो वो दोलन दी को भूल नहीं पाती।

पर अरित्र, अरित्र भी तो है, 12 साल का एक बच्चा! क्या हो गया है तुम्हें रश्मि? हुआ कुछ नहीं है। सप्ताह के पाँच दिन भागते रहने के बाद, अब दो दिन उसे अपने लिए चाहिए। सात में से सिर्फ़ दो, बिन्दास, आलस भरे दिन।

नील ये बखूबी समझता है। पर जो वो नहीं समझता वो ये कि अरित्र को सिर्फ़ घर लाकर पटक देने का कोई मतलब नहीं। कि हमारे पास घर है इसलिए घर तो हम तुम्हें ले आये हैं पर इससे ज्यादा कुछ नहीं कर सकते। वो क्या समझ सकता है सप्ताह भर की दौड़-धूप की थकान? अगर उससे यह तक नहीं पूछा जाए कि बताओ तुम्हारी क्या खाने की इच्छा है तो सचमुच उसे लाने का क्या मतलब है? और वो घर में हो और रश्मि उससे कुछ भी न पूछे, ये रश्मि के बस की बात नहीं।

गाड़ी कब दफ्तर के परिसर में दाखिल हुई, पार्किंग में पार्क हुई, दरवाजा खुला और रश्मि उतर गयी, उसे पता ही नहीं चला।

"गुड मार्निंग रश्मि! तो तैयार हो मीटिंग के लिए। आज तो तुम्हारा दिन है!"

"गुड मार्निंग," सिर्फ़ इतना ही कह पायी रश्मि। कोई और दिन होता तो मीता की इस धारदार तारीफ़ का कोई? जवाब दिया होता रश्मि ने।

आज तो वह सारे रास्ते सुबह की चिकचिक की सफाई देती आयी है।

पर किसे? मीटिंग का तो सारा जोश ही उड़ गया है। सचमुच, कितनी मेहनत की थी उसने। एक बार अपना कल वाला प्रेजेंटेशन ही पढ़ ले, तो शायद कुछ मूड बन जाए।

कम्प्यूटर ऑन करके उसने फाइल खोली।

एक के बाद एक रंग-बिरंगी स्लाइड आँखों के सामने से गुजरने लगी।

सचमुच उसका जरा भी स्वागत नहीं किया जा सकता तो फिर उसे घर लाने का क्या मतलब है? तो क्या, उसे हॉस्टल की दीवारों के पीछे छोड़ देने का मतलब है?

अरित्र तो बच्चा है। वो क्या जानता है उसकी माँ ने रश्मि के साथ क्या किया है?

जो भी किया है, रश्मि क्या उसका बदला ले रही है अरित्र से? 12 साल का एक बच्चा जो हॉस्टल की दीवारों के पीछे है!

जैसे कि कभी वह थी। 12 साल की और हॉस्टल की दीवारों में बन्द! 12 साल की उम्र में क्या घुटन होती है उन दीवारों की!

"रश्मि, तुम्हें क्या हो गया है? यहाँ बैठी हो? जल्दी बोर्ड रूम में चलो!"

बिना किसी तैयारी के, बगैर कागज कलम लिये, रश्मि किसी एक कुर्सी पर जाकर धँस गयी।

मीटिंग की शुरुआत ही उसके, कल के प्रेजेंटेशन की तारीफ़ से हुई। और फिर चेयरपर्सन अपने रोज के व्याख्यान पर आ गये—कम्पनी की नीतियाँ, कम्पनी का ध्येय, कम्पनी का उज्ज्वल भविष्य। कितना उबाऊ है इस एक बात को हर मीटिंग में सुनते जाना।

बन्द कमरों और बन्द दिमागों की घुटन। पर उस घुटन से क्या मुकाबला जो 12 साल की उम्र में हॉस्टल की दीवारों में होती है।

गेम्स पीरियड और स्टडी आवर के बीच अकस्मात किसी गैप में छत पर भाग आना! हॉस्टल के पीछे सेंट स्टीफेंस हॉस्पिटल था—जो हिस्सा हॉस्टल से लगा था वह नर्सों का हॉस्टल था। छत से दिखता था। नर्सों के छोटे-छोटे कमरे थे, छोटी-सी बालकनी थी, उसमें उनके सफेद यूनिफॉर्म सूखते रहते थे।

ये नर्सें भी रश्मि की तरह हॉस्टल में रहती थीं, घर से दूर, माँ-बाप से दूर, पर ये हॉस्टल में रहकर भी कभी भी बाहर जा सकती थीं। किसी भी सड़क पर टहलने, वहाँ की हवा अपने साथ ला सकती थीं।

कोई नर्स अपनी बालकनी में आती तो रश्मि खुश हो जाती, हाथ हिलाती थी और नर्स मुस्कुराती थी। वो एक क्षण होता था जब रश्मि को लगता था कि वह हॉस्टल से बाहर निकल आयी है।

''रश्मि बीहेव योर सेल्फ'' वार्डन की तीखी आवाज हमेशा पीछा करती थी।

पर उस दिन जब ऋतु ने वह जगह खोज निकाली थी, रश्मि की 12 वर्षीय जिन्दगी में जादू-सा हुआ था!

छोटे बच्चों यानी नर्सरी, क्लास में पढ़ने वाले बच्चों की डार्मेटरी का पिछला दरवाजा एक पुराने सड़े से आँगन में खुलता था। उसके चारों ओर जंग खाये-से बरामदे थे। वहीं, किसी कोने में झाँकते एक जीना दिखा था जो चढ़ते-चढ़ते किसी छत तक पहुँच गया था। प्राइमरी स्कूल की पाँच मंजिली इमारत की खुली छत!

नीचे दिल्ली की विशाल कोई एक सड़क धाँय-धाँय करती दौड़ रही थी— पीली छत वाले, ऑटो, रंगीन बसें, काली-हरी गाड़ियाँ, रिक्शे, खोमचे, ट्रैफिक, टक्कर, सिपाही, हॉर्न, चीख-पुकार, पूरी की पूरी दुनिया!

सड़क रश्मि के छोटे से जेहन में दौड़ गयी थी। उसने सोचा था कि यही सड़क आगे जाकर, फिर मुड़कर फिर और आगे जाकर किसी सड़क में मिलती होगी, जिस पर ताऊजी अपने स्कूटर पर जा रहे होंगे। उसने गिना था आज बुधवार है, अभी दो दिन दूर है शुक्रवार की शाम।

ओफ! आखिर वह ख़्याल आ ही गया जिससे वह सारी सुबह भागती रही थी।

रश्मि ने आँखें बन्द कर लीं।

''रश्मि, तुम ठीक तो हो? तबीयत ठीक है? रश्मि, रश्मि?'' चेयरपर्सन हैरान थे। मीटिंग थम गयी थी। सबकी नजरें उसके चेहरे पर टिकी हुई थीं।

''एक्सक्यूज् मी,'' वह अचानक खड़ी हो गयी, ''टेक योर टाइम'' शायद चेयरपर्सन ही कह रहे थे, उसने ठीक से नहीं देखा।

उसने यह भी नहीं देखा, वह कब बोर्ड रूम से निकली, कॉरिडोर पार किया, लेडीज रूम में पहुँची, किसी एक टॉयलेट का दरवाजा बन्द किया और कमोड पर निढाल बैठ गयी, जैसे किसी लम्बी दौड़ के बाद थका हुआ खिलाड़ी किसी भी कुर्सी में निढाल हो जाता है।

यदि कहीं उसने रुककर खुद को शीशे में देख लिया होता, खुद को, रश्मि को, विज्ञापन बनाने वाली दुनिया की सबसे उम्दा कम्पनी में कार्यरत, वो भी बतौर क्रियेटिव डाइरेक्टर, तो शायद उसके अन्दर बेचैन हो रही 12 साल की बच्ची कुछ संयत हो जाती।

लेकिन अब बन्द दरवाजे के पीछे, उसके आँसू 12 वर्ष की आयु की सहजता से टपकने लगे।

कितने दिन गिने थे उसने। हर दिन, दिन गिना करती थी। घर जाने वाली छुट्टियाँ तो बड़े दिनों बाद आती थीं। पर वीकएंड तो हर वीक आता था। ताऊजी उसे लिवा जाते थे।

ताऊजी के स्कूटर पर पीछे बैठकर वो लम्बी-लम्बी खुली सड़कों से होती हुई उनके घर जाती थी। जैसे-जैसे घर पास आता, एक दूसरा खौफ़ उसे जकड़ता जाता। ताईजी की आँखों का खौफ़।

''पढ़ाई ठीक चल रही है रश्मि?'' कितना घूरकर पूछती थीं ताईजी, ''मन लगाकर पढ़ो। तुम्हारे माँ-बाप ने बड़ी उम्मीद से तुम्हें हॉस्टल में रखा है,'' वो रश्मि के पहुँचते ही कहतीं और रश्मि के गले तक एक गोला-सा उठने लगता था।

शाम को ताईजी कटलेट तलतीं। गरम, भूरे, कुरमुरे कटलेट, उनकी खुशबू पूरे घर में फैलती रहती। फिर उन्हें तश्तरी में सजाकर वो लातीं, रेखा और रमण को अलग प्लेट में निकालकर देतीं और उसकी ओर देखकर कहतीं, ''तुम भी लो रश्मि!'' और उसे देखती बैठी रहतीं।

रश्मि को भूख लगी होती पर खाने का मन नहीं होता। डर-सा लगता रहता। जब वो धीरे-धीरे हाथ बढ़ाती, कभी ताईजी पूछ लेतीं, ''हाथ साफ तो हैं, रश्मि!'' सिर हिलाकर वो जवाब देती। उसकी इच्छा होती खाए ही ना। पर न खाने की भी हिम्मत नहीं होती। किसी तरह वो एक कटलेट कतरने लगती। ''ऐसे नहीं रश्मि,'' ताईजी का वार्डन से भी सख़्त स्वर उभरता, ''प्लेट में लेकर खाओ। तुम तो सोफे पर गिरा दोगी।''

अब रश्मि को लगता उसका रोना बाहर निकल आएगा, हिचकी बँध जाएगी। माँ याद आती, जब माँ पकौड़े तलती तो पर रश्मि...रमण और रेखा के सामने नहीं रोएगी। कभी नहीं रोएगी। कटलेट खाने के बहाने वो उस रुलाई को मुँह में गोल-गोल घुमाती रहती। ओठ काँपते, नाक काँपती पर एक बूँद नीचे नहीं गिरती। क्यों करती थीं ताईजी ऐसा? क्यों? क्यों?

ताईजी ऐसा करती थीं फिर भी रश्मि हर वीकएंड जाती थी। वीकएंड तक दिन गिना करती थी। दो साल तक। फिर 14 की उम्र में एक वीक उसने निर्णय लिया कि अब अपने वीकएंड भी हॉस्टल में गुज़ारेगी। फिर वह सिर्फ़ घर जाने वाली छुट्टियों के दिन गिना करती थी। पर ताईजी?

''रश्मि, क्या बात है? तबीयत खराब हो रही है क्या? नील से झगड़ा तो नहीं हुआ?''

मीता लेडीज रूम में खड़ी थी। ओफ, कितनी देर वो कमोड पर बैठी रोती रही है। मीटिंग में सब न जाने क्या सोच रहे होंगे? जरूर इसे देखने भेजा होगा।

अब वो ये आँसुओं से तर चेहरा लिये निकले कैसे?

काश! मीता न होकर कोई दोस्त होती जिससे लिपटकर रश्मि जार-जार रो सकती!

"नहीं यार, बस जरा चक्कर-सा आ गया।"

"हैं! उल्टी-सुल्टी तो नहीं हुई? खुशखबरी तो नहीं देने वाली हमें?"

हे भगवान! पति से झगड़ा या बच्चों का पैदा होना! इसके अलावा कुछ सोच ही नहीं सकती। बड़ी बुलन्दी से औरतें आगे बढ़ रही हैं।

अपनी गीली आँखों के बावजूद रश्मि को हँसी आ गयी। और सोचकर उसने अपने हँसने की आवाज ऊँची कर दी। स्कैंडल न हो तो अच्छा।

"नहीं यार। वो सब नहीं। बस, कमजोरी-सी लग रही थी। अब ठीक हूँ, तुम चलो मैं आती हूँ।"

मीता चली गयी तो रश्मि ने निकलकर खुद को शीशे में देखा। ये लाल-लाल सूजी आँखें लेकर ऑफिस में न बैठना ही श्रेयस्कर होगा। वैसे भी उसे कहीं बैठने की इच्छा नहीं हो रही थी। अच्छा हुआ नील ने आज गाड़ी उसे दे दी। चलो, जिन सड़कों की याद ने इतना रुलाया, उन्हीं पर घूमा जाए।

धुएँ और धूल से भरी सड़कों को वह यों बेमतलब नापे जा रही है, रश्मि को विश्वास नहीं हो रहा था। पर गाड़ी थी कि एक के बाद दूसरा मोड़ लेती हुई सड़क पर चलती जा रही थी। कहाँ किस पेट्रोल पम्प पर रुककर उसने कितने पैसों का पेट्रोल लिया, कुछ ध्यान नहीं। उसे सिर्फ़ ताऊजी का स्कूल के पास स्कूटर रोककर तेल भराना याद था, जिनकी बगल में खड़ी आँखें फाड़े वह सड़क के हुजूम को देखा करती थी! पूरी की पूरी दुनिया जिसके बीच में होकर भी वह उसकी परिक्रमा कर रही थी! लगता था उस बहुत पुरानी कैद से मिली रिहाई को वह आज अचानक पूरी तरह आजमा लेना चाहती थी। सचमुच जिस ट्रैफिक को हर शाम नील और वो मिलीजुली गालियाँ देते हैं, उसी के वशीभूत उसे आजादी मिल रही थी। जब उसे होश आया, शाम के चार बज रहे थे और वह कर्जन रोड पर थी।

यह रास्ता सीधा अरित्र के स्कूल जाता है। स्कूल की छुट्टी तो तीन बजे ही हो जाती है। बच्चे को उसके बाद ले जाया जा सकता है। पर नील तो हमेशा ऑफिस के बाद, 6 के बाद ही आता है। और आज नील नहीं आएगा। अगर वह अभी चली जाए तो? क्या अरित्र उसे देखकर खुश होगा? कितना खुश होगा?

गाड़ी ने जैसे ही दाहिना मोड़ लिया स्कूल कैम्पस शुरू हो गया। उन लम्बी-लम्बी चहारदीवारियों को देखकर रश्मि के गले में धुक-धुक होने लगी। गाड़ी फाटक पार आकर खड़ी हो गयी। लॉन बच्चों और रिश्तेदारों से भरा हुआ था।

कुछ बच्चे अपनी नियत गोद को पहुँच चुके थे।

उनके परे, लॉन के बाद, बरामदे में एक खम्भे से टिककर अनमना-सा अरित्र खड़ा था।

अगर नील नहीं आता तो ये कब तक यों खड़ा रहता?

रश्मि के गले में जो कुछ भी हो रहा था और तेज हो गया।

गला बिल्कुल ऐसा ही होता था जब संडे की शाम ताऊजी स्कूटर पर बिठाकर उसे छोड़ने आते थे। स्कूटर रुकने के जरा देर बाद वह धीमे से उतरती थी और मुड़कर हड़बड़ायी आँखों से ताऊजी को देखती थी, और हर बार, हर इतवार, वह वही कहना चाहती थी जो उसने कभी नहीं कहा, ''ताऊजी हमें फिर से लेने आना।''

एक झटके के साथ रश्मि गाड़ी से नीचे उतरी और लगभग दौड़ती हुई स्कूल में दाखिल हुई। ठीक तभी अरित्र ने उसे देखा और उसके चेहरे पर एक लहर जैसी दौड़ गयी। 'मामी माँ' वो जोर से चिल्लाया और पूरे वेग से रश्मि की ओर दौड़ पड़ा।

रश्मि जहाँ खड़ी थी वहाँ धूप का एक कतरा नहीं था। लेकिन काँपते हाथों से उसने पर्स से अपना धूप चश्मा निकाला और पहन लिया। रुमाल निकाला और मुँह ढँक लिया। वह जहाँ खड़ी थी, वहीं घुटने के बल बैठ गयी। अरित्र आधा लॉन पार कर चुका था। हँसता, हाँफता, पूरी शक्ति से उसकी ओर भागता आ रहा था। रश्मि ने दोनों हाथ फैला दिये।

और उसे लगा कि अभी इन सारे बच्चों और लोगों के सामने, काले चश्मे के नीचे से उसकी आँखों से मोटी-मोटी बूँदें जमीन पर गिर पड़ेंगी।

❑

बड़े नक्शे में एक छोटा शहर

वो फ्लैट तो फ्लैट बनने के लिए ही बने थे, महिला कॉलेज की प्राध्यापिकाओं के आवास हेतु, जो बाद में कॉलेज के अन्य कर्मचारियों को भी दिये जाने लगे थे, लेकिन दीवार के उस तरफ वाला एग्रिकल्चर ऑफिस शुरू से एग्रिकल्चर ऑफिस नहीं था। वह शहर के पुराने रईस का बँगला था जिनकी हैसियत जमींदार से बड़ी और राजा से छोटी थी। यहाँ से वहाँ तक फैली उनकी सम्पत्ति उनका 'स्टेट' कहलाती थी। तब शायद यह शहर भी नहीं था, सब कुछ उनका स्टेट था।

बाद में, यानी कि हमारे निकटवर्ती इतिहास के सबसे बड़े अध्याय हमारी आजादी के बाद उनका स्टेट आजाद भारत में विलीन हो गया और एक पूर्वी प्रान्त का एक शहर बन गया।

अपना विशाल बँगला उन्होंने आजाद भारत सरकार को दान कर दिया या भेंट कर दिया और पड़ोसी राज्य के राज्यपाल हो गये।

जब तक वो मालिक थे, उनकी इस हवेली में अँग्रेज अफसरों के सम्मान में बड़ी दावतें होती थीं। अँग्रेज अफसरों के चले जाने और इस हवेली के सरकारी सम्पत्ति बन जाने के बाद भी उन दावतों के किस्से शहर भर में सुनने को मिलते हैं। उन सारे लोगों से जो या तो खुद या जिनके पुरखे उस स्टेट के आसामी थे और अब इस शहर के नागरिक बन गये हैं।

जब सरकार ने यह हवेली अर्जित की तो उसे एग्रिकल्चर ऑफिस घोषित कर दिया।

हालाँकि एग्रिकल्चर ऑफिस इस भाषा का शब्द नहीं है, जिस भाषा में यह कहानी घटी है, या यों कहें कि अक्सर ही घटती है, लेकिन एग्रिकल्चर ऑफिस इस शहर की भाषा का शब्द बन गया है।

अगर आप शहर के स्टेशन पर उतरकर रिक्शावाले से कहें कि आपको 'कृषि कार्यालय' जाना है तो वह समझेगा कि आप उसे शहर से गुजरने वाले 'बाइपास

रोड' से भी आगे किसी सुनसान मुहल्ले में ले जाना चाहते हैं, जहाँ कम भाड़ा मिलने पर वह हल्ला भी नहीं कर सकेगा, और वह सिर हिलाकर आपको बिठाने से इनकार करता हुआ आगे चला जाएगा।

इसलिए बेहतर यही है कि हम इस ऐतिहासिक इमारत को एग्रिकल्चर ऑफिस ही कहें, हालाँकि यह कह देना लाजिमी है कि जो काले रंग का बोर्ड सरकार ने इस पर टाँग रखा है उस पर कृषि कार्यालय ऊपर लिखा है, एग्रिकल्चर ऑफिस नीचे।

एग्रिकल्चर ऑफिस की दूसरी दीवार के उस तरफ, उस दीवार के नहीं जिसके उस तरफ प्राध्यापिकाओं का आवास है, बल्कि दूसरी दीवार के उस तरफ, एक छोटी पुरानी हवेली है। अगर आप ध्यान से देखें तो पाएँगे कि आखिर में दीवार खत्म हो गयी है और हवेली एग्रिकल्चर ऑफिस से जुड़ी हुई है। ऐसा नहीं है कि वह इसी इमारत का हिस्सा है, हालाँकि इससे काफी छोटी लेकिन वह भी अपने आप में पूरी हवेली है। दो अलग इमारतें हैं जो अन्त में आकर एक-दूसरे से मिल गयी हैं।

असल में यह हवेली उन रईस श्रीमान के किसी सम्बन्धी की हवेली है, जो उन्होंने न तो आजाद भारत सरकार को भेंट की और न ही राज्यपाल बने।

उनके वंशज अब राजधानी में रहते हैं और शायद ही कभी यहाँ आते हैं लेकिन हवेली की देखभाल में उन्होंने कई कर्मचारी नियुक्त कर रखे हैं। नतीजतन, यह छोटी हवेली अब कहीं ज्यादा हवेलीनुमा दिखती है—और एग्रिकल्चर ऑफिस एक पुरानी सरकारी इमारत जिस पर बरसों से रँगाई-पुताई नहीं हुई है।

हवेली को पुख़्ता रखने का काम कर्मचारियों की फौज के लिए काफी होगा, लेकिन जो काम करते वो सबसे ज्यादा नजर आते हैं, वो है हवेली के फाटक में प्रवेश करने वाले हर आगन्तुक को बड़े अधिकारपूर्ण ढंग से बाहर कर देना।

और आगन्तुक भी हैं कि हवेली के शानदार बगीचे में हर रोज प्रवेश करने की नयी कोशिश करते हैं।

हवेली का बगीचा शहर के गिने-चुने मशहूर बगीचों में से एक है, जिसमें हर मौसम में फूल खिले रहते हैं और जिन्हें सराहने का सुख भी एकमात्र उन्हें खिलानेवालों को ही प्राप्त है।

सब जानते हैं कि एग्रिकल्चर ऑफिस का अहाता सरकारी है इसलिए उसमें सबका प्रवेश है।

वहाँ खिलने वाला एक-एक फूल जनता द्वारा तोड़ लिया जाता है। फूल नहीं हों तो कली, और कली भी न हों तो बच्चों द्वारा पत्ते ही नोच लिये जाते हैं।

एग्रिकल्चर ऑफिस के इस सरकारी माहौल से पृथक करने के लिए हवेली के ऐन फाटक पर बड़े अक्षरों में 'प्राइवेट' लिखा एक बोर्ड टँगा है। लेकिन इस बोर्ड की उपस्थिति हवेली के कर्मचारी को निरन्तर नयी विधि से भीतर घुसनेवालों को बाहर करने के सुख से वंचित नहीं करती।

अगर आप एग्रिकल्चर ऑफिस की छत पर खड़े होकर देखें, तो आप ये सारा कारोबार भली प्रकार देख सकते हैं। और जैसा कि मैंने आपसे पहले कहा है, यह सरकारी छत है, इसके रास्ते सबको सुलभ हैं।

हम बचपन से ही यहाँ खेलते रहे हैं।

इसको बार-बार सरकारी कहने का मेरा अभिप्राय इसको लावारिस कहना कदापि नहीं है। ऐसा नहीं है कि शाम के पाँच बजे ऑफिस बन्द हो जाने के बाद से कोई यहाँ मौजूद नहीं रहता।

अगर ऐसा ही होता तो मेन फाटक में ताला लगाकर उसे बन्द नहीं कर दिया जाता?

ये अलग बात है कि लोग तब फाटक पर चढ़कर इस पार कूद जाते।

लेकिन इस बात की कभी नौबत नहीं आयी। सिवाय रात के उन चार पहरों के जब आसपास के गली-मुहल्ले में पूरा सन्नाटा रहता है या पूरी खामोशी रहती है, (दोनों में से जो भी इस मुहल्ले के चरित्र के अनुरूप हो, मैं ठीक-ठीक नहीं कह सकती क्योंकि रात के ऐसे पहर में घर से बाहर उस खामोशी या सन्नाटे में निकलने का मौका मुझे कभी नहीं दिया गया है) ये फाटक कभी बन्द नहीं होता।

और इसके खुले हुए फाटक के अन्दर सरकार का कोई-न-कोई अमला हमेशा मौजूद रहता है।

सिर्फ़ अँग्रेजी सरकार के ही नहीं, हर सरकार के हाथ बहुत लम्बे होते हैं।

उसने तय किया है कि सरकारी तनख़्वाह पर ऑफिस के चौकीदार और माली यहाँ चौबीसों घंटे मौजूद रहेंगे। तो सरकार का हुक्म सर आँखों पर।

अगर माली और चौकीदार खुद नहीं होते हैं तो उनके बृहत् परिवार का कोई-न-कोई मौजूद रहता है। माली और चौकीदार का यही आवास है, ऑफिस के बड़े बाबू के ड्राइवर का भी, लेकिन उसकी वफ़ादारी ऑफिस से ज्यादा बड़े बाबू के प्रति है।

ऑफिस की बड़ी इमारत के पीछे छोटे-छोटे घर हैं जो कभी उन श्रीमान् के सर्वेंट-क्वार्टर होंगे, अब सरकार के स्टॉफ क्वार्टर्स हैं, जिनमें इन तीन परिवारों का आवास है। एक-एक परिवार की कई पुश्तें यहाँ रहती हैं।

मैं ये सब कुछ जानती हूँ क्योंकि बचपन से यहाँ खेलती रही हूँ। ऑफिस के बड़े-बड़े बरामदे, उसका विशाल मैदान, सबसे ज्यादा उसकी लम्बी खुली हुई छत, हमारे उस खेल का अड्डा थे। जब हम स्कूल गये तो पता चला कि उस खेल का नाम 'हाइड एंड सीक' है। फिर भी घर लौटकर हम उसे उस स्कूली नाम से नहीं, बल्कि आइस-पाइस के नाम से खेलते थे।

लेकिन इस सब कुछ के पता चलने से पहले, जब सचमुच खेलने में परम आनन्द था, और जब हमें ये भी पता नहीं था कि आनन्द नाम की एक अलग अनुभूति होती है, जिसको पाने के लिए लोग क्या-क्या नहीं करते हैं, यहाँ तक कि अपने पैरों में लचीली रस्सी बाँधकर पहाड़ से उल्टी छलाँग लगाते हैं, जब हमें ये सब कुछ भी पता नहीं था, तब के उन परम आनन्दित दिनों में हम उसे 'चोरिया-नुकिया' के नाम से खेलते थे।

शाम के पाँच बजे चौकीदार रामसेवक जी की पत्नी चाभियों के बड़े-बड़े गुच्छे लेकर ऑफिस के दरवाजे बन्द करने पहुँचती थीं, फ्लैट के हम बच्चों की टोली खेलने पहुँच जाती थी।

आप सोचेंगे चौकीदार की पत्नी क्यों? चौकीदार खुद क्यों नहीं?

वो इसलिए कि चौकीदार रामसेवक जी का 'साइड बिजनेस' था। चौकीदारी मूलतः रात का काम है। इसलिए अगर वो रात की ड्यूटी बराबर बजाते रहें तो दिन के खाली घंटों में अपना साइड बिजनेस कर सकते थे। बशर्ते कि दिन में उनको करने के लिए दिये गये दो-एक काम कोई और करता रहे जो उनकी पत्नी पूरी निष्ठा के साथ करती थी।

और वक़्त-बेवक़्त अचानक आ गये किसी काम के लिए रामसेवक जी का छोटा भाई सदैव उपस्थित रहता था।

इस प्रकार पूरा परिवार ऑफिस की सेवा में था। रामसेवक जी दिन में अपना साइड-बिजनेस कर सकते थे।

शुरू में उनकी कोयले की दुकान थी। उन दिनों, यहाँ हर घर में लकड़ी, कोयले और कुन्नी के चूल्हे पर खाना बनता था। हालाँकि दुकान पास में ही थी, फिर भी, रामसेवक जी सप्ताह भर का उपयुक्त जलावन बोरी में कसकर अपनी साइकिल पर लादकर घर-घर पहुँचाते थे। तब से ही उनका हमारे साथ एक रिश्ता जुड़ गया था। आप सोचेंगे कि यह लाने-पहुँचाने-ले जाने का रिश्ता होगा, लेकिन आप ऐसा मत सोचिए। यह उससे कहीं बड़ा रिश्ता था, और है। यह इस छोटे शहर के छोटे-छोटे गली-मुहल्लों का बहुत अहम रिश्ता है, जिसका न कोई तय नाम है, न रूप। सम्भव है कि यह लाने-पहुँचाने-ले जाने में ही सबसे ज्यादा व्यक्त होता हो, पर यह उससे बहुत बड़ा रिश्ता है। जो कहीं भी किसी दिन

अचानक आकार ले लेता है और फिर अन्त तक बनता-बिगड़ता रहता है।

लकड़ी और कोयले के चूल्हों के धीरे-धीरे सुलगने का जमाना कब का इस शहर से जा चुका है। अब घर-घर में गैस का सिलिंडर आ गया है हालाँकि रामसेवक जी और उनके सरीखे कई घरों में मिट्टी तेल से जलने वाले स्टोव पर खाना बनता है। कोयले की सारी उपयोगिता चुक गयी है। रामसेवक जी कोयले की बोरी अपनी साइकिल पर लादकर अब किसी घर में नहीं पहुँचाते। समय का तकाजा देखकर उन्होंने अपना कोयले का साइड-बिजनेस बन्द कर दिया है।

काफी राय-विचार और सलाह-मशविरा करने के बाद उन्होंने भूसे की दुकान खोली है। उनका कहना है कि समय का क्या है, समय तो बदलता ही रहेगा और साथ में बाकी चीजें भी बदलती रहेंगी लेकिन गाय कभी दूध देना बन्द नहीं करेगी और हम लोग गाय का दूध पीना, उससे खीर बनाना और दही जमाना कभी बन्द नहीं करेंगे। और आखिर यह शहर है, यहाँ गाय के चरने के लिए घास के हरे मैदान तो हैं नहीं। ऐसे में भूसा ही गाय का सबसे पौष्टिक आहार है, इसलिए भूसे की दुकान खोलना हर दृष्टि से उपयुक्त है। हालाँकि भूसा गाय का सबसे पौष्टिक आहार है या नहीं, इस पर काफी मतभेद था, लेकिन रामसेवक जी ने अपना मन बना लिया था।

दूध को अमृत और गाय को माता मानते हुए उन्होंने भूसे का 'साइड-बिजनेस' शुरू कर दिया और कुछ ही दिनों में बिजनेस चल निकला यानी कि रामसेवक जो भूसे की बड़ी-बड़ी गठरी अपनी साइकिल पर लादकर शहर के अलग-अलग छोर पर स्थित खटाल में पहुँचने लगे।

मुहल्ले के घरों का उनका साप्ताहिक भ्रमण बन्द हो गया। लेकिन हमारे घर में उनका और उनके परिवार का आना-जाना बदस्तूर जारी रहा। अगर वह अब हमारे ईंधन के लिए कोयला नहीं लाते थे तो कोई बात नहीं, गैस एजेन्सी की लम्बी लाइन में खड़े होकर हमारा नम्बर लगाते थे। नम्बर आ जाने पर गैस का सिलिंडर अपनी साइकिल पर बाँधकर हमारे घर लाते थे।

शहर में गैस के सिलिंडर की चोरी बहुत बढ़ गयी थी या यों कहें कि जब से गैस के सिलिंडर आये थे, उनकी चोरी भी साथ में शुरू हो गयी थी। इसलिए गैस का सिलिंडर किसी बहुत जिम्मेदार आदमी को ही सौंपा जा सकता था। और सब जानते थे कि रामसेवक जी मेहनती और जिम्मेदार आदमी हैं।

हालाँकि दिन-भर भूसे की फेरी लगाने के बाद उनके पास बहुत कम समय बचता था लेकिन वो हमारे पुराने रिश्ते का लिहाज करके हमारे ईंधन की व्यवस्था किये जा रहे थे। उनके साथ हमारा रिश्ता ही कुछ ऐसा था। या यों कहें कि है।

उनके दोनों बच्चे संजू और पम्मी, जो पास के सरकारी स्कूल में पढ़ते हैं,

अक्सर मेरी माँ के पास पढ़ने आते हैं। जब भी वे माँ से अपनी कठिनाइयों का हल पूछते हैं, माँ जवाब देने से पहले सरकारी स्कूलों की बदहाली पर एक लम्बा व्याख्यान देती हैं।

ये हर बार का नियम है। माँ की इस आदत पर हम उनकी नजर बचाकर हँसते हैं। हम यानी कि मैं, संजू और पम्मी।

हालाँकि सरकारी स्कूलों की बदहाली नजर बचाकर हँसने वाली बात नहीं है, ये हम तीनों जानते हैं। संजू दसवीं में पढ़ता है और पम्मी आठवीं में। मुझमें और उनमें उम्र का फासला होने पर भी, हमारे बीच ऐसी कई बातें हैं जिन पर हम छिपकर हँसते हैं और किसी से कुछ नहीं कहते।

मेरी और उनकी माँ के बीच होने वाले कई प्रकार के आदान-प्रदान हमें इस तरह हँसने के कई अवसर देते हैं। मुझे उनके साथ एग्रिकल्चर ऑफिस की खुली छत पर खड़े होकर हँसना बहुत पसन्द है। इस तरह हँसने में मुझे अपने बचपन के उन आनन्दित दिनों की याद आती है जब हम इस छत पर 'चोरिया-नुकिया' खेलते थे।

पम्मी जब एक बार हँसना शुरू करती है तो हँसती ही जाती है। फिर उसकी हँसी को रोकना हमारे मनोरंजन का कारण बन जाता है। संजू जितना ही उसे चुप होने को कहता है वह उतने ही जोर से हँसती है। वह हमसे मुँह ढँककर हँसती जाती है, वह हमसे भागने लगती है, हम उसके पीछे दौडने लगते हैं।

यह आठवीं की उम्र की हँसी है जो कॉलेज तक पहुँचते-पहुँचते खत्म हो जाती है। कॉलेज में दाखिला लेती हुई लड़की शीशे में खड़ी होकर देखती है कि इस तरह जंगलियों की तरह हँसती हुई वह खूबसूरत नहीं लगती। वह बस जरा-सा तिरछे मुस्कराती हुई खूबसूरत लगती है, और उसका इस तरह हँसना बन्द हो जाता है। बाद में वह अपनी कमाई के या अपनी गृहस्थी के दो, चार, छः हजार रुपयों का हिसाब करने लगती है और उसका इस तरह हँसना हमेशा के लिए विदा हो जाता है।

पम्मी ये सब नहीं जानती है और बेतहाशा हँसती है। हमारी माँओं के बीच हाल ही में हुए किसी आदान-प्रदान का जिक्र होते ही वह हँसने लगती है।

रामसेवक जी की पत्नी जब भी कोई अद्‌भुत साग पा जाती है, उदाहरण के तौर पर अरबी या नूनी या करमी का साग जो वो अक्सर ही किसी चौक के हाट से, किसी के खेत से या कभी जंगल की तरह उगा हुआ ही पा जाती है, तो उसे बड़ी एहतियात से बनाकर बड़े कटोरे में भरकर हमारे घर भिजवाती है।

मेरी उपस्थिति में ऐसे विरले पत्तों की खोज और बढ़ा दी जाती है।

माँ सिर्फ़ इनके स्वाद की कायल नहीं है, उन्हें इन पत्तों की महिमा में

विश्वास है। जैसे, उनका कहना है कि तिलकोर के पत्ते में इतना नेचुरल इनसुलिन है कि वह डायबिटीज की दवा तो है ही, लेकिन उसे हर आदमी को खाना चाहिए। आजकल लोग ऐसी प्राकृतिक सम्पदाओं की उपेक्षा करते हैं। खाने के नाम पर उन्हें आलू, गोभी, मटर के आगे कुछ दिखता नहीं, और ऊपर से हजार किस्म की दवा गटकते रहते हैं।

प्राचीन काल के लोग इस लता की महत्ता से अवगत थे। इसलिए संस्कृत में इसके फल के लिए बड़ा सम्भ्रान्त नाम है, बिम्बफल जो अब प्रायः लुप्त हो गया है।

रामसेवक जी की पत्नी की माँ को भारी डायबिटीज था। इसलिए इन पत्तों की यश-गाथा सुनने के बाद से हमारे यहाँ पर दूसरे-तीसरे दिन बिम्बफल के पत्तों का साग पहुँच जाता है।

आप सोचेंगे कि रामसेवक जी और उनके परिवार से हमारा नाता सिर्फ़ लेने का है लेकिन आप ऐसा मत सोचिए। हालाँकि साग भरकर आया हुआ कटोरा ख़ाली लौटता है, लेकिन हमारे यहाँ से किसी न किसी चीज का पैकेट अक्सर उनके घर जाता रहता है। बाजार में नये धान का नया कटा चिवड़ा आया तो, नये मौसम का नया फल आया तो। कभी किन्हीं मेहमान के आने पर माँ उनकी पत्नी को खाना बनाने के लिए बुलावा भेजती है। लेकिन ऐसे में उनके पूरे परिवार का दोनों शाम का खाना हमारे यहाँ से ही जाता है।

बच्चों की वर्षगाँठ पर उन्हें नयी किताबें भेंट की जाती हैं। लेकिन माँ यों भी हर समय अपने कॉलेज की लाइब्रेरी से किताब छाँटकर उन्हें पढ़ने के लिए देती हैं। संजू पढ़-लिखकर कम से कम किसी सरकारी दफ्तर में क्लर्की करने लगे इसके लिए माँ बहुत चिन्तित है।

लेकिन संजू दसवीं और फिर बारहवीं पूरी करने के बाद इंजीनियरिंग की प्राइवेट कोचिंग करना चाहता है। जब से रामसेवक जी ने यह सुना है, वो काफी परेशान हैं। माँ धीरे-धीरे बड़ी सावधानी से संजू को यह समझाने की कोशिश कर रही हैं कि गणित कभी भी उसका प्रिय विषय नहीं रहा है, कि गणित में पास होने के लिए उसे काफी मेहनत करनी पड़ती रही है।

रामसेवक जी के साथ हमारे रिश्ते का एक और आयाम है उनका छोटा भाई रामचन्दर।

रामचन्दर तथाकथित रूप से रामसेवक जी का सहायक है लेकिन रामसेवक जी अपना साइड-बिजनेस और अपनी चौकीदारी दोनों ही काम अकेले करते हैं। सिर्फ़ चाभियों के मोटे गुच्छों से ऑफिस खोलने और बन्द करने का काम उनकी पत्नी करती हैं।

रामचन्दर चाभियों के इन मोटे-मोटे गुच्छों को अपने दिन भर के इधर-उधर घूमने में जाने कहाँ गिरा देगा, इसका डर भूसे की फेरी करते हुए रामसेवक जी, या साग बनाते हुए उनकी पत्नी को ही नहीं रहता, ऑफिस के बड़े बाबू को भी लगा रहता। इसलिए सबने मिलकर उसे समझा दिया है कि मौके-बेमौके के लिए उसका मौजूद रहना ही सबसे बड़ी सहायता है।

रामचन्दर को फ्लैट के और मुहल्ले के लोग कुछ खास किस्म के छोटे-छोटे काम के लिए बुलाते रहते हैं और उनके एवज में छोटी-मोटी बख़्शीश दिया करते हैं। माँ भी बुलवाती हैं। माँ ऐसे खास काम को 'टहल-टिकोरी' कहती हैं।

एग्रिकल्चर ऑफिस की दीवार के उस तरफ़, आपको शायद याद हो कि फ्लैट और ऑफिस के बीच एक ही दीवार थी। उस दीवार के पार ऑफिस वाले हिस्से में, दीवार से सटे हुए ही, ऐस्बेसट्स की छत और लोहे के दरवाजे वाले एक-दूसरे से लगे हुए बहुत पुराने झर-झर कमरे थे।

ये कमरे उन रईस श्रीमान् के कार-गैराज थे। लोगों का कहना था कि इनमें से कुछ में दो-एक पुरानी जंग लगी गाड़ियाँ अभी भी बन्द पड़ी हैं। इनके दरवाजे बरसों से नहीं खोले गये थे।

सरकार के पास कभी इतनी गाड़ियाँ नहीं थीं और उसे पता था कि कभी नहीं होंगी। ऑफिस की अपनी कुल एक गाड़ी थी जो बड़े बाबू के हवाले थी, जिसमें वो घर से ऑफिस और ऑफिस से घर ही नहीं, बल्कि दूर के गाँव-देहात के दौरे पर भी जाते थे।

इसलिए सरकार के इस ऑफिस ने एक प्रकार से इन गैराजों का उत्तरदायित्व लेने से इनकार कर दिया था। ऑफिस से दूर, ऑफिस के बड़े अहाते के एक कोने में ये अवांछित खड़े थे। ऑफिस के या फ्लैट के किसी आदमी का इनकी ओर आना-जाना नहीं था।

आप चाहें तो हम इसे एक प्रकार से 'नो मैन्स लैंड' कह सकते हैं। तो इस 'नो मैन्स लैंड' में, आदमी की नजर से दूर, बहुत कुछ का वास था। मैंने कई बार गैराज की ढहती दीवार से निकलकर फ्लैट और ऑफिस के बीच की दीवार पर चलते हुए साँप, नेवला और छछूँदर को देखा था। 'नो मैन्स लैंड' का यह इलाका इतना बड़ा था कि इसमें साँप और नेवले का एक साथ वास था। मैंने देखा था क्योंकि बीच की दीवार ऊँची नहीं थी बल्कि इतनी नीची थी कि उसे कुछ ऊँचाई देने के लिए उस पर कँटीले तार लगाये गये थे। लेकिन इन तारों के पार साफ-साफ दिखाई देता था।

गैराज पर कई पेड़ उग आये थे बल्कि जब से मैं देख रही हूँ, उगे हुए

हैं। ठीक हमारे वाले फ्लैट के सामने एक बड़ का पेड़ है जो समय-समय पर इतना बड़ा हो जाता है कि हमारे घर में आने वाली सारी धूप छेंक लेता है। हर दो महीने पर रामचन्दर को बुलवाकर इसको छँटवाना पड़ता है। इसको जड़ से उखाड़ा नहीं जा सकता क्योंकि इसकी जड़ें दीवार के अन्दर जमी हुई हैं। और अगर उनको उखाड़ा गया तो दीवार के ढहने का डर है, और फिर पता नहीं एक साथ कितने साँप और नेवले बाहर निकल आएँगे? यों भी, दीवार ढहने की जिम्मेदारी न तो रामचन्दर लेना चाहता है, और न ही माँ। आखिरकार यह सरकारी दीवार है।

इसलिए हर दो महीने में रामचन्दर, एक हाथ में कुल्हाड़ी लिये, ऐस्बेस्टस की छत पर फिसलता हुआ चढ़ता है। उसके इस तरह चढ़ने में और उसको चढ़ते देखने के लिए जुटी भीड़ में, यह बात निरन्तर मौजूद रहती है कि यह बहुत बहादुरी का काम है।

यह बात कहीं किसी के दिमाग से निकल न जाए, लिहाजन वह हमारी ओर मुखातिब होकर, हँसकर एक बार यह जरूर कह देता है कि "जानते हैं कि नहीं, इसमें बहुत साँप रहता है।"

एक बार रामचन्दर ऐस्बेस्टस की छत से फिसलकर नीचे गिरते-गिरते बचा। बाद में मुझे लगा कि उसे न गिरने का बहुत अफसोस हुआ। अगर वह गिर जाता तो लोग कितना घबराते? फौरन उसे मरहम-पट्टी के लिए 'हॉस्पिटल' ले जाया जाता। वह मुहल्ले का कहीं बड़ा हीरो बन जाता!

लेकिन यह सब उसके दिमाग ने बाद में सोचा। फिसलते समय उसने एड़ी-चोटी का जोर लगाकर खुद को छत पर रोक लिया।

उसके बाद से ही नहीं, शुरू से, उसे इस तरह इकट्ठी भीड़ के सामने गैराज की छत पर चढ़कर बड़ का पेड़ छाँटना बहुत पसन्द है।

नाखुश वह तब होता है जब माँ उसे तार पर लतरे तिलकोर का पत्ता तोड़ने को कहती हैं। 'फिर से, अभिएत बना था' वह जैसे ही कहता है, माँ उसे 'चुप रहो' से आरम्भ करके जो डाँटना शुरू करती हैं, तो पत्ते तोड़कर दीवार से नीचे उतर आने तक जारी रहती हैं।

रामचन्दर के बारे में एक जरूरी बात और है। कोई उसे रामचन्दर नहीं कहता। सब उसे 'रमचन्दरा' कहते हैं।

एक मैं ही उसे रामचन्दर बुलाती हूँ। और एक वो, हमारे ऊपर वाले फ्लैट में रहने वाली संस्कृत की प्राध्यापिका जो उसे रामचन्द्र कहती हैं। जब वह अपनी परिष्कृत भाषा में उसका जिक्र करती हैं, जैसे 'रामचन्द्र ने कहा था' तो लगता ही नहीं है कि वह उसी रामचन्दर की बात कर रही हैं। यों भी जब वह कुछ

कहती हैं तो लोग बेहद चौकन्ने होकर सुनते हैं क्योंकि कर्ता के 'ने' चिह्न का प्रयोग, जो वह अवश्य करती हैं, इस शहर की भाषा में प्रचलित नहीं है।

जैसे फ्लैट वाले लोग कहते हैं 'रमचन्दरा कहा था' मुहल्ले वाले कुछ लोग कहते हैं, 'रमचन्दरा कहलई'। लेकिन रामसेवक जी का अपना अलग स्टाइल है, वो कहते हैं, 'रमचन्दरा कहिस है।'

इस तरह, सबके उसे रमचन्दरा कहने से उसका नाम ही रमचन्दरा हो गया है। उसका दिन-भर का काम है इधर-उधर डोलते रहना। ज्यादातर वह एग्रिकल्चर ऑफिस के गेट पर बनी चाय और पान की दुकान के बीच डोलता रहता है। उसके इस तरह दिन-भर डोलते रहने से ही शायद लोगों ने उसका नाम रमचन्दरा कर दिया है।

एग्रिकल्चर ऑफिस के ठीक गेट पर स्थित चाय और पान की दुकान ऑफिस के माली का साइड-बिजनेस है।

ऑफिस का माली बुड्ढा बहादुर है। बहादुर यानी कि वह नेपाली है और चूँकि यहाँ हर नेपाली को बहादुर कहने का रिवाज है, इसलिए उसे भी सब बहादुर कहते हैं।

उसका अपना कोई नाम होगा जो अब नहीं है या अगर है तो सिर्फ़ उसके अपने पास है।

यों तो यहाँ रिवाज यह भी है कि हर बहादुर चौकीदार होता है लेकिन एग्रिकल्चर ऑफिस में यह क्रम उलट गया है। यहाँ रामसेवक जी चौकीदार हैं और बहादुर माली।

रविवार छोड़कर हर रोज दस से पाँच तक वह ऑफिस के विशाल अहाते के इस-उस कोने में बैठा बागबानी करता है।

इस समय चाय की दुकान उसकी पत्नी और उसका बड़ा बेटा चलाते हैं। बल्कि हर समय ही चाय की दुकान उसकी पत्नी और बड़ा बेटा चलाते है। पाँच बजे ऑफिस बन्द हो जाने के बाद जब वह दुकान पर जा बैठता है, तब भी दुकान वो दोनों ही चलाते हैं।

बुड्ढा बहादुर चाय पीने वालों का कुशल-मंगल पूछता है, चाय के साथ बिस्कुट के लिए पूछता है, चाय कैसी बनी है पूछता है, और जिस किसी के हाथ में चाय का ग्लास नहीं होता उससे उसकी चाय के लिए पूछता है।

बहादुर की दुकान में दो 'किसिम' की चाय मिलती है। एक तो चाय जो आठ आने में मिलती है, और दूसरी 'इस्पेसल' चाय जो पूरे एक रुपये की मिलती है और पूरी खालिस दूध की बनती है और जिसमें खौलते समय अदरक डाली जाती है।

मुहल्ले वाले कभी-कभी अपनी आठ आने की चाय में ही अदरक डलवा कर 'इस्पेसल' चाय का स्वाद ले लेते हैं। बहादुर की चाय दुकान में ग्राहकों की छोटी-मोटी फरमाइशें रख ली जाती हैं क्योंकि बहादुर का कहना है कि हर रोज आने वाले ग्राहकों के 'कभी-कताल के खास आडर' मान लिये जाने चाहिए।

लेकिन ऑफिस वाले हमेशा 'इस्पेसल' चाय पीते हैं और हमेशा बहादुर की दुकान की चाय पीते हैं। ऑफिस के बड़े बाबू से लेकर चपरासी तक के लिए दस से पाँच के बीच चाय की कई फेरी जाती हैं। कभी-कभी बड़े बाबू ही स्वाद बदलने के लिए आठ आने वाली चाय मँगवाते हैं। तब सारे लोग वही चाय पीते हैं।

चाय पीने के बाद ऑफिस वाले पान मँगवाते हैं। पान की दुकान बहादुर के छोटे बेटे की है।

हालाँकि बहादुर के दोनों बेटों का अपना अलग-अलग नाम है लेकिन लोग उन्हें भी ज्यादातर बहादुर ही बुलाते हैं। फर्क करने के लिए लोग 'बड़का बहादुर', और बाप को 'छोटका बहादुर', 'बुड्ढा बहादुर' कहते हैं!

बड़े बहादुर के दो बेटे हैं और अभी तक तो उनके नाम प्रेम और पंकज हैं, लेकिन इस बात की भारी सम्भावना है कि बड़े होकर वे भी बहादुर बन जाएँगे।

छोटे बहादुर की अभी कोई सन्तान नहीं है। साल भर पहले ही उसकी शादी हुई है। शादी के छः महीने बाद ही वह लड़-झगड़कर बाप से अलग हो गया है। फिर भी, बहादुर ने उसे अपने सरकारी क्वार्टर से बेदाखल नहीं किया है।

इसलिए बहादुर के घर में अब दो जगहों पर अलग-अलग मिट्टी के तेल के स्टोव पर खाना पकता है।

ऑफिस वालों में चाय के बाद पान की तलब देखकर बहादुर ने खुद पान की दुकान खोलने का मन बना लिया था। लेकिन छोटा बेटा अड़ गया कि वह अलग से पान की दुकान करना चाहता है और उसे अपने बाप से सिर्फ़ पूँजी उधार चाहिए। सो बाप ने अपनी सारी पूँजी बेटे को उधार दे दी और बेटा पान की गुमटी खोलकर बैठ गया।

बहादुर ने सबसे कहा कि आदमी अपने पेट के जाये के लिए क्या नहीं करता! अपनी खुशी का क्या है, बच्चे खुश रहें, आँखों के सामने रहें। सबने बहादुर की 'हाँ' में 'हाँ' मिलायी। सबकी बहादुर से हमदर्दी हो आयी। पहले से भी बहादुर सबकी नजर में रामसेवक जी की तरह मेहनती और ईमानदार आदमी हैं। अब उसके साथ एक हल्की-सी बेचारगी भी जुड़ गयी।

हर आने-जानेवाला बहादुर का हाल जरूर पूछ लेता है। बहादुर भी खुलकर लोगों से अपना दुख-सुख कहता है। उसकी दुकान पर आने वाले चाय पीकर पान खानेवाले सब उसके अपने हैं। इन लोगों के साथ उसका पुराना अपनापन है।

इन अपने लोगों के घर के ही दूसरे अपने लोग एग्रिकल्चर ऑफिस में फूल तोड़ने आते हैं। बहादुर खिले हुए फूल खोजने में उनकी मदद करता है और कई बार अपनी झुकी हुई कमर सीधी करके फूल तोड़ भी देता है।

अगर किसी के घर में कोई बड़ा समारोह होने वाला होता है तो लोग बहादुर को पहले से ही कह देते हैं कि 'भाई, मेरे नाम पर कुछ फूल बचाकर रखना।'

बहादुर का कहना है कि फूल तो खिलकर झड़ ही जाएँगे, मिट्टी में मिल जाएँगे, अगर लोगों के काम आ जाएँ तो क्या बुरा है! और गर भगवान के चरणों में चढ़ जाएँ तो उनका अहोभाग्य!

माली की हैसियत से उसका काम है एग्रिकल्चर ऑफिस में फूल खिलाना, सो वह करता है। खिले हुए फूलों को रोककर रखना उसके क्या, किसी के बस में नहीं है, सो दिन-भर की धूप में फूल मुरझाएँ, इससे पहले ही सुबह-सुबह कोई उन्हें भगवान के नाम पर तोड़ ले जाए, यह फूल और माली दोनों की खुशकिस्मती है।

फूलों की नश्वरता का ऐसा सैद्धान्तिक बोध कॉलेज के मालियों को नहीं है। फूलों की नियति का और कोई बोध उन्हें नहीं है सिवाय इसके कि कॉलेज में हमेशा फूल खिले हुए दिखने चाहिए। हर पुराने पड़ गये फूल के बदले नया फूल खिलना चाहिए।

कॉलेज में एक नहीं, कई माली हैं। कॉलेज परिसर का दायरा लगभग उतना ही है जितना ऑफिस का, लेकिन कॉलेज का बगीचा ऑफिस के अहाते से कहीं ज्यादा भरा-पूरा और फला-फूला दिखता है।

कॉलेज भी अन्ततः सरकार का ही है। लेकिन यहाँ से एक फूल तोड़ ले जाने की किसी को हिम्मत नहीं है। यह शहर का सबसे प्रतिष्ठित महिला कॉलेज है। विद्यार्थियों, शिक्षकों और कर्मचारियों को छोड़कर इसमें किसी का प्रवेश नहीं है।

इसके विशाल गेट के अन्दर और बाहर हर समय चपरासियों का पहरा रहता है। और इस गेट पर किसी की चाय या पान की दुकान नहीं है। जो भी दुकानें हैं, वो या तो थोड़ी दूरी पर हैं या सड़क के उस पार हैं।

कॉलेज के अन्दरूनी हिस्से में या यों कहें कि उसके गर्भ गृह में, लड़कियों का हॉस्टल है।

अगर आप एक बार और एग्रिकल्चर ऑफिस की छत पर खड़े हों, तो गर्ल्स

हॉस्टल के पिछले कुछ कमरे और उसका पिछला आँगन देख सकते हैं, जहाँ शाम को लड़कियाँ हाजिरी और प्रार्थना के लिए इकट्ठी होती हैं।

कॉलेज के इस कड़े अनुशासन की वजह से हमारा कॉलेज में जाना ज्यादातर हमारी माँओं के साथ ही होता था। किसी सभा, समारोह, या झंडोत्तोलन के अवसर पर हम अनुशासित बच्चों की तरह जाते थे, पंक्ति में खड़े होते या बैठते थे और वापस आ जाते थे।

यदा-कदा, बड़े बाबू द्वारा चाय का स्वाद बदलने की तरह, हम कॉलेज में घूमने जाते थे। वहाँ हमारा खेलना सम्भव नहीं था, क्योंकि घास और क्यारियों को रौंदा नहीं जा सकता था। इसलिए हमारा वहाँ घूमना ही होता था।

ऐसे मौकों पर हम मेन गेट से नहीं बल्कि फ्लैट और कॉलेज के बीच की दीवार में बने छोटे गेट को फाँदकर जाते थे। वहाँ अपनी गेट ड्यूटी पर बैठा चपरासी हमें ऐसे पहचानता था जैसे उस गेट को, या अपने बैठने के लिए रखे हुए स्टूल को। जब हम गेट के ऊपर पहुँच जाते थे तो वह हमारा हाथ पकड़कर हमें नीचे उतार दिया करता था।

बच्चे होने के कारण, नहीं, फ्लैट के बच्चे होने के कारण हमें यह रियायत मिली हुई थी। मुहल्ले के बच्चों का कॉलेज में घूमने जाना अकल्पनीय था।

आपको अब तक भली प्रकार पता चल गया होगा कि फ्लैट के दोनों ओर एक-एक ही दीवार थी, यानी कि एक कॉलेज और फ्लैट के बीच की दीवार और दूसरी एग्रिकल्चर ऑफिस और फ्लैट के बीच की दीवार। हम बच्चों के लिए यह जानकारी बहुत रोमांचक थी। और हमने एक खुफिया बात और जान ली थी। दोनों में से कोई दीवार फ्लैट की दीवार नहीं था, यानी कि हम बिना दीवार के फ्लैट में रहते थे।

मेरे अन्दर ये चारों इमारतें, एक-दूसरे से सटी हुई कहीं-कहीं जुड़ी हुई, बिल्कुल उसी तरह अंकित हैं, जैसी कि ये हैं। किसी पेंटिंग की तरह नहीं, तस्वीर की तरह नहीं, बिल्कुल वैसी जैसी ये हैं, चलते-फिरते लोगों और किस्से-कहानियों के साथ—'लाइफ लाइक'।

इसलिए जब कभी मैं यहाँ आती हूँ तो ये नहीं लगता कि कितने समय बाद आयी हूँ, लगता है कि हमेशा से यहीं थी।

इस बार मुझे आये तीन महीने हो गये। लेकिन लगता नहीं है कि तीन महीने हो गये। इसलिए नहीं कि लगता है अभी-अभी आयी हूँ, बल्कि लगता है कभी गयी ही नहीं थी।

और इस बार हर शाम पाँच बजे, ऑफिस बन्द होने के बाद मैं फिर से एग्रिकल्चर ऑफिस जाती हूँ।

उसकी पुरानी छत पर जहाँ बहुत पहले, हम एक बहुत पुराना खेल खेलते थे।

एग्रिकल्चर ऑफिस की छत पर खड़े होकर मैंने सब कुछ दुबारा देखा। बार-बार देखा, हर बार देखा।

और नयी चीजें देखीं। पम्मी का हँसना देखा। पम्मी का हँसना जो इतना भला है कि मैं किसी और चीज से उसकी तुलना नहीं कर सकती।

पम्मी को हँसाने के लिए प्रयत्न नहीं करना पड़ता। यों भी उसे मेरी बातें हास्यास्पद लगती हैं। मेरी हर इस-उस बात पर वह हँसने लगती है।

आज दिन-भर तेज धूप थी। और दिन-भर बुड्ढा बहादुर घास काटता रहा था। शाम पाँच बजे उसका घास काटना बन्द कर चुकने के बाद भी कटी हुई घास की खुशबू गुनगुनी धूप में मिली हुई थी। और इस तरह मिली हुई थी कि ऑफिस में दाखिल होते ही आप घास की यह हल्की हरी खुशबू पा सकते थे।

लेकिन मेरे यह कहते ही पम्मी हँसने लगी बल्कि संजू भी हँसने लगा। दोनों में से कोई यह मानने को तैयार नहीं था कि घास की भी अपनी कोई खुशबू होती है।

लेकिन मैं लगातार वह मद्धम हरी खुशबू पा रही थी। पम्मी का कहना था कि खुशबू सिर्फ़ फूलों की होती है। संजू यहाँ तक मानने को तैयार था किसी-किसी पत्ते की खुशबू होती है। अगर आप पत्ते को निचोड़ें तो उससे रस निकलता है जिसकी खुशबू होती है।

"फिर कटती हुई घास की खुशबू क्यों नहीं हो सकती?"

"नहीं हो सकती। घास की खुशबू कैसे हो सकती है? और खुशबू हरी कैसे हो सकती है?"

"हो सकती है।" मैंने कहा, "खुशबू सिर्फ़ चखने के हिसाब से तो होती नहीं, फिर दिखने के हिसाब से क्यों नहीं हो सकती?"

इस खुशबू में इतना हरापन है जिसको आप देखने से कहीं ज्यादा अन्दर तक पा सकते हैं। यह हरी खुशबू है। मैदान में बिछी घास के धूप में कटने की हरी खुशबू।

हल्की हरी खुशबू है। मद्धम हरापन। यह हरापन गाढ़ा और ज्यादा गाढ़ा हो सकता है। अगर बहुत ज्यादा गाढ़ा हो, तो कड़ुवा भी हो सकता है।

हमारे स्कूल में यानी कि जिस स्कूल में मैं पढ़ती थी, पानी पीने के नलों की कतार के ऊपर नीम के पेड़ की घनी छाँव थी। नीम का पेड़ बहुत गहरा हरा नहीं होता, न पत्ता, न फल।

लेकिन लगता है कि उसका हरापन बहुत सघन होता है। इतना घना हरा, अन्दर तक हरा, कड़वाहट की सीमा के बाद तक हरा।

किसी एक मौसम में, याद नहीं किस मौसम में, वह उस फल के टपकने का मौसम होता था, वह फल जिसे हम निमकौड़ी कहते थे। उसके पेड़ से ऐसी खुशबू आती थी या कहूँ ऐसी गन्ध आती थी, घने हरेपन की कड़वी गन्ध कि आप उसे एक मिनट से ज्यादा अपने अन्दर नहीं रख सकते थे।

हम दौड़कर पानी पीने जाते थे और दौड़कर भाग आते थे। लेकिन उस गन्ध में कुछ ऐसा था कि हम बार-बार पानी पीने जाते थे।

सघन हरेपन की कड़वाहट की ताजगी, जैसी कि बहुत ठंडे मौसम में बहुत ठंडे पानी के नीचे खड़े होने से मिलती है। लेकिन आप मिनट भर से ज्यादा उसे झेल नहीं सकते।

लेकिन यह हल्की हरी खुशबू है। इसमें आप लगातार लम्बी, गहरी साँसें ले सकते हैं।

भले ही संजू और पम्मी मानने को तैयार नहीं थे लेकिन घास के कटे हुए ढेर से और मैदान पर बिछी उसकी पतली परत से लगातार खुशबू उठ रही थी।

मैदान में अभी भी पीली धूप थी। तभी हम तीनों ने एक साथ उस पीली चिड़िया को देखा। वह अचानक कहीं से उड़ती हुई आयी और विलुप्त हो गयी।

हमने उसे बहुत ढूँढ़ा। मैदान के एक किनारे पर कतार से लगे नारियल के पेड़ों में ढूँढ़ा, जिसमें कोई चिड़िया नहीं छिप सकती। ऑफिस के हर किसी पेड़ में ढूँढ़ा, पर पीली चिड़िया नहीं दिखी।

हमने उचककर हवेली के पेड़ों में भी देखा। चूँकि फ्लैट में एक भी पेड़ नहीं था, हमने उसके साथ की दीवारों पर देखा। यहाँ तक कि हमने कॉलेज के बगीचे और गर्ल्स हॉस्टल के पिछवाड़े भी देखा।

लेकिन पीली चिड़िया नहीं दिखी...पीली चिड़िया पीली धूप में खो गयी।

फिर भी हम तीनों ने उसे देखा था। हम उसके देखे को अनदेखा नहीं कर सकते थे।

हरी खुशबू की तरह पीली चिड़िया के होने में कोई विवाद नहीं था।

पीली चिड़िया हमें नहीं दिखी, लेकिन उसके ढूँढ़ने में जिन चिड़ियों को हम पहले से देख रहे थे, वे बार-बार दिखीं।

अपनी जगह पर एकाग्र बैठे कई किंगफिशर, जिन्हें अगर आप पहली बार देखें तो उनकी चोंच ही देखते रहेंगे।

एकमात्र अपनी लम्बी, पतली चतुर, चालाक चोंच से यह मछलीमार पक्षी अपने सारे शिकार करता है। और इसके बाकी के आकार की तुलना में, जो कि गौरैया से बड़ा लेकिन मैना से थोड़ा छोटा ही है, इसकी यह चोंच थोड़ी ज्यादा लम्बी है...और कभी-कभी थोड़ी अहंकारी भी दिखती है। जैसे किसी बहुत

खूबसूरत नस्ल की स्त्रियों की नाक थोड़ी ज्यादा ऊँची हो।

इसलिए यह पक्षी बगुले की याद नहीं दिलाता, जिसके बड़े से आकार में उसकी लम्बी-सी चोंच ज्यादा लम्बी नहीं लगती और जिसके 'वको ध्यानम्' के उदाहरण हमें बचपन से इतनी बार दिये जा चुके हैं कि पक्षी और मछली सुनते ही हम बगुला सोचने लगते हैं!

लेकिन किंगफिशर के बारे में ये सारी बातें गौण हैं। जो बात प्रमुख है वह है उसका रंग—रंग जो सिर्फ़ सूरज की रोशनी में दिखाई देता है।

हम रंगों को सूरज की रोशनी से ही जानते हैं। हमारे बनाये बिजली के बल्ब में रंग अपनी आभा से कम या ज्यादा दिखाई देते हैं, कभी-कभी बदरंग भी दिखाई देते हैं, और हम उन्हें अलग करके रख देते हैं कि कल सूरज की रोशनी में देखेंगे।

हालाँकि किंगफिशर बिजली के बल्ब की रोशनी के दायरे में शायद ही कभी आये। वह सूरज की रोशनी के दायरे में ही दिखाई देगा। और तब आप इन्तजार करें कि रोशनी उस पर पड़ती हो, यानी कि वह धूप में हो, छाया में नहीं। और अगर उसने एक छोटी उड़ान भी भर ली, जैसा कि वह अभी कर रहा है और जिसके लिए उसे अपने समेटे हुए पंख फैलाने हैं, खोलने हैं, पसारने हैं, तो आप रंगों का वह जादू देखेंगे जैसा आपने कभी नहीं सोचा होगा।

उसकी यह गर्वीली चोंच एकदम तूस लाल है, गले और सीने का हिस्सा गोलाई में सफेद और बाकी की देह सुनहली भूरी है।

लेकिन उसके पंख! उसके पंख ऐसे जादुई नीले हैं, नीलेपन की कगार पर नीले, कि जरा-सा हेर-फेर होता तो वो हरे होते, और ऐसे चमकीले कि कभी-कभी सिर्फ़ चमक रह जाती है!

मैं इस रंग को कोई नाम नहीं दे सकती। कहने को आप इसे 'किंगफिशर ब्लू' कह सकते हैं लेकिन मुझे लगता है कि इस रंग को बताने के लिए इसका नाम नहीं, इस रंग को ही बताना लाजिमी है।

एग्रिकल्चर ऑफिस में एक से कहीं अधिक किंगफिशर का वास है क्योंकि इसके मैदान के काफी बड़े हिस्से में पानी जमा हुआ है। बरसात का पुराना पानी जिसका निकास नहीं है। पानी है तो मछलियाँ भी होंगी, मछलियाँ हैं, तो यह मछलीमार भी है।

पानी क्यों जमा हुआ है? क्योंकि यह बहुत पुराना और नीचा अहाता है। शहर में बाद में बने सारे मकान मिट्टी भरवा कर ऊँचाई पर बनवाये गये हैं।

इसलिए बरसात का पानी जहाँ कहीं नीची ढलान पाता है, रुक जाता है।

अब आप पूछेंगे कि नालियों में बह क्यों नहीं जाता? इसलिए क्योंकि नालियाँ

पहले से ही भरी हुई हैं।

अब नालियाँ पहले से क्यों भरी हुई हैं?

ये मुझे नहीं पता। मुझे बहुत कुछ नहीं पता। मुझे सब कुछ कैसे पता हो सकता है?

लेकिन मुझे इतना पता है कि ये पानी विषैला नहीं है। क्योंकि इसमें मछलियों का निरन्तर बढ़ता समुदाय है, और इन मछलियों को खाकर हमारे किंगफिशर के जादुई रंग बरकरार हैं।

पानी भरा हुआ हिस्सा जलकुम्भी से आच्छादित है और इसमें हर समय हल्के बैंगनी रंग के फूल खिले रहते हैं। लेकिन कोई इन फूलों को नहीं तोड़ता।

सब इन्हें जंगली फूल कहते हैं।

मैदान का वह हिस्सा जो बहादुर कहता है कि हल्के से 'ऊँचास' पर है, उसी पर वह घास और फूलों की बागबानी करता है। और इन फूलों को तोड़ने के लिए मुहल्लेवालों की लाइन लगी रहती है।

हालाँकि अधिकांश हिस्से में पानी भरा हुआ है लेकिन 'ऊँचास' का यह हिस्सा भी अपने आप में काफी बड़ा है। मुहल्ले के दस घरों के अहाते बराबर।

जलकुम्भी से आच्छादित जल में मछलियों के अलावा कई प्राणियों का वास है। कुछ प्राणी जल, थल और वायु तीनों में विचरण करने वाले हैं। कुछ नहीं भी, तो कम से कम एक, जिसे हम अक्सर देखते हैं।

यह एक शर्मीला-सा पक्षी है जो अक्सर जलकुम्भी से निकलकर घास या दीवारों पर चलता हुआ दिखाई दे जाता है।

मैंने कभी इसे पेड़ पर नहीं देखा। यह ज्यादा से ज्यादा थल पक्षी है। जमीन से दीवार तक की इसकी उड़ान भी सशंकित रहती है।

हालाँकि घास के मैदान या दीवार पर 'कहीं भी' पूर्णतः निडर यह कभी नहीं हो पाता। हमारी हल्की आहट मिलते ही यह वापस जलकुम्भी में शरण ले लेता है।

संजू का कहना है कि जलकुम्भी में हर समय ऐसे सौ-दो सौ पक्षी बैठे रहते हैं। सौ-दो सौ? यह बहुत बड़ी संख्या नहीं है?

लेकिन मुझे और पम्मी को अपनी बात मनवाने के लिए उसने ऐसे ही मिट्टी का एक ढेला उठाकर जलकुम्भी में दे मारा और जहाँ वह गिरा वहाँ से बहुत डरे हुए तीन पक्षी अपनी डरी हुई उड़ान में थोड़े ऊँचे उठे और फिर जलकुम्भी के दूसरे हिस्से में जाकर छिप गये।

हमने उसकी बात मान ली और उसके हाथ से दूसरा ढेला ले लिया।

सलेटी पंख, सफेद बदन, पीली चोंच, पीले पंजों और कहीं-कहीं नारंगी

रंग के बहुत खुबसूरत धब्बों वाला यह नाजुक-सा पक्षी है। दीवार पर से इस पार या उस पार उड़ने में यह कभी-कभी सरहद पार करके हवेली के बगीचे में पहुँच जाता है। बल्कि हवेली में इसका रोज का आना-जाना है। कभी-कभी दूसरी दीवार पर चलता हुआ यह हमारे फ्लैट के सामने पहुँच जाता है और फिर घरों के शोर-गुल से घबराया हुआ किसी तरह सँभलता-डगमगाता अपनी जलकुम्भी तक उड़ आता है। इसका उड़ना ऐसी ही आपातकालीन स्थितियों में होता है।

तमाम लोगों से पूछ-पूछकर आखिरकार मैंने इसका नाम जान लिया है। बुड्ढे बहादुर से, उसके दोनों बेटे बहादुर से, उनकी पत्नियों से, रामसेवक जी की पत्नी से, रामसेवक जी के निरन्तर साइकिल पर चलते रहने के कारण उनसे तो नहीं, पर, हमारे बगलवाले फ्लैट में रहनेवाली जन्तु विज्ञान की प्राध्यापिका से, हमारे घर आने वाले हर किसी मेहमान से, और आखिर में सबके बताये में रामचन्दर से हाँ कहलाकर मैंने जान लिया है कि इसका नाम वनमुर्गी है। यह वनमुर्गी है।

मेरे इस प्रकार वनमुर्गी में दिलचस्पी लेने से सबको आश्चर्य हुआ और सबको मुझमें दिलचस्पी हो आयी।

जन्तु विज्ञान की प्राध्यापिका ने बड़ी हेय दृष्टि से कहा कि यह मामूली पक्षी है, धान और गेहूँ के खेत में मारा-मारा फिरता है। आखिर मैं इसके बारे में क्यों जानना चाहती हूँ?

बहादुर की बड़ी बहू को मेरे 'ऐसे ही' कहने से सन्तोष नहीं हुआ। दूसरी शाम वह अपना कौतूहल लिये छत पर आ पहुँची। मात्र अपने कौतूहल के बोझ तले ही नहीं, वह वैसे भी चौड़ी कद-काठी की महिला हैं, छत पर चढ़ते-चढ़ते उनकी साँस फूल गयी। जब आवाज कुछ स्थिर हुई तो उन्होंने मुझसे फिर से पूछना शुरू किया कि कहीं मैं वनमुर्गी के बारे में इसलिए तो नहीं जानना चाहती थी क्योंकि मुझे उसका शिकार करने की इच्छा थी?

"क्योंकि ये हो सकता है," वे कहती रहीं, "एक बार जब बड़ा दिन की छुट्टी में ऑफिस बन्द था तो हम लोग जाल बिछाकर चार-छः मुर्गी फँसाये थे। इसका मीट बड़ा टेस्टी होता है। आप कहिएगा तो इन्तजाम किया जाएगा।"

कई दलीलें देकर ऐसे किसी भी इन्तजाम को रोकने की जितनी कोशिश मैं कर सकती थी, मैंने की। जब हमारे मारने और खाने के लिए बदशक्ल पालतू मुर्गी मौजूद है तो हम इस खूबसूरत पक्षी को क्यों मारें, से शुरू करके मैंने यहाँ तक कहा कि आखिर यह वनमुर्गी है, जंगली है और जंगली पक्षियों का मांस मोटापे के लिए खराब होता है।

फिर भी कई दिनों तक मुझे बेचैनी रही कि उनसे वनमुर्गी का जिक्र करके कहीं मैंने बेचारी वनमुर्गियों की जान आफत में तो नहीं डाल दी?

इस प्रकार, हर शाम, पाँच बजे ऑफिस बन्द होने के बाद, मेरे ऑफिस की छत पर जाने का क्रम जारी है। करीब तीन-साढ़े तीन महीने होने को आये।

हर रोज, जब मैं जाती हूँ, रामचन्दर चाय या पान की दुकान पर डोलता हुआ मुझे मिल जाता है। 'कैसे हैं रामचन्दर?' मैं पूछती हूँ। 'ठीके हैं' वह कहता है।

मुझे इस तरह हर रोज उसके 'ठीके है' कहने से सब कुछ के ठीक होने का आश्वासन मिलता है। ऑफिस की इमारत, पीछे के क्वार्टर, जमे हुए पानी, घास के मैदान, उनमें बसने वाले पक्षी, दीवार के इस पार के फ्लैट, खुद बीच की दीवार और उससे सटा वह 'नो मैन्स लैंड' जिसमें साँप और नेवला साथ रहते हैं, इन सब कुछ के ठीक होने का आश्वासन मिलता है।

मेरी इच्छा होती है कि मैं एक बार सबकी तरह उसे रमचन्दरा कहकर बुलाऊँ, पर नहीं कह पाती।

बाद में, अकेले में, मैं कहकर देखती हूँ कि यह कहने में कैसा लगता है—''कैसे हैं रमचन्दरा?'' मजा आता है, कुछ-कुछ निमकौड़ियों के पेड़ की गन्ध के नीचे से दौड़कर भाग आने जैसा।

लेकिन फिर अगले दिन मैं रामचन्दर ही कह पाती हूँ, रमचन्दरा नहीं कह पाती।

आजकल के फ्लैट के बच्चों का एग्रिकल्चर ऑफिस जाने का रिवाज नहीं है। वो फ्लैट के पक्के अहाते में ही तरह-तरह के नये खेल खेलते हैं।

हमारे ऊपरवाले फ्लैट में रहने वाली, रामचन्दर को 'रामचन्द्र' कहने वाली संस्कृत की प्राध्यापिका भी लगभग इसी समय कॉलेज में टहलने जाती हैं। अक्सर मेरी उनसे मुलाकात हो जाती है। उनके बात करने का अन्दाज वही है, लोगों को चौकन्ना कर देने वाला। किसी दिन अगर तेज हवा चल रही हो तो वो मुझसे कहती हैं, ''हवा आज बेशर्म होकर बह रही है।'' लेकिन अगर कोई खास बात नहीं होती, जैसा कि अक्सर होता है तो वो यही कहती हैं कि ''सन्ध्या समय में ताजी हवा का सेवन अत्यन्त आवश्यक है।''

मुझे इस तरह उनके हवा को बेशर्म कहने या आवश्यक बताने पर कोई एतराज नहीं है। लेकिन उनका सन्ध्या को पूर्णतः समय बना देना मुझे सख्त नापसन्द है।

इसलिए मैं अपने घर से निकलकर तेज-तेज चलती हुई फ्लैट से बाहर हो लेती हूँ कि कहीं फिर से उनसे मुलाकात न हो जाए और कहीं फिर से वो सन्ध्या को समय न कह दें। तेज-तेज चढ़ती हुई आज जब मैं छत पर पहुँची तो देखा कि फ्लैट नम्बर नौ में रहने वाली रसायनविज्ञान की विभागाध्यक्ष पहले

से छत पर मौजूद हैं। दोनों हाथों से अपना दाहिना घुटना पकड़े, आधी झुकी हुई वो फ्लैट की तरफ मुखातिब खड़ी हैं। संजू और पम्मी उनके पीछे खड़े हैं। पम्मी दम साधे, ओठ दबाये खड़ी है, जरूर कोई हँसने वाली बात है।

ये और यहाँ? इलाके में इनके घुटने का दर्द मशहूर है। इनका लँगड़ाकर चलना मशहूर है। लेकिन ठीक बीमारी क्या है, कोई नहीं जानता और किसी को पूछने की हिम्मत भी नहीं है। इनके घुटने से ज्यादा इनके तेवर मशहूर हैं। फिर इनके छत पर आने का क्या प्रयोजन हो सकता है?

मैंने उनकी दृष्टि का पीछा किया। तब मुझे उनके फ्लैट के सामने वाली दीवार के हिस्से पर नीचे से लेकर कँटीले तारों तक लतरी हुई एक लता दिखी। तिलकोर से भिन्न, बड़े-बड़े बहुत बड़े फल भी नजर आये। कोंहड़ा? मैंने चेहरे पर प्रश्नावाचक चिह्न बनाकर संजू और पम्मी की ओर देखा।

पम्मी को अब अपनी हँसी रोकने के लिए अपने हाथों का सहारा लेना पड़ा।

तभी अचानक फिर कहीं से उड़ती हुई वह पीली चिड़िया हमें नजर आयी।

"देखो, पीली चिड़िया," हम तीनों ने एक साथ कहा।

उन्होंने भी तुरन्त पलटकर देखा और शायद उसके विलुप्त होने से पहले पीली चिड़िया की एक झलक पा ली।

हम फिर से उसे ढूँढ़ने लगे। "कैसी पीली चिड़िया है, मतलब कैसी नहीं, मतलब कितनी, मतलब एकदम पीली" संजू उसके पीलेपन पर विभोर होने लगा, "मतलब ये नहीं कि भूरा जैसा पीला हो, या नारंगी जैसा पीला, एकदम पुख्ता पीला!"

पम्मी ढूँढ़ना छोड़कर मुँह ढँककर हँसने लगी। "चुप रहो इसमें हँसने की क्या बात है?" संजू ने जैसे ही उससे कहा, वह और तेज हँसने लगी। वह हँसते-हँसते छत के दूसरे कोने पर जाने लगी।

उसे इस तरह बेसँभाल हँसने से और संजू के इस तरह पीले रंग पर मुग्ध होने से रसायन विज्ञान की विभागाध्यक्ष के चेहरे पर टेढ़ी-सी मुस्कान की एक रेखा खिंच गयी।

"इस चिड़िया का नाम क्या है? क्या हो सकता है? आप जानती हैं?"

संजू बिना हमारी ओर देखे अपनी रौ में बोल रहा था। लेकिन शायद उसने मुझसे पूछा था।

मैं उसका उत्तर नहीं जानती थी और उसके 'आप' को किसी कारणवश अनुत्तरित ही छोड़ देना चाहती थी।

बांग्ला में इसको बोलता है—'बेनेर बोऊ।'

उन्होंने लगभग हँसते हुए अपनी चुप्पी तोड़ी और मुलायम-सी आवाज में

पीली चिड़िया के बारे में बताना शुरू किया।

"बेनेर बोऊ माने क्या, बनिया की बहू। पिछले जनम में ये मानुष था। बनिया था। एक बनिया ने एक लड़की पसन्द की थी। शादी के दिन लड़का हल्दी-उल्दी लगाके लड़की के घर के लिए निकला। लड़की भी पूरी हल्दी लगा के बैठी थी।"

"लेकिन लड़का रास्ता भूल गया, भटक गया, पहुँचा ही नहीं। लड़की हल्दी लगा के इन्तजार करते-करते रह गयी।"

लेकिन कहानी सुनाते-सुनाते बीच में ही कहानी से उनका मन उचट गया।

पता नहीं उन्हें सल्फर का पीला रंग याद हो आया या रसायन विज्ञान के और फॉर्मूले याद हो आये या विभागाध्यक्ष का अपना पद याद हो आया या कि सिर्फ़ अपने तेवर का रुतबा ही याद आ गया।

फिर भी, कहानी उन्होंने शुरू की थी तो किसी तरह उसे अन्त तक निभा दिया।

"अगले जनम में वही लड़का-लड़की ये पीली चिड़िया बन गये।"

लेकिन इस प्रकार आधे मन से कही हुई कहानी में हमारी आस्था नहीं बन पायी।

फिर भी हमने भाँति-भाँति से 'अच्छा,' 'हाँ', 'ओहो' की ध्वनि निकालकर, सिर हिलाकर, इस बहुमूल्य जानकारी का स्वागत किया।

"आमार इतना सीढ़ी उत्तर के जाना पड़ेगा, बाबा रे" उन्होंने कहा और बिना किसी प्रतिक्रिया की प्रतीक्षा किये धीरे-धीरे सुस्त कदमों से ऐसे चलने लगीं कि यों भी हमारा कुछ कहना बेकार ही होगा, चलना तो उन्हें अपने घुटनों के बल पर ही है।

हमने उनके सीढ़ी उतरकर नीचे पहुँच जाने की प्रतीक्षा की, फिर उनके मैदान को पार करके फाटक से बाहर चले जाने की प्रतीक्षा की।

तब जाकर पम्मी को अपनी रोकी हुई सारी हँसी हँसने की छूट मिली।

मैंने फौरन पूछा कि आखिर इतनी सीढ़ियाँ चढ़कर वह आयी ही क्यों थीं? मुझे बताया गया कि यह एक लम्बी कहानी है।

वह जो बड़े फलों से लदी हुई लता जमीन से लेकर तार तक लटकी हुई है वह कोंहड़ा नहीं है, जैसा कि मैंने सोचा था। वह सिझकोहड़ा है।

सिझकोहड़ा से आप परिचित हैं? वह सफेद कोहड़ा जिससे मुरब्बे बनते हैं।

सिझकोहडे की यह लता काफी विवादास्पद है। इसकी जड़ एग्रिकल्चर ऑफिस में है यानी कि इस पार। लेकिन ऑफिस का अहाता इतना बड़ा है कि यह ऑफिस से या पीछे वाले क्वार्टर से बहुत दूर है, और दीवार से सटे हुए

फ्लैट से बहुत पास है।

फिर भी, बुड्ढे बहादुर की बड़ी बहू का कहना है कि यह पेड़ उसने लगाया है।

फ्लैट नं. आठ में रहने वाली कॉलेज एकाउंटेंट की पत्नी का कहना है कि बीज उन्होंने दोनों पार फेंके थे, संयोग की बात है कि उस पार वाले बीज से पौधा निकला।

लेकिन कॉलेज एकाउंटेंट के ऊपर वाले फ्लैट नं. नौ में रहने वाली रसायन विज्ञान की विभागाध्यक्ष का कहना है कि उन्होंने बाकायदा किसी से बीज छिड़कवा करके पौधा लगवाया था।

जब से उन्होंने ये कहा है, बहादुर की बहू और एकाउंटेंट की पत्नी दोनों ने अपना क्लेम बाकायदा वापस तो नहीं लिया है, लेकिन दोनों सिझकोहडे के विषय पर चुप हैं। दोनों में से किसी की फल तोड़ने की हिम्मत नहीं है।

विभागाध्यक्ष फल इसलिए नहीं तोड़ रहीं क्योंकि खुद वे तोड़ नहीं सकतीं। फलों को तोड़ने के लिए दीवार पर चढ़ना होगा, जो अगर उनका घुटना सलामत होता तो भी वे नहीं कर सकती थीं। वे बहादुर से कहकर या कॉलेज एकाउंटेंट से कहकर फल तुड़वा सकती थीं, लेकिन उन दोनों के साथ इस पौधे की मिल्कियत को लेकर आजकल उनका घोर मनमुटाव है।

नतीजतन, कोई भी फल नहीं तोड़ पा रहा। नतीजतन, फल पककर बर्बाद होने को हैं।

लेकिन विभागाध्यक्ष हैं कि दिन-रात उन पर नजर रखती हैं कि कहीं कोई छिपकर सिझकोहड़ा न तोड़ ले। वो सुबह-शाम सिझकोहडों की गिनती करती हैं। कहीं उनकी नजर से कोई एक सिझकोहडा छिपा न रह गया हो, यही पक्का करने वे एग्रिकल्चर ऑफिस की छत पर आयी थीं।

अगर उनको एक सिझकोहडा भी कम नजर आ जाता तो उनके घुटने का दर्द इतना बढ़ जाता कि दो आदमी बुलवाकर उनको सीढ़ी से उतरने के लिए सहारा दिलवाना पड़ता।''

संजू ने अपनी बात समाप्त की तो मैंने लगभग कर्त्तव्यवश उसे कह दिया कि हमें उनके घुटने के दर्द का मजाक नहीं उड़ाना चाहिए।

लेकिन आखिर इन सिझकोहडों का होगा क्या? आखिरकार वे पककर नीचे टपकेंगे, सड़कर जमीन में मिल जाएँगे। इतने सिझकोहडों के बीज से जाने कितने और सिझकोहडों के पेड़ निकल आएँगे, फिर उनमें भी फल आएँगे और सुबह-शाम गिने जाने के बाद वे भी इसी तरह टपककर नीचे गिरेंगे और मिट्टी में मिल जाएँगे।

उनके घुटने के साथ पूरी हमदर्दी रखते हुए हम उनके द्वारा सिझकोहडों

की इस पुश्त-दर-पुश्त की बर्बादी पर हँसने लगे। हम जोर-जोर से हँसने लगे। पम्मी इतने जोर से हँसने लगी कि उसे थककर बैठ जाना पड़ा।

हमारे इस तरह हँसने से पिछवाड़े की जलकुम्भी में एक ठूँठ पर बैठे किंगफिशर का ध्यान भंग हो गया और वह टिह-टिह-टिह-टिह करता हुआ आगे की ओर उड़ आया।

उड़ते हुए उसने नारियल की एक शाखा पर बैठना चाहा लेकिन उस पतली-लचीली शाखा पर वह बैलेंस, नहीं कर पाया और आधे मिनट तक उस पर पंख फड़फड़ाते हुए झूलने के बाद, वह मैदान के बीचोबीच खड़े उस खम्भे पर आ बैठा जिस पर 15 अगस्त और 26 जनवरी को झंडा फहराया जाता है।

बैठने के उसके इस लम्बे उपक्रम में, यहाँ से वहाँ तक उड़ने में, नीले रंग की जादुई रेखा यहाँ से वहाँ तक फैल गयी। सब कुछ नीला हो गया।

खम्भे पर बैठा वह फिर से अपने पंख पसारने लगा। अब वह अपनी चोंच से अपने पंख, और अपने पंख से अपनी चोंच साफ करने लगा।

हम उसके उस जादुई नीले में डूबने-उतरने लगे।

हम उसे एकटक देखने लगे। वह पंख फैलाये हुए था, हम मन्त्रमुग्ध खड़े थे। इस तरह धीरे-धीरे सूरज डूबने लगा। रोशनी कम होने लगी। रोशनी जहाँ थी, वहाँ से हटने लगी। रोशनी किंगफिशर के पंख से सरकने लगी। धीरे-धीरे अँधेरा होने लगा।

हम उसके नीले को पकड़े रखने के लिए पलकें झपकाने लगे।

''क्या अभी भी वह नीला है?'' मैंने पूछा।

''हाँ, है।''

''वैसा नीला?''

''नहीं, वैसा नहीं।''

''गहरा नीला?''

''ऐसा तो नहीं कि हम उसे नीला देख रहे हैं क्योंकि हम जानते हैं कि वह नीला है?''

''वह सचमुच नीला दिख रहा है या हमने मान लिया है कि वह नीला है। नीला ही दिखेगा...कि हम उसे नीला ही देखेंगे...कि रात के अँधेरे में भी वह नीला है।''

जैसे रात के अँधेरे में हम मान लेते हैं कि बगल में सोया हुआ आदमी खूबसूरत है।

आज घर लौटने में मैंने देर कर दी। छत से नीचे उतरकर मैंने देखा अँधेरा इतना घना हो गया था कि चीजों का सिर्फ़ आकार बाकी था। मैंने किंगफिशर

की ओर नहीं देखा।

घर पहुँची तो पाया कि फ्लैट में रहने वाली एक प्राध्यापिका, जिनसे हमारे रिश्ते मामूली तौर पर दोस्ताना हैं, पहले से विराजमान हैं। उनको मेरा इस तरह अँधेरे में आना दृष्टिगोचर हुआ। फिर आदर-सत्कार, एक-दूसरे की कुशलक्षेम के समाचार का आदान-प्रदान हुआ और मैं अन्दर चली आयी।

फिर भी मैंने सुना कि वो मेरा ही हाल पूछ रही थीं कि मैं अच्छी हूँ या नहीं? उन्होंने मुझसे पूछा था, अब माँ से पूछ रहीं थीं। मैं इतने दिनों से यहाँ हूँ। मैं खुश हूँ? सब ठीक है न? मेरे पति ठीक हैं? सब ठीक-ठाक है न? कोई उनकी चिट्ठी इत्यादि? फोन-तोन? वो मुझे लिवाने आ रहे हैं? अभी कुछ तय नहीं? कोई समस्या तो नहीं?

माँ जानती हैं क्या कि मैं रोज शाम ठीक एक समय बाहर जाती हूँ? मेरा कहीं किसी और के साथ मिलना-जुलना तो नहीं?

अब तक माँ हाँ-ना में जवाब दे रही थीं। अब मैंने उन्हें घबराया हुआ लम्बा वाक्य कहते सुना, ''नहीं, नहीं, वह तो एग्रिकल्चर ऑफिस''...मुझे लगा कि माँ मेरे मासूम पक्षियों का ठिकाना किसी शिकारी को दे देंगी।

...कि एक चील आएगी जलकुम्भी में छिपी हुई वनमुर्गी को दबोच ले जाएगी...कि एक गिद्ध आएगा और ठूँठ में बने किंगफिशर के घोंसले से उसके नीले बच्चे चुरा ले जाएगा।

मैं दौड़ती हुई बाहर पहुँची और माँ की बात को बीच में रोकते हुए मैंने पूछना शुरू किया, ''आप चाय पसन्द करती हैं या कॉफी? मैं अच्छी और कड़वी कॉफी बनाती हूँ। आप राजनीतिशास्त्र पढ़ाती हैं?''

और माँ के रुके हुए वाक्य और उनकी प्रतीक्षारत आतुर मुद्रा के बीच में मैं सीधी खड़ी रही। मैं ऐसे खड़ी रही जैसे मुझे उनकी चाय, कॉफी या उनके राजनीतिशास्त्र से कोई सरोकार नहीं हो और जैसे मेरे रोज शाम के ठीक एक तय समय पर उनका कोई अधिकार नहीं हो।

❑

यात्रा और संक्रमण

"जम्मू-तवी से चलकर जालन्धर, लुधियाना, अम्बाला, दिल्ली, मथुरा, आगरा, ग्वालियर, झाँसी, भोपाल, इटारसी, खंडवा, भुसावल, मनमाड, अहमदनगर के रास्ते पुणे को जाने वाली..." हमारे सिर पर लटके डब्बे ने जब अपनी तालबद्ध घोषणा शुरू की तो मैं एकबारगी उन सारे शहरों की ओर बढ़ गयी। शायद जरा देर चम्बल में अटकी रही, हालाँकि चम्बल का घोषणा में जिक्र तक नहीं था, फिर पीछे मुड़कर जम्मू-तवी पहुँच गयी।

भला ये भी कोई नाम हुआ? शहर का नाम जम्मू है, शहर में बहने वाली नदी का तवी है। फिर ये एक साथ जम्मू-तवी का क्या मतलब? ऐसे तो कलकत्ते का नाम कलकत्ता-हुगली, दिल्ली का दिल्ली-यमुना होना चाहिए।

जब घोषणा खत्म हो गयी तो ख्याल आया कि असल घोषणा तो मैंने सुनी ही नहीं। आरम्भ-बिन्दु, मध्यस्थ और गन्तव्य में इतनी लीन रही कि वर्तमान स्थिति का पता ही नहीं चला।

जबकि माँ ने सिर्फ़ वही सुना था जो असल घोषणा थी। शहरों के नामों को वो अपने हाथ से यों दरकिनार कर रही थीं जैसे उनके गुजर जाने पर ही, वह आएगा जिसकी सत्ता है यानी समय। "...झेलम एक्सप्रेस अपने नियत समय से दो घंटे के विलम्ब से चल रही है।"

"या भगवान! यह तो बहुत बुरा हुआ। बहुत ही बुरा। अब पता नहीं और कितनी लेट हो। तुम्हारे पुणे पहुँचते-पहुँचते तो शाम हो जाएगी। कहीं रात न हो जाए। अकेली कैसे जाओगी रात में स्टेशन से घर?"

"ट्रेन का लेट होना कौन-सी अनहोनी बात है जो तुम इतनी हाय-तौबा मचा रही हो? आखिर हम इसी कारण परसों घर से चलकर कल ही यहाँ पहुँच गये कि कहीं वैशाली लेट न हो और झेलम छूट न जाए। कल से उन लोगों के यहाँ रहने की जिल्लत उठा रहे हैं।" ये 'उन लोग' हमारे दूर के रिश्तेदार थे। पर ये आखिरी वाक्य मैंने न कहा होता तो अच्छा था। अब मेरी माँ की ओर

देखने की हिम्मत नहीं पड़ रही थी।

सौभाग्य से ठीक उसी समय एक आइसक्रीमवाला हमारे सामने से चमचमाता नया ठेला ठेले लिये जा रहा था। उसे रोककर मैंने कहा, "दो चॉकलेट बार।"

ये मेरी नयी नौकरी का उत्साह था। मैंने सोचा, अगल-बगल वाले सोचेंगे कि यह लड़की ट्रेन के लेट होने की ही प्रतीक्षा कर रही थी ताकि इत्मीनान से आइसक्रीम खाये। और मुझे हँसी आ गयी। ये भी मेरी नयी नौकरी का विश्वास था।

"कितने में एक?"

माँ की पुरानी आदत है, पहले दाम पूछेंगी, दस घंटे जद्दोजहद करेंगी और फिर बहुत दुखी होकर सामान खरीदेंगी।

"तेरह रुपये में एक।"

"बाप रे! तेरह रुपये में एक आइसक्रीम।"

वो कुछ और भी कहने जा रही थीं लेकिन मैंने रैपर खोलकर आइसक्रीम उन्हें थमा दी और वो चुपचाप खाने लगीं। चॉकलेट बार उन्हें बहुत पसन्द है। शुरू में खा नहीं पाती थीं, अब न खाने की आदत पड़ गयी है।

जब तक हमारी आइसक्रीम चलती रही, ट्रेन का लेट होना हमसे जरा दूर चला गया। फिर धीरे-धीरे वापस हमारे इर्द-गिर्द मँडराने लगा।

इन चार स्थितियों को अलग-अलग खानों में डालकर माँ ने कई प्रश्नवाचक वाक्य बनाये—रात, स्टेशन, घर और अकेलापन।

मैंने कोई जवाब नहीं दिया। क्योंकि ट्रेन अगर दोपहर के बदले, रात को पहुँची, तब भी मैं वही करूँगी ज़ो दोपहर को करती, खिड़की से कुली को बुलाऊँगी, सामान उतरवाऊँगी, बाहर निकलकर ऑटो ठीक करूँगी, उस पर सामान लदवाऊँगी और उसमें बैठकर कोथरूड स्थित अपने हॉस्टल पहुँच जाऊँगी। लेकिन पैंतालीस मिनट का ये प्रकरण माँ को तब तक चैन नहीं लेने देगा जब तक पूरा न हो जाए और मैं फोन न कर दूँ।

सिर्फ़ एक स्थिति के बदल जाने यानी दोपहर के रात हो जाने से मुझे माँ जैसा कोई खौफ नहीं हो रहा था, ये मुझे अच्छा लग रहा था।

विलम्ब के घंटे दो से ढाई हुए, ढाई से तीन, पर जैसे सारे घंटे बीत जाते हैं, ये घंटे भी बीत गये।

गाड़ी धड़धड़ाती हुई हमारे प्लेटफॉर्म में दाखिल हुई। और जब रुककर खड़ी हो गयी तो मेरे लिए तय हो गया कि मुझे इसमें बैठकर चले जाना है और माँ को इसी प्लेटफॉर्म पर खड़े रह जाना है।

पहले भी ऐसा होता था। जब मैं स्कूल हॉस्टल जाती थी। मैं ट्रेन में बैठकर चली जाती थी और माँ प्लेटफॉर्म पर खड़ी रह जाती थी। वह हमारे शहर का

प्लेटफॉर्म होता था। वह एक बहुत डरावना क्षण होता था। मेरे नाक होठ थरथराते थे। मैं उन्हें रुमाल से दाबे रखती थी। पर ठीक उसे जिसे रोना कहते हैं, आँखों से पानी के गिर पड़ने को, मैं कसकर थामे रखती थी, पुतलियों को घुमा-घुमाकर उसे पीछे धकेलती थी।

अब उतनी मशक्कत नहीं करनी पड़ती। तो क्या वो डर घर से दूर चले जाने से ज्यादा हॉस्टल की कैद का डर था?

पर नाक होठ तो अब भी काँपते हैं। मैं उन्हें रुमाल से वैसे ही दाबे रखती हूँ। हाँ, आँखों को उतना तानकर नहीं रखना होता। पर माँ के प्लेटफॉर्म पर खड़े रह जाने का, पीछे छूट जाने का डर है जो कभी नहीं छूटता, चाहे ट्रेन मुझे स्कूल हॉस्टल की कैद में ले जा रही हो या नयी नौकरी की छूट में।

आखिर माँ समेत प्लेटफॉर्म छूट गया। ट्रेन उन्हें छोड़कर स्टेशन से बाहर निकल आयी।

बड़े शहर का पिछवाड़ा पॉलीथीन से अँटे, बसाते कूड़े का ढेर। वो सारा कचड़ा जो शहर अपनी सड़कों, अपने चौराहों से बुहरवाकर यहाँ पिछवाड़े फिंकवा देता है। और कचड़े के इन पहाड़ों के बीच बुहारने वालों की बस्ती। एस्बेस्टस, पॉलीथीन और खप्पड़ की मिली-जुली छतों की बस्ती। और इनसे बहुत दूर शहर की गगनचुम्बी इमारतों का चमकते शीशे वाला सिर। जिनके नीचे खड़े होने पर यह भनक भी नहीं लगेगी कि इसी शहर का एक पिछवाड़ा भी है वहाँ शहर से निष्कासित सारी गन्दगी और सड़ाँध इकट्ठी भिनभिना रही है।

परसों जब ट्रेन हमारे छोटे शहर से निकली थी तो उसे ऐसे किसी पहाड़ से नहीं गुजरना था। छोटे शहर का कोई पिछवाड़ा नहीं होता। जहाँ तक होता है, शहर होता है। शहर का सारा कूड़ा यहाँ-वहाँ बिखरा होता है। किसी भी मुहल्ले के सामने एक ढेर। नालियाँ होती हैं जो मुख्य बाजार से होती हुई घरों के सामने निकलती हैं, जिनमें सड़ाँध बजबजाती भी है और धीरे-धीरे बहती भी है। नालियों के इस सारे ताने-बाने के बीच छोटे-छोटे घर होते हैं, जिनके सामने लगे दो-एक गन्ने की सिंचाई नाली के पानी से ही हो जाती है। दो बित्ता जमीन जिनके आगे और दो बित्ता पीछे होती है।

इस मौसम में आगे-पीछे दोनों ओर बैंगन, भिंडी और हरी मिर्च के फूल खिले होते हैं—फल जो फलता है, फल जो पकता है। और चहारदीवारियों पर, छतों पर, लताएँ छायी होती हैं, झिंगनी और नेनुआ की, जिनके पीले फूल धूप में चमकते हैं और कभी-कभी कोई फल नालियों की मुँडेर तक लटका होता है, अगली सुबह तक पूरा पुष्ट होने को छोड़ा हुआ।

अगर ये बदबूदार कूड़े की बस्ती न आयी होती तो मेरा सिर खिड़की की

सलाखों से ही टिका रहता। और अगर खिड़की में सलाखें न हुई होतीं तो मेरा सिर क्या खिड़की से बाहर लटका रहता?

मगर अब मुझे अपना सिर और अपनी दृष्टि दोनों वहीं करनी पड़ रही है, जहाँ मैं बैठी हूँ—ट्रेन के डब्बे में।

ट्रेन के डब्बे में एक अलग शहर होता है। यहाँ बहुत उत्सुक नागरिक रहते हैं। कई जोड़ी उत्सुक आँखें मुझ पर टिकी हैं। कई जोड़ी उत्सुक पुरुष आँखों के बीच दो जोड़ी उत्सुक महिला आँखें भी हैं।

उत्सुक महिला आँखें ज्यादा खतरनाक हैं। महिला होना इनकी उत्सुकता को जायज नहीं बनाता, पर लाइसेंस देता है कुरेद-कुरेद कर उसे शान्त कर लेने का।

एक अकेली लड़की ट्रेन में बैठकर जा रही है, और एक अकेली औरत प्लेटफॉर्म पर खड़ी हाथ हिला रही है। क्या मजाक है।

नहीं, बल्कि क्या मजाल है।

"अकेली जा रही हो?"

"जी।"

"कोई साथ नहीं है, पहुँचाने वाला?"

"जी नहीं।"

मैं जल्दी से सोचने लगी कि अगर वो पूछेंगी 'क्यों?' तो मैं ऐसा क्या जवाब दूँगी जो उन्हें सुनने में तर्कसंगत लगेगा, अनर्गल नहीं।

पर शायद "क्यों" का लोभ उन्होंने किसी तरह संवरण किया। फिर भी ऐसी कई बातें थीं जो समझ से बाहर थीं और जिनका पूछा जाना अनिवार्य था।

"पुणे जा रही हो?"

"वहाँ पढ़ती हो?"

"फिर क्या करती हो?"

"कहाँ रहती हो?"

"अकेली रहती हो?"

"डर नहीं लगता?"

"डर नहीं लगता?" पर मेरी इच्छा हुई थी पूछूँ, 'किससे?' पर सारे जवाब 'जी' अथवा 'जी नहीं' में देकर मैं यथासम्भव अशिष्टता से बचने की कोशिश कर रही थी। ट्रेन के और लेट होने की स्थिति में सम्भव था कि चौबीस से ज्यादा घंटे इनके साथ बिताने हों।

पूछनेवाली दोनों उत्सुक महिलाओं में से एक उम्रदार महिला थीं। दूसरी कमउम्र की महिला की उत्सुकता भी कम होती जा रही थी। वह कभी मुझे, कभी अपने हाथों को देख रही थी। वह अचानक त्रस्त दिख रही थी। मुझे समझ

नहीं आया कि मुझमें किसी को त्रस्त करने वाला ऐसा क्या है?

फिर मेरी समझ में आया कि उसे त्रस्त करने वाला कुछ उसके हाथों में है।

उसके हाथ चूड़ियों से अँटे थे। चूड़ियों के अगल-बगल जो चमड़े का हिस्सा दिखाई दे रहा था, उन पर लाल-लाल चकत्ते निकले थे, पहले से निकले हुए थे और अभी भी निकल रहे थे।

एकदम से घबराकर मैंने कहा, "ये क्या हो रहा है?"

"एलर्जी हो रही है चूड़ियों से शायद" मेरे पूछने से शायद उसे अपनी तकलीफ बताने का अवसर मिला, "मेटल की चूड़ियाँ हैं ना। पता नहीं क्या मेटल है? शगुन के लिए आज सुबह ही पहनी थी," वह चूड़ियों को आगे-पीछे खिसकाकर हाथ खुजलाने लगी।

"तुम भी कैसी चूड़ियाँ पहन लेती हो? दूसरी कोई चूड़ी है पास में?" उम्रदार औरत शायद उसकी सास थी।

"नहीं, मुझे क्या पता था..."

"काँच की चूड़ी पहननी थी," उम्रदार औरत को सिर्फ़ उम्रदार होने की वजह से नहीं, उसकी सास होने की वजह से अधिक जानकारी और बेहतर निर्णय लेने का हक था।

उम्रदार औरत की बगल में बैठा जवान आदमी, जो दोनों को पहुँचाने का जिम्मेदार होगा, लगता था उनका बेटा और चकत्ते वाली का पति था। वह उसके फूले हुए लाल हाथ को ऐसे देख रहा था जैसे चकत्ते निकलवाकर उसने अपने पति की जगहँसाई करवा दी हो। उसने मुझे देखा, फिर उसके हाथों को और तैश में बोला, "उतार दो चूड़ियाँ।"

"क्या कह रहे हो?" उम्रदार औरत निश्चित रूप से उस आदमी की माँ थी और चकतते वाली की सास, "जब दूसरी चूड़ी नहीं लायी है तो उतारेगी कैसे? अब तो कल ही चूड़ी बदल सकती है।"

आदमी ने फिर एक बार मेरी ओर देखा और स्वास्थ्य से फूली अपनी थुलथुल गर्दन, चकतते वाली पत्नी की ओर से फेरकर बैठ गया।

उसकी बगल में उससे भी जवान एक शोहदानुमा लड़का बैठा था, जो लगातार मुझे देख रहा था। मुझे लगा कि वह शुरू से ही लगातार मुझे देख रहा था। वह लगातार मुझे देखने के लिए ही ट्रेन में बैठा था।

वह मुझे ऐसे देख रहा था जैसे लोग भिंडी के खिले हुए फूल को देखते हैं। उम्रदार औरत मुझे ऐसे देख रही थी जैसे लोग भिंडी के बिगड़ गये पेड़ को देखते हैं।

दो औरतों का जिम्मा उठाये मोटा आदमी हिकारत से कहीं और देख रहा था।

चकतते वाली त्रस्त औरत अपने हाथों को देख रही थी। चकत्ते निकलते जा रहे थे, वह उन्हें खुजलाती जा रही थी।

खुजली बड़े भारी संक्रमण का रोग है। चकत्ते की खुजलीवाली औरत मेरे ठीक सामने बैठी थी। मुझे डर लग रहा था कि उसकी खुजली सरकती हुई मेरे पास आ रही है।

बाहर अब तक कूड़े से घिरी बस्तियों का सिलसिला ही चल रहा था।

लेकिन जब आदमी को चुनना ही होता है तो वह चुनता है। मैंने बाहर देखना ही चुना।

खैर, वह जमावड़ा खत्म हुआ। खेत, मैदान शुरू हुए। बीच-बीच में बसी-बसायी बस्तियाँ आतीं। ट्रेन कभी-कभी उनमें से किसी में रुक जाती। फिर यथावत अपनी गति से चलने लगती।

ऐसे ही किसी स्टेशन पर एक विशिष्ट सज्जन हमारे डब्बे में चढ़े। हमारे पास वाली छठी सीट के वो हकदार थे।

उन्होंने आशापूर्वक हमारी ओर देखा। फिर निराशापूर्वक अखबार पढ़ने लगे।

गाड़ी यथावत चलती रही।

बीच-बीच में शोहदानुमा लड़का गुनगुनाने लगता। उसका गुनगुनाना भी बहुत बेसुरा था।

ट्रेन एक खास लय में चल रही थी, हम भी उस लय में हिल रहे थे। ट्रेन की चाल के साथ हमारा ताल बैठ गया था।

हमारे सिर के ऊपर ट्रेन का पंखा एक अलग ताल में चल रहा था। उसकी ताल के साथ हमारा कोई तारतम्य नहीं बैठा था।

अब एक तीसरा सुर उस लड़के की गुनगुनाहट का हुआ। उस पर यह वह सुर था जो खुद भी बहकने लगता था।

इतने सारे संगीत का एक साथ उपस्थित होना अजब कोलाहल पैदा कर रहा था।

ऊपर से जब भी मैं अन्दर देखती थी तो वह लड़का मुझे ही देख रहा होता था। उसकी दृष्टि अब मुझे चुभ रही थी।

माना कि किसी का यों आँखों में प्रशंसा भरकर देखना कहीं-न-कहीं आत्म-सन्तोष देता है, पर यह देखना घंटों तक जारी रहे तो वह पीछा करना हो जाता है। और पीछा करने वाली कोई भी चीज खूबसूरत नहीं रह पाती।

बाहर अँधेरा हो रहा था। ट्रेन में रात मुझे कभी पसन्द नहीं रही। रात के

अँधेरे में खिड़की से बाहर का अस्तित्व खत्म हो जाता है। बच जाता है सिर्फ़ खिड़की का अन्दर। खिड़की के अन्दर डब्बे में एक अजीब पीली रोशनी जल जाती है। यह पीली रोशनी ऐसी होती है जैसे उसे पीलिया हो गया हो। अँधेरा होते-होते जब एकदम काला हो जाएगा और बाहर कुछ भी नहीं बचेगा तो मुझे इसी पीलियाग्रस्त रोशनी में उस लड़के के देखने को देखते रहना होगा।

अन्दर रात के भोजन का कार्यक्रम शुरू हो रहा था। बासी पूरी, सब्जी और अचार की खुशबू खिड़की के बाहर भी जा रही थी। हालाँकि यह कार्यक्रम बीच-बीच में खोमचेवालों की मदद से भी चलता रहा था। मैंने 'चॉकलेट बार' के बाद से कुछ भी नहीं खाया था। सोचा हाथ-मुँह धोकर रात्रि-भोजन निपटा ही लूँ।

जैसे ही उठकर चली कि शोहदानुमा लड़के ने मुझसे कहा, "बहन जी! आपका रुमाल गिर गया।"

मेरा खून खौल उठा। देख तो मुझे ऐसे रहे थे कि जन्म-जन्मान्तर से मैं तुम्हारी प्रेयसी हूँ और कह रहे हो बहन जी!

अजब बात है, वह मुझे घूर सकता है। मैं उसे झूठा नहीं कह सकती?

पर शीशे में खुद को देखा तो अफ़सोस नहीं हुआ। क्रोध मेरे चेहरे पर बुरा नहीं लगता, बुरी लगती है बेबसी।

और मुझे खुशी हुई कि मैंने उसे कोई जवाब नहीं दिया। बल्कि अपने लगातार चुप रहने पर मुझे बहुत खुशी हुई।

वैसे ही चुपचाप आकर मैंने अपने खाने की थैली उठायी।

माँ ने तो लगता है, पुश्त-दर-पुश्त के लिए खाना बाँध दिया है।

खाते-खाते ही सोचा कि अब बस सो ही जाऊँगी। ट्रेन में जितना सोया जाए, उतना अच्छा।

और जब मैं 'अपर बर्थ' पर जाकर सो जाऊँगी तो ये लड़का मुझे घूरेगा कैसे?

क्यों? अगर ये सामने वाली 'अपर बर्थ' पर आ गया तो? तो क्या? जब मैं सो ही जाऊँगी तो किसी का घूरना मेरे लिए रह ही कहाँ जाएगा?

सो जाना भी एक अजब बात है। बात नहीं, क्रिया है। अकर्मक क्रिया। ऐच्छिक भी और अनैच्छिक भी।

जब हम सो जाते हैं तो क्या होता है? हम खुद को सौंप देते हैं नींद के हाथों। नींद पता नहीं कहाँ से आती है? जहाँ से भी आती हो, जब आती है तो डिब्बे का कोलाहल शान्त होने लगता है, रोशनी अपने आप मद्धम होने लगती है। बाकी सब कुछ का होना फीका पड़ जाता है।

अभी-अभी तो सोयी थी कि किसी ने झकझोरकर उठा दिया। एकदम से चौंककर उठ बैठी तो देखा कि सब सो रहे हैं, किसी ने मुझे झकझोर कर नहीं उठाया। ढाई बज रहे हैं। मैं अभी-अभी नहीं सोयी, साढ़े पाँच घंटे से सो रही हूँ।

ऐन हमारे सिर के ऊपरवाला, पीली रोशनी का बल्ब बुझ चुका था, पर कहीं और जल रहा था, जिसकी रोशनी का पीलापन यहाँ तक फैला हुआ था। उसी पीलेपन में मैंने देखा कि सब चादर ओढ़े आराम से सो रहे हैं। कैसी भयानक ठंड है! अक्तूबर की हवा बन्द खिड़की में रह गये हल्के-से सुराख से आजादी से अन्दर-बाहर बह रही है। और अकेली मुझे ही कँपकँपा रही है। मेरी चादर कहाँ है? चादर तो मैंने रखी ही नहीं।

माँ ने भी सात पुश्तों के लिए खाना रख दिया, एक चादर नहीं रखी। मैंने खुद भी तो उन्हें चादर की याद नहीं दिलायी। पर जब माँ होती हैं, तो मुझे खुद का ध्यान कहाँ रहता है?

अब क्या होगा? क्या मैं रात भर ठिठुरती रहूँगी? इनमें से किसी-न-किसी के पास एक फालतू चादर तो होगी। पर किसे उठाऊँ? महिलाएँ तो मुझ पर चादर जाया करने से रहीं। यदि किसी पुरुष को उठाऊँ तो वह चादर के साथ-साथ कहीं कुछ और भी न देने लगे।

लगता है, आज की रात ठिठुर कर ही बितानी है।

नौकरी मिली भी है तो एकदम फटीचर। इतना तो हुआ नहीं कि ए.सी. डब्बे में एक टिकट कटवा दें। ए.सी. में सुनते हैं चादरें मिलती हैं, कम्बल, तकिया यहाँ तक कि तौलिया भी मिलता है। यों हाथ का सिरहाना बनाये, पैर को उकडू मोड़े दुपट्टा ओढ़े नहीं सोना होता।

उनका क्या होता होगा जो रोज ऐसे सोते होंगे? जो बिना चादर के बिना घर के जन्मते होंगे? फुटपाथ पर? वो ठंड में अकड़कर मर जाते होंगे। सुबह अखबार में उनकी मौत का समाचार छपता होगा। वो मर जाते होंगे तो अखबार वाला दौड़ा-भागा आता होगा। जब तक जीवित थे, मामूली भिखारी थे, मर गये तो समाचार बन गये।

मैं भी ऐसे जन्मती तो? मैं भी ठंड से अकड़कर मर जाती। मेरी लाश झाड़ियों में सड़ती, बदबू करती। लोग हल्ला मचाते। म्युनिसिपैलिटी की कूड़ा-गाड़ी आती और मुझे लादकर ले जाती। ऊँह! कैसी घिनौनी मौत होती।

लोग एक तो मौत नहीं चाहते। उस पर घिनौनी मौत तो बिल्कुल भी नहीं चाहते। यानी कि लोगों को मरकर भी शरीर से प्यार रहता होगा। पर ये तो मरकर ही पता चलेगा।

मैं भी क्या भुतैली बातें सोच रही हूँ। पर ये मैं कहाँ सोच रही हूँ, ये तो

अक्तूबर की पागल हवा सोच रही है। ऐसे बह रही है जैसे मुझे उड़ाकर ले जाएगी। खिड़की में सलाखें न होतीं तो शीशा तोड़कर मुझे उड़ा ले जाती।

खिड़की से बाहर 'कुछ भी नहीं' से ज्यादा कुछ है। अँधेरा एकदम घुप्प नहीं, हल्का स्याह है। थोड़ी देर में गहरा नीला होगा, फिर हल्का नीला, फिर आसमानी। फिर जिधर कहीं भी पूरब होगा वहाँ से लाली फैलेगी। फिर वह उदित होगा जो प्रकृति का सबसे पराक्रमी देव है। उसके उदित होते ही गुलाबी सुनहली किरणें ठंडे अँधेरे कोनों में भर जाएँगी। डब्बे में गुनगुनी धूप पसर जाएगी। गरम, गुनगुनी धूप जो थपकियाँ देकर मुझे सुला देगी। धीरे-धीरे।

सुबह उठी तो धूप गुनगुनी नहीं थी, उबल रही थी। साढ़े दस बज रहे थे। डब्बे का तापमान बदला हुआ था। तेवर भी बदला हुआ था।

नीचे नाश्ते का कार्यक्रम चालू था। लोग मिल-जुलकर नाश्ता कर रहे थे। रात भर पुराने परिचय ने उन्हें आत्मीय बना दिया था।

मैंने नीचे उतरकर गुजरी हुई ठंड और बीती हुई सुबह के ख्याल से एक प्याली गर्म चाय खरीदी।

उम्रदार महिला ने एक प्लेट मेरे सामने कर दी, "ये लो, खाओ, ये खाटू श्याम का प्रसाद है।" खोये के पेड़े और साथ में नमकीन भुजिया भी दी।

मैं ऐसे खाने लगी जैसे इसे खाने ही नीचे उतरी थी। शुरू कर देने पर ख्याल आया, प्रसाद को नमस्कार तक नहीं किया। जरूर उन्हें बुरा लगा होगा। पर जूठे प्रसाद को नमस्कार नहीं किया जाता।

"खाटू श्याम का मन्दिर कहाँ है?" वयस्क सज्जन ने पूछा। वो भी प्रेमपूर्वक प्रसाद और भुजिया गटक रहे थे।

मैं इतना तो कम से कम पूछ ही सकती थी। पर लगता था नींद में ही खा रही हूँ।

"जगह का नाम ही खाटू है, राजस्थान में है।"

"ये खाटू श्याम किस भगवान के अवतार हैं?" ये शोहदा पूछ रहा था, जरूर उसे तीर्थ करने जाना होगा। मेरे उठते ही वह फिर मुझे देखने लगा था।

"नहीं! अवतार नहीं हैं। कृष्ण भगवान ने इन्हें वरदान दिया था कि तुम मेरे नाम से पूजे जाओगे। जब महाभारत का युद्ध हो रहा था तो इनके शीश ने दूर पहाड़ पर से समूचा युद्ध देखा था।"

"शीश ने, सिर्फ़ शीश ने?" वयस्क सज्जन का पेड़ा हाथ में ही रह गया।

"देखिए, मैं आपको पूरी बात बताती हूँ। इनका नाम बरबरिक था। ये भीम के बेटे थे। या घटोत्कच के बेटे थे?" उम्रदार महिला ने मदद के लिए अपने बेटे की ओर देखा। पर उसे भीम और घटोत्कच का अन्तर नहीं पता था।

''खैर, शायद भीम के ही बेटे थे। माँ राक्षस जाति की थी और ये माँ के बड़े भक्त थे। जब महाभारत का युद्ध होने लगा, तो ये भी बड़े शूर-वीर थे, इन्होंने कहा कि माँ, मैं भी लड़ने जाऊँगा, सो आप कहें कि मैं कौरव-पांडव में से किसका साथ दूँ। तो इनकी माँ ने कहा कि बेटा तुम हारे का सहारा बनना। कृष्ण भगवान ने सुना तो विचलित हो गये। आये इनसे रास्ते में मिलने और पूछा कि कहाँ जाते हो? बरबरिक बोले कि महाभारत की लड़ाई में जाता हूँ। तो भगवान ने पूछा कि किसकी ओर से लड़ोगे? इन्होंने बताया कि मेरी माँ का आदेश है कि तुम हारे का सहारा बनना। भगवान परेशान। ये तो कौरवों की ओर से लड़ेगा। इनकी वीरता की परीक्षा लेने के लिए भगवान ने इनसे कहा कि तुम एक बार में तीर चलाकर इस पेड़ के कितने पत्ते गिरा सकते हो? इन्होंने एक तीर चलाया और सारे पत्ते भगवान के चरणों में ढेर हो गये। अब तो भगवान बहुत परेशान हुए। फिर सोचकर उन्होंने कहा कि तुम अपना सिर मुझे दान कर दो। बरबरिक बोले कि आप भगवान होकर मुझसे दान माँगे, मेरा अहो भाग्य! लेकिन मेरी इच्छा थी कि महाभारत का युद्ध देख सकूँ। कहकर इन्होंने अपना मस्तक काटकर भगवान को अर्पित कर दिया। भगवान ने प्रसन्न होकर इन्हें वरदान दिया कि युगों तक तुम मेरे नाम से पूजे जाओगे।'' कहकर उम्रदार महिला ने विराम लिया।

हाय! भगवान तुम कैसे छली निकले! मैं खुद को सोचने से रोक नहीं सकी।

''कृष्ण का रूप नियति का प्रतीक है।'' किसी कथा-प्रवचन में सुना हुआ याद आया।

''तो इसलिए श्याम के नाम से इनकी पूजा होती है। अब भी इनका मस्तक ऊँचे पर्वत पर से सब कुछ देखता है और कोई भी हारा हुआ व्यक्ति इनकी शरण में जाता है, तो उसकी मनोकामना पूरी होती है। महाभारत के युग से एक बस यही अब तक जीवित हैं।'' उन्होंने कथा समाप्त की।

''और रामायण के युग से हनुमानजी,'' शोहदानुमा लड़के ने तपाक से कहा और दुगुने साहस से मेरी ओर देखने लगा।

मैं बाहर देखने लगी कि कहीं टहलते हुए हनुमानजी दिख जाएँ।

अच्छा, कल रात अगर मैं खाटू श्याम के मन्दिर जाती और कहती भगवान मैं बेबस हूँ, मेरे पास चादर नहीं है तो क्या मुझे चादर मिल जाती?

लेकिन अगर मैं चलकर मन्दिर तक जाती तब तो मुझे ऐसे ही इतनी गर्मी लगती कि चादर की जरूरत ही नहीं पड़ती।

तब क्या कल रात मुझे ट्रेन से उतरकर चलने लगना चाहिए था?

ओफ! ट्रेन में जब मेरा दूसरा दिन होता है तब मैं एकदम वाहियात बातें सोचने लगती हूँ।

हे भगवान, तुम जो भी हो, छली ही सही, मुझे माफ करना, इस प्रकार मेरे सोचते, लड़के के घूरते, उम्रदार महिला के कहानी कहते, वयस्क सज्जन के अखबार पढ़ते शाम के छह बजे आखिरकार ट्रेन पुणे आ पहुँची।

माँ सुनेंगी कि रात से पहले पहुँची, तो जी जाएँगी।

''कुली, ऐ कुली, बस यही दो सामान हैं!'' अपना सूटकेस और बैग उठवाकर मैं फौरन नीचे उतर आयी।

वयस्क सज्जन भी अपना एक अदद सामान उठाये उतर आये।

''कोई लेने आएगा?''

''जी नहीं।''

''कहाँ जाना है?''

''कोथरूड।''

''चलिए मैं छोड़ देता हूँ, मुझे लेने गाड़ी आएगी।''

''नहीं, नहीं, मैं चली जाऊँगी।''

''तकल्लुफ की कोई बात नहीं, मुझे उधर से ही गुजरना है।''

''जी नहीं, बहुत धन्यवाद। मैं खुद चली जाऊँगी।''

''अरे आप तो परेशान हो गयीं, मैं तो आपकी सुविधा के लिए कह रहा था''—वे हँसे और मुड़कर चले गये।

तब मुझे अकारण अपने आवश्यकता से अधिक स्वात्मक हो जाने का बोध हुआ। जो मैं नहीं हूँ, वह दिखाने का कृत्रिम हो जाने का।

और तभी मुझे हवा में उस अदृश्य रोग के संक्रमण का भी एहसास हुआ। एक ऐसा रोग जिसमें चकत्ते नहीं निकलते, कोई खुजली नहीं होती। जो बस अन्दर से जर्जर कर देता है। थुलथुल गर्दन वाले उस मोटे आदमी की तरह। यह रोग हर जगह है। शोहदानुमा लड़के को इसकी छूत नयी-नयी लगी है। और मैं और माँ इसकी छूत से भयभीत भागे जा रहे हैं।

❑

दूर देश में पुराना समय

ये सारा किस्सा होली के दिन शुरू हुआ। उस दिन मुझे अपने चिरपरिचित की ऐसी याद आयी कि नये का सारा उत्साह जाता रहा। वह होली का दिन था, उसे होली का दिन होना था, वैसा जैसा मैंने उसे हमेशा से जाना था, और जैसा वह शायद मेरे जानने से बहुत पहले से था, फिर, एक साल अचानक वह दिन वैसा कैसे नहीं हुआ? वह किसी दूसरे दिन जैसा कैसे हो सका? मैं या कोई उसमें शामिल हो न हो, ये मेरी या उस किसी की मर्जी है, पर होली का त्योहार तो होना ही था। वह कैसे नहीं हुआ?

उस दिन मुझे लगा कि होली का त्योहार या कोई भी त्योहार, त्योहार का वह एक दिन नहीं होता, जो सूरज के उगने से शुरू और उसके डूबने से खत्म होता है और जिसमें घंटों की कुल चौबीस इकाइयाँ होती हैं। वह साल-भर की प्रतीक्षा के बाद आनेवाला एक दिन होता है जिस दिन सालों, सदियों, सम्भव है सहस्राब्दियों पहले से वही कुछ खास कहने, करने, पहनने, पकाने-खाने का रिवाज है। रिवाज जो हमने बहुत पहले माना था देवदत्त हैं। हमने ही नहीं, सबने माना था, देवदत्त हैं। इस या उस भूखंड में, इन या उन लोगों ने माना था कि ये या वे रिवाज देवदत्त हैं।

उस भूखंड में, जहाँ समुद्र का एक टुकड़ा लाल है, एक नदी नील, जिसके चारों ओर पुरानी महिमामयी नदियों का प्रताप है और उनके वही पुराने प्रशस्त नाम हैं, दजला और फुरात, जॉर्डन, अबाना और फरफर। उस भूखंड में, जो उसने उनके लिए चुना है, जिसके बीचोबीच जॉर्डन नदी का प्रवाह है, प्राग्-ऐतिहासिक काल से, अनगिनत युगों के बीतने पर भी, फिर से अनेक बार, कभी असीरिया, कभी बेबीलोन, कभी रोम द्वारा गुलाम बनाये जाने पर भी और उस भूखंड से बेदखल, बहुत ठंडे प्रदेशों में जा बसने पर भी अब्राहम के इन वंशजों ने 'पास ओवर' की रात को और उसके ईश्वर प्रदत्त रिवाज को याद रखा, जब ईश्वर ने उनके गुनहगारों को सजा और उन्हें रिहाई दी थी। और हर जगह, हर साल, हर

पास ओवर की रात को उन्होंने कहा, ''नेक्स्ट ईयर इन जेरुसलम'', ''अगले साल यरुशलम में।''

तो क्या अगले साल मैं कुरु और पुरु के भूखंड में? 'जम्बूद्वीपे भरतखंडे'। देश, काल और परिस्थिति के होने का बोध, मुझे उस दिन से पहले कभी नहीं हुआ। कल तक जहाँ थी, वहाँ आज की तारीख को होली है, आज जहाँ हूँ वहाँ आज की तारीख को कुछ नहीं है। जिस तारीख को यहाँ कुछ होगा, वह मेरे लिए क्या होगा? वह क्या मेरा होगा?

यह मात्र 'यत्र-तत्र' का फर्क नहीं है, यह अलग-अलग खेमों में बँटी तारीख का खेल है। अमुक तारीख को गंगा पृथ्वी पर उतरी थीं, यह बहुत शुभ दिन है। अमुक तारीख को सितारों ने बेथलेहम का रास्ता बताया था, वह बहुत शुभ दिन है।

तारीख जिसका हमने ही हजार विधि से चाँद, सूरज, पृथ्वी की गणना करके आविष्कार किया था ताकि समय को साध सकें, उस अनवरत अनन्त के छोटे-छोटे टुकड़े कर सकें ताकि कुछ तो हमारी मुट्ठी में आए, कुछ तो हम उसे नाम दे सकें।

हालाँकि बहुत पहले हमें बता दिया गया था कि समय सर्वशक्तिमान है। हमें समय के प्रति आदर प्रकट करना चाहिए क्योंकि हमारी हर क्रिया ही नहीं, हमारी हर भावना समय के सन्दर्भ में है।

'काल' और 'टेंस' के हिसाब से हमें अपने सारे वाक्य बनाने और सुधारने को दिये गये। मैं खुश थी, उसमें लीन थी, तन्मय थी, कब वह खुशी भंग हो गयी, यह सब कुछ समय के हिसाब से है, हमारे हिसाब से नहीं।

टेंस और काल के सारे प्रकार, हेतु हेतुमदभूत से लेकर, कंटीनिउस फ्यूचर, टेंस तक याद करने के बाद भी हमने नहीं समझा।

बड़ी ढिठाई से मैंने सारे वाक्य सही बनाये और अंकों में शाबासी ले ली!

व्यर्थ ही मैंने वह सारा समय समय की आराधना में बिताया!

समय की आराधना समय से पहले कैसे हो सकती है? अकस्मात् जब वह साक्षात् प्रकट हो, तत्क्षण, तत्काल हम उसके सम्मुख नतमस्तक हो सकते हैं।

वह समय मैं कैसे तय कर सकती थी? ''न दिन में, न रात में,'' हिरण्यकशिपु ने वरदान माँगकर समझा था वह कालजयी हो गया।

पर मैं कहाँ एक ही वाक्य, काल के अलग-अलग रूप में ढालना चाहती थी?

''मैं आ रही हूँ, आ रही थी, आऊँगी, आ रही होऊँगी,'' इन सबसे मेरा कोई सरोकार नहीं था। वो तो माँ थी जो घड़ी के काँटे में हर समय, समय देखती रहती थीं। होलिका-दहन के लिए लकड़ियाँ चुनने के लिए मुझे कुल दो घंटे

मिलते थे और बाकी का सारा समय काल के प्रकार, याद करने के लिए! ''होलिका-दहन किसका प्रतीक है?'' हर बार मुझसे पूछा जाता था और मुझे कभी याद नहीं होता था। ''लकड़ियाँ जलाने से ज्यादा जरूरी है ये याद रखना कि प्रह्लाद जलती हुई चिता से सुरक्षित बाहर निकल आया था।''

हर बार लकड़ियाँ चुनने जाने से पहले होलिका और प्रह्लाद की कहानी दुहरायी जाती थी।

वह मेरे भूलने का समय था, यह मेरे याद करने का समय है।

होली को गये दो दिन, बल्कि होलिका-दहन को गये तीन दिन हो गये। इतने दिनों से वहाँ न होने और लकड़ियाँ चुनने का समय गुजर जाने का क्षोभ होता रहा है। लेकिन अब, उस समय, माँ के लकड़ियाँ नहीं चुनने देने पर, क्रोध आ रहा है। इच्छा हो रही है कि अभी पूछूँ, क्यों?

पर ऐसी, बीस साल पुरानी बातें फोन पर नहीं की जातीं। और वो भी इतनी दूर से। इतनी दूर के 'लाँग डिस्टेंस कॉल' पर लेकिन आखिर, क्यों नहीं की जातीं? फोन पर ऐसी तयशुदा बातें करने का रिवाज क्यों है? ''तुम अच्छी हो न? मैं भी अच्छी हूँ।'' कि जैसे पहले से ही पता हो कि हम दोनों अच्छे हैं। आदमी ऐसा अच्छा या बुरा क्या हो सकता है?

और अगर आदमी पिछले तीन दिनों से उन सूखी लकड़ियों के बारे में सोच रहा हो जो वह नहीं चुन पाया, तो वह भला क्या अच्छा है? बल्कि उन लकड़ियों के अलावा कुछ भी नहीं सोच पाया हो तो वह अच्छा कैसे है?

इसलिए दो दिनों बाद ही अंकों की वह लम्बी संख्या फिर से घुमा रही हूँ। होली के दिन माँ को ही फोन नहीं किया, उन सारे पता-ठिकानों पर घंटी बजायी थी, जहाँ मुझे पता था, कुछ खास लोग अपने सफेद कुर्ते पर लाल-हरे रंग के छींटे लिये होली के हुड़दंग और मुहल्ले के शोहदों को यदा-कदा मुस्कुराते हुए झिड़क रहे होंगे, और कुछ हँसती हुई महिलाएँ अपने पहले से पूर्णतः गीले आँचल से चेहरे का गुलाबी रंग पोंछती हुई रसोई में चूल्हे पर चढ़े मीठे पकवानों की ओर दौड़ रही होंगी क्योंकि उन्हें पता होगा कि अगले ही पल कोई-न-कोई फिर से उन्हें खींचकर रंगों की टोली में खड़ा कर देगा।

उन सबसे मैंने उनके वहाँ होने की सार्थकता और मेरे यहाँ होने की निरर्थकता पर लम्बी भावनात्मक बातें कीं।

सबने मुझसे कहा कि अगले साल निश्चित रूप से मुझे वहीं होना चाहिए, उनके पास। ''नेक्स्ट इयर, इन जेरुसलम्''...

फोन की घंटी काफी देर बजने देने के बाद माँ ने चोगा उठाया और दौड़ती-हाँफती आवाज में पूछा, ''हैलो?''

"माँ!"

"पारुल! इतनी जल्दी दुबारा फोन किया बेटा, अच्छी हो न?"

"माँ!"

"पारुल, तुम अच्छी हो न?"

मुझे और क्रोध आया। क्यों, जल्दी दुबारा फोन नहीं किया जा सकता क्या?

खैरियत है, माँ फोन पर मेरा सोचना नहीं सुन सकतीं, मेरा चेहरा नहीं देख सकतीं।

"तुमसे एक बात पूछनी है।"

"हाँ, बोलो।"

"होली से पहले वाले दिन मुझे लकड़ी चुनने के लिए सिर्फ़ दो घंटे की छूट क्यों मिलती थी? कितने बच्चे दिन-भर इधर-उधर घूमते रहते थे?"

"ओ!" माँ हँसी कि जैसे चिन्तामुक्त हो गयी हों। "अच्छा, ऐसा करना, अगले साल दिन-भर लकड़ी चुनना। अगले साल होली के समय आओगी न पारुल?"

क्या यहूदी जानते थे कि वे अगले साल यरुशलम आएँगे?

"अब मैं क्या लकड़ी चुनूँगी? लकड़ी तो बच्चे चुनते हैं।"

"तुम भी तो बच्ची हो?"

मेरे लिए उनसे और लड़ना सम्भव नहीं हो सका।

"अब फोन रखो!" अपने चिन्तामुक्त स्नेहसिक्त स्वर में उन्होंने कहा।

"और सुनो, तुम्हारे वहाँ दोस्त वगैरह हैं न? उनके साथ होली हुई कि नहीं? नहीं भी हुई तो जाओ उनके साथ कहीं घूम आओ।"

फोन रख देने पर, ख्याल आया कि माँ ने मुझसे होलिका-दहन के प्रतीक के बारे में तो पूछा ही नहीं।

अगर, माँ हिरण्यकशिपु और प्रह्लाद की कहानी ही दुहरा देतीं तो कुछ तो होली होती। कुछ क्या, काफी कुछ होती।

दोस्त वगैरह! जिनके साथ होली हो सके! क्यों? त्रिपाठी परिवार है न! पत्नी समेत त्रिपाठी जी इलाहाबाद के हैं और बहुत भले हैं। दिक्कत सारी यह है कि दोनों अपने साथ हर समय इलाहाबाद लिये चलते हैं, इलाहाबाद नहीं बल्कि प्रयाग, बल्कि संगम। और संगम का भी असल नदियों वाला हिस्सा नहीं, क्योंकि 'नदी यशस्वी है,' नदी तो हर यशस्वी है और नदियों का संगम अपार यश का स्रोत वह बिन्दु जहाँ लोग कहते हैं गंगा के श्वेत और यमुना के साँवले जल को हटाने से सरस्वती का पीताभ जल नजर आता है या आता था। संगम का नदियों वाला यह हिस्सा नहीं, बल्कि नदी तट का वह हिस्सा जहाँ धुनी रमाये, भभूत

लगाये साधु हैं और प्रसाद के लिए हाथ फैलाये भक्तजनों की भीड़। जहाँ से राख और धूल उड़-उड़कर नदी के जल को निरन्तर मैला कर रही है।

त्रिपाठी पति-पत्नी जिनका हर अभिवादन होता है, "वन्दे मातरम्।"

जैसे मातृभूमि को हर अभिवादन में अपनी वन्दना करवाने के अलावा और कोई चाह नहीं है।

होली के दिन त्रिपाठी जी का प्रस्ताव था कि, "चलिए मन्दिर चला जाए।"

"बताइए होली के दिन मन्दिर, जाने की क्या बात है? मैं आज तक होली के दिन कभी मन्दिर नहीं गयी।"

शायद दोनों पति-पत्नी बाद में मेरे बिना मन्दिर गये हों।

सुजाता त्रिपाठी का कहना था कि शहर में जो इंडियन स्टोर हैं वहाँ अबीर के छोटे-छोटे पैकेट चार डॉलर में एक मिल रहे हैं।

"चार, डॉलर में एक" त्रिपाठी जी ने हिसाब लगाना शुरू किया, "आजकल डॉलर, का भाव बढ़ा हुआ है, एक डॉलर यानी कि 48-49 रुपया हुआ यानी कि एक पैकेट चार गुने अड़तालीस एक सौ बानवे रुपये का हुआ।"

"बताइए मुट्ठी-भर अबीर का इतना दाम।"

"और अबीर, अगर कारपेट पर गिर गया तो घिस-घिसकर साफ कीजिए।" सुजाता त्रिपाठी ने पति का साथ दिया।

"और सारे आस-पड़ोस में मात्र हम तीनों खड़े होकर चुटकी-भर अबीर से होली खेलें। होली का ऐसा सबस्टीच्यूट होने से अच्छा है होली नहीं हो।" मैंने दोनों का साथ दिया।

"इससे अच्छा है कि मन्दिर ही चला जाए"—त्रिपाठी जी ने फिर कोशिश की। लेकिन मन्दिर वे दोनों मेरे बगैर ही गये।

त्रिपाठी पति-पत्नी हर मौके-बेमौके मन्दिर चले जाते हैं। और कभी-कभी जब मैं उनके साथ गयी हूँ तो मैंने वहाँ अच्छी-खासी भीड़ पायी है।

मुम्बई ब्रांच से ट्रेनिंग के लिए आये उन दो लड़कों ने ठीक कहा था कि वे इंडिया में रहते हुए जितना मन्दिर नहीं गये, उससे ज्यादा यहाँ दो महीनों में हो आये। हर बात में मन्दिर, "लोगों ने हर संडे चर्च जाने की तर्ज पर हर संडे मन्दिर, जाने का रिवाज बना लिया है।" हर सामूहिक सांस्कृतिक अवसर पर जब कुछ करने की इच्छा हो, पर क्या, समझ में नहीं आए, तो त्रिपाठी जी का प्रस्ताव ठीक है कि मन्दिर चलिए। गनीमत हुई कि 26 जनवरी को उन्होंने मन्दिर जाने का प्रस्ताव नहीं रखा।

होली के दिन सारे दफ्तर, स्कूल, कॉलेज अपने नियत समय से नियत समय तक खुले रहे। मैंने मैट और हूलिएता को बताया कि आज होली है। "ओह,

ऐन इंडियन फेस्टिवल यू मीन''

होलिका-दहन को छोड़ते हुए मैंने उन्हें सुबह के गीले रंग और शाम के सूखे अबीर के बारे में बताया।

''ओह हाउ कलरफुल?''

मैंने उन्हें उस दिन खास बनने वाले पुए के बारे में बताने की कोशिश की पर कई बार अटकने के बाद जब मैं पुए का ठीक घोल भी नहीं तैयार कर पायी तो मैंने छोड़ दिया।

''सो यू पेंट पीपुल।''

''नो, नो, वी जस्ट स्प्लैश कलर।''

मुझे लगा कि आखिर मैं उन्हें होली समझा नहीं पाऊँगी और वे होली समझ नहीं पाएँगे। नाहक ही क्षणभर के लिए हमारे बीच 'वी' एंड 'यू', 'माई' एंड 'योर' की रेखा झलक गयी।

हालाँकि कभी-कभी यह रेखा मेरे और त्रिपाठी परिवार के बीच भी झलक जाती है।

तो फिर यह रेखा 'वी' एंड 'यू' है या 'मी' एंड 'यू?' 'आवर पीपुल' कहाँ तक हम 'वी, द पीपुल' का हिस्सा होते हैं और कहाँ से हमारा 'मैं', 'मी' शुरू होता है?

''आमार आमी'', मेरे प्रिय अभिनेता की आत्मकथा। कम-से-कम जिसकी फिल्में देखना यहाँ सुलभ है।

पर अभिनेता तो अमेरिकन भी बुरे नहीं। अभिनय की या सौन्दर्य की कोई रेखा या कोई परिभाषा नहीं होती, अगर होती है तो मुझे नहीं मालूम।

मैट यानी 'मैथिऊ कम्इंग्स' अमेरिकन है। हूलिएता वेगा मेहीकन। शायद दोनों प्रेमी हैं। अघोषित प्रेमी। पता नहीं और किसी को भनक है या नहीं पर मुझे पूरा अन्देशा है। मेरा 'इंडियन इंसटिंक्ट'। पर वो उदार प्रेमी हैं। उनके इर्द-गिर्द काफी स्पेस है और अपने इस-उस कार्यक्रम में वे मुझे शामिल कर लेते हैं।

बात-बात में हूलिएता अपने मेहीकन होने की दुहाई देती रहती है। किसी-किसी खेल में वह हल्की-सी बेईमानी भी कर लेती है और हँसकर कहती है कि आखिर मेहीकन है, मेही कन यों भी अमेरिका में बेईमान होने के लिए बदनाम हैं। मैथिऊ और हूलिएता के बीच अमेरिका और मेहीको की सीमा रेखा है या नहीं, मुझे इसका कोई अन्देशा नहीं है। कहाँ तक वे अपने देश के लोग हैं और कहाँ तक प्रेमी, इसका भी मुझे कोई अन्देशा नहीं है।

पर आखिर वो प्रेमी हैं। शायद वो नहीं जानते कि मैं जानती हूँ, पर मैं

जानती हूँ।

इसलिए इतवार के लम्बे एकान्तप्रिय दिन मैं इधर-उधर सड़कों पर चलकर गुजार देती हूँ। सड़कें जिन पर कभी भीड़ नहीं जुटती और जो कभी खाली नहीं होतीं, जिन पर 50, 55, 60, 70 और कभी किसी बेहद युवा चालक के हाथों में 80 मील प्रति घंटे की रफ्तार से गाड़ियाँ गुजर जाती हैं।

बर्फ के मौसम में ज्यादा दूर, ज्यादा देर तक चला नहीं जा सकता। पर बर्फ का मौसम अभी-अभी गुजर गया है। ये बर्फ के पिघलने का मौसम है। सब कह रहे हैं कि स्प्रिंग कहीं आसपास ही है। वह बस आने वाला है। स्प्रिंग वह जिसका जाड़े-भर इन्तजार था, हमारा ऋतुराज वसन्त।

होली का मौसम, वसन्त। हिन्दी तिथि के हिसाब से चैत का पहला दिन। उससे पहले वाला दिन फागुन पूर्णिमा वर्ष का आखिरी दिन, जिसको संवत जलाकर विदा किया। अँग्रेजी कैलेंडर में जाने किस तारीख को पड़े। अक्सर, वह मार्च की कोई तारीख होती है, कभी शुरू मार्च की, कभी अन्त मार्च की।

इस बार वह तिथि 27 मार्च को थी। मार्च के आखिर में अब तक तो ऋतुराज अपने प्रखर तेज पर पहुँच चुका होगा। वसन्त के पहले फूल खिलकर झड़ गये होंगे। फूलों की दूसरी फसल खिलने-खिलने को होगी।

और यहाँ अभी पेड़ों में कोई प्रस्फुटन नहीं। सारे पेड़ ध्यानमग्न हैं। उस भीषण ठंड, जो हेमन्त नहीं कोई और है, के आने से पहले ही बुद्धिमान पेड़ों ने अपने पत्ते गिरा दिये और ध्यानमग्न हो गये। बर्फ का मौसम आया, दिन सुनहले से नीले, गहरे नीले हुए, बर्फ पेड़ की नंगी शाखों पर, जमती, पिघलती, गिरती रही। पेड़ ध्यानमग्न रहे।

अब वह कोई आएगा, जिसके आने का बर्फीले दिनों में इन्तजार था, और वह पेड़ों को उनकी बर्फीली तन्द्रा से निकालेगा। वह वसन्त का मौसम होगा।

यह बर्फ के पिघलने का मौसम है। पिघलती हुई बर्फ पर देर तक, दूर तक चला जा सकता है, वह छीजती हुई बर्फ है। उसके ऊपर और नीचे तापमान बढ़ रहा है। धरती और आकाश गरमा रहे हैं। बर्फ के नीचे दबी घास, फिर से ऊपर उठ रही है। घास जो बर्फ की चादर के नीचे मरी नहीं, यथास्थान सुरक्षित रही, उन ठंडी परतों के नीचे नष्ट होने से बची रही, फिर से उस घास की सतह बन रही है। वह शिशिर नहीं, वसन्त ही है। शिशिर तो तब आकर चला गया जब और बर्फ का गिरना बन्द हुआ।

बर्फ के पिघलने का मौसम ही वसन्त की शुरुआत है। वसन्त जो धीरे-धीरे आकर पूरी तरह छा जाएगा, जमीन पर पेड़ों पर आसमान में, दिलोदिमाग में।

आते हुए वसन्त के इस मौसम में, पिघलती हुई बर्फ पर दूर तक, देर तक चला जा सकता है। यदि वर्षा न हो तो। मेरी समझ में नहीं आ रहा कि वसन्त के आगमन के समय वर्षा कैसे आ सकती है? क्या वसन्त और वर्षा एक साथ आएँगे? ऐसा कैसे हो सकता है?

पर ऐसा हो रहा है, एक दिन के बाद दूसरे दिन। दिन बीत रहे हैं और हर सात दिनों में तीन-चार दिन वर्षा के दिन होते हैं। और वह भी ऐसी वर्षा नहीं कि तेज बरसे और बरसकर चली जाए, धीरे-धीरे फुहारों में गिरने वाली वर्षा जो सारे दिन इस विश्वास से झरती है कि जैसे यह उसी के आने का मौसम हो।

यह कैसा ऋतुचक्र है? क्या राजा और रानी एक साथ राज्य करेंगे? पर उनका राज्यकाल तो अलग-अलग समय में बँटा हुआ है। उनके ऐसे अलग-अलग रूप हैं, वसन्त और वर्षा का मिलन कैसे हो सकता है?

''राजा वसन्त वर्षा ऋतुओं की रानी,
लेकिन दोनों की कितनी भिन्न कहानी,
राजा के मुख पर हँसी, कंठ में माला
रानी का अन्तर विकल, दृगों में पानी''

लेकिन मैथिऊ कम्इंग्स का कहना है—

''एप्रिल शावर्स ब्रिंग मे फ्लावर्स'' तो क्या वर्षा के आये बगैर, वसन्त नहीं आ सकेगा? क्या रानी पहले आएगी? क्या राजा रानी को पहले आने देगा?

''वह राजा था हाँ कोई खेल नहीं था,
ऐसे जवाब से उसका मेल नहीं था,
रानी ऐसे बोली थी जैसे उसके
उस बड़े किले में कोई जेल नहीं था।''

''बट इन सीक्रेट इट वाज ए स्प्रिंग रेन दैट फेल'' फॉर, अंडर, इट ऑल स्नो मेल्टेड अवे...

तो क्या सचमुच ये वसन्त और वर्षा के समागम का मौसम है? संयुक्त राज्यकाल? उस मद्धम फुहार के नीचे सारी बर्फ पानी होकर बह गयी, घास मटमैली से हरी हो गयी, पेड़ों की खोयी हुई शाखें नयी कोंपलों और मंजरों से लद गयीं। वर्षा के दिन कम होते-होते खत्म हो गये और वसन्त का एकछत्र राज्य हो गया। वर्षा वसन्त का राज्याभिषेक करके दबे पाँव लौट गयी।

कोंपलें खुलने लगीं, खिलने लगीं। और अकस्मात कुछ पेड़ आपादमस्तक फूलों से भर गये। कि जैसे कोई चमत्कार हुआ हो। ऐसे चमत्कारी, सुनहले,

चमकीले मौसम में दूर तक, देर तक चला जा सकता है।

और मैंने चलकर देखा। सड़कों के हर मोड़ पर मुड़कर देखा। बुड्ढे ध्यानमग्न पेड़ों को अचानक बौराते, हरिआते, मदहोश होते देखा। उनके नाम से उन्हें पहचान कर देखा। फिर भी कई पेड़ अनजाने ही रह गये। उस पेड़ का नाम मैंने हर किसी से पूछा, किताबों में ढूँढ़ा, फिर भी मुझे पूरा विश्वास नहीं हुआ कि उसका नाम मैग्नोलिया है। डर लगा कि कहीं मैं ऐसे खूबसूरत पेड़ को गलत नाम से तो नहीं पुकार रही।

कल तक वह ठूँठ था, आज उसके गुलाबी फूल आकाश चढ़ गये। अगले दिन देखा तो जमीन पर भी बिछ गये। जमीन से आसमान तक मैग्नोलिया के फूल।

मैग्नोलिया के बड़े मांसल फूल और हर सिंगार के छोटे नाजुक फूल में कोई समानता नहीं, फिर भी मैग्नोलिया के फूलों ने मुझे हर सिंगार का फूल याद दिला दिया, जिसे वस्तुतः मैंने कभी नहीं देखा। शाम को देखा तो कली, सुबह सेज। हर सिंगार अपने पेड़ में खिले हुए या खिलते हुए फूल कभी नहीं देखने देता। वो सिर्फ़ उसके अपने लिए हैं। हमारी नजर बचाकर हमें अपनी नींद में जाने देकर...'झर रही है प्रान्तर में चुपचाप लजीली शेफाली'।

शेफाली का वह पेड़ हमारे बगीचे के एकदम शुरुआती कोने में था। बगीचा क्या, घर के आगे थोड़ी-सी जमीन जिस पर बेतरतीब से फूल, पौधे लगे हुए थे। लेकिन इस बेतरतीब बगीचे में हर सुबह बड़ी तरतीबी से शेफाली के फूलों की सेज हमारे दरवाजे तक बिछी होती थी।

हर सुबह, तब तक, जब तक माँ ने उसे जड़ से कटवा नहीं दिया। मेरे लाख रोने चिल्लाने पर भी माँ ने उसे जड़ समेत कटवा दिया। दो दिनों तक मैंने उनसे बात नहीं की थी। और बजाय मुझे मनाने के वे अपनी कठिनाइयाँ ही सुनाती रही थीं।

एक तो उस पेड़ के कारण घर में बहुत भुइले आते थे और दूसरे उसकी शाखें कभी फोन, कभी बिजली के तार से उलझ जाती थीं। एक पेड़ के पीछे इतना समय देने की उनके पास शक्ति नहीं थी। समय होता भी था तो शक्ति नहीं बचती थी। आखिर मुझे कुछ प्रैक्टिकल बातें समझनी चाहिए। बागबानी का शौक बहुत महँगा शौक है।

मैं पता नहीं कहाँ किस सड़क पर चल रही थी, जब शेफाली की ऐसी तेज याद मुझे आयी। एकदम से वापस घर पहुँची और माँ को फोन लगाया।

''हैलो!''

''माँ, तुमने हर सिंगार का पेड़......''

"पारुल, पारुल! अच्छी हो न?"

"ओह, बार-बार अच्छी हो न का क्या मतलब? अच्छा आदमी कब होता है? तुम ये बताओ कि तुमने हर सिंगार का पेड़ जड़ से क्यों कटवा दिया?"

"हर सिंगार का पेड़? ओ वह पेड़! बताओ वह कब की बात है!"

"तो क्या हुआ? क्यों कटवा दिया?"

"अच्छा, ऐसा करते हैं, इस बार जब तुम आओगी हर सिंगार का नया पेड़ लगा देते हैं या तुम चाहो तो मैं अभी लगा देती हूँ।"

"अभी लगाने से क्या होगा? उसको तो बड़ा होने में ही कितने साल लग जाएँगे।"

"नहीं जल्दी बड़ा हो जाएगा।"

"तुमको कैसे पता?"

"पता है।"

"और क्या लगाओगी? मौलिश्री? हर सिंगार को ही मौलिश्री कहते हैं क्या?"

"नहीं, मौलिश्री दूसरे फूल का नाम है।"

"तुमने देखा है?"

"हाँ, पहले कहीं-कहीं था, अब तो सब कट गया।"

"देखो, है न? कट गया न, मुझे तुम पर बहुत गुस्सा आ रहा है।"

"कोई बात नहीं बेटा, अब गुस्सा कर लिया न, बस हो गया।"

"क्या हो गया?"

"तुम क्या कर रही हो? अकेली हो? दोस्तों के साथ घूमने वगैरह नहीं जाती हो?"

"उससे इस बात का क्या लेना-देना?"

"कुछ नहीं। लेकिन एंज्वाय करो। ऐसी पुरानी बात सब क्यों सोच रही हो?"

"क्यों? पुरानी बात क्यों नहीं सोचूँ?"

"अच्छा बेटा, फोन पर अब कितनी बात करोगी। है न? चैन से रहो। मौज-मस्ती करो।"

बताइए, चैन से रहो, ऐसी आसानी से कह रही हैं कि जैसे वह अपने वश में हो। कि जैसे शेफाली को न याद करना अपने वश में हो।

ये तो मेरी माँ की प्रतिक्रिया नहीं है। जब पहले पूछा था तब तो काफी डाँट पड़ी थी। अब ऐसे कह रही हैं, और अब अगर पेड़ लगाएँगी तो क्या भुइले नहीं आएँगे ? इतनी आसानी से मान गयीं। मैं वहाँ होती तो कभी नहीं मानतीं।

ये दूरी की प्रतिक्रिया है। इतनी दूरी कि ठीक से बातों का निपटारा भी नहीं किया जा सकता।

जितना ही माँ ने कहा कि पुरानी बातों में मत उलझो, उतना ही मैंने उन्हें पुराने ढँके हुए गड्ढों से कुरेदना शुरू किया। हजार बार माँ को फोन किया।

वार्तालाप के तेवर बदलते रहे।

कभी मुझे माँ पर, क्रोध रहता था, कभी उनसे सवालों का जवाब माँगना था, कभी अपनी किसी पुरानी करनी पर खेद प्रकट करना था।

बार-बार माँ ने कहा कि ऐसी फालतू बातों से उबर जाओ, दिमाग से ये सारा फितूर निकाल दो, वर्तमान में जियो।

वर्तमान में जियो? किस काल में जिऊँ ये मैं तय कर सकती हूँ क्या? उस भूतकाल का क्या करूँ जो अलग-अलग रूप धारण करके वर्तमान में आ खड़ा होता है?

और शूर्पणखा के मायावी रूप की तरह उसका एक भी रूप खूबसूरत नहीं।

जब इतनी दूर नहीं थी तब तो मैं भूतकाल के ऐसे वशीभूत नहीं थी। निश्चित ही यह इस विकराल दूरी का प्रकोप है।

''विजन देश है, निशा शेष है, निशाचरी माया ठहरी''...और कभी सारे रूप एक साथ तांडव करने लगते हैं। वो सारी पुरानी सड़ी-गली बातें जिनका निपटारा करने के लिए माँ को अपनी नींद से जगाया है, एक साथ दिमाग में बवंडर मचाने लगती हैं।

अपने साप्ताहिक रविवारीय कार्यक्रम के हिसाब से चलते हुए थोड़ी देर राहत रहती है। ऐसे ही एक रविवार को चलते हुए मैंने उस हिरण को देखा था। झाड़ियों में छिपा हुआ, झाड़ियों के पत्ते खाता हुआ। और उस क्षण, सारे भूत और भविष्य काल वर्तमान से निकल गये थे। उस समय, सिर्फ़ वह समय था, जिसमें उस हिरण के सामने मैं मूर्तिवत खड़ी थी। हिरण को मेरे होने, और अपने देखे जाने का आभास हुआ। उसने मुझे आँकना शुरू किया। वही भयातुर आँखें, सशंकित नजरें। यह किसी दूसरी जाति का हिरण था, लेकिन हिरण था, उसकी आँखों में किसी भी क्षण दौड़ पड़ने का वही सहमा हुआ भाव था, जिसके आगे कहीं भी, कोई भी यही कह सकता था, ''चकित हिरणी-सी न चौंको, निकट जाओ डर नहीं है।''

लेकिन हिरण मेरे निकट नहीं आया, ऊँची कुलाँचें भरता हुआ घने पेड़ों में खो गया।

उसके बाद झाड़ियों में झाँक-झाँककर मैंने कई हिरण देखे। अगर किसी एक को दुबारा देखा तो चाहकर भी नहीं पहचाना। लेकिन उस मादा हिरण को

उसके नन्हे-से बछड़े के साथ देखा तो सहज ही पहचान लिया। वह हिरणी भी कमउम्र थी। शायद पूर्णत: बालिग भी नहीं हो। मैंने माँ-बछड़े का ठिकाना याद किया और उनके नाम पर झाड़ियों में छिपा-छिपा फल रखे। उन्हें धीरे-धीरे बड़े होते देखना, मेरा सबसे सुखद एहसास बन गया।

फिर एक रविवार मेरे इस नियत साप्ताहिक कार्यक्रम में बदलाव आया।

पास के शहर में 'कंट्री म्यूजिक' के किसी नामी-गिरामी गायक का 'शो' था। मैट और हूलिएता के साथ-साथ जॉन और मार्गरेट भी जा रहे थे। मुझसे कहा गया कि मुझे हर हालत में उनके साथ चलना है। ये भी कहा गया कि मुझे मेरे अकेले इतवारों के अकेलेपन से निकालने का दोस्ताना फर्ज नहीं अदा किया जा रहा है, कि वह गायक सचमुच बहुत अच्छा है। मुझे यह कहने का मौका ही नहीं मिला कि मेरे रविवार अकेले होते हुए भी एक खास माँ-बछड़े की खोज में अकेले नहीं गुजरते।

इस प्रकार संगीत-साधना में निकली हमारी गाड़ी शहर की सीमा छोड़ती हुई हाईवे पर पहुँची, जिसे यहाँ 'थ्रूवे' या 'फ्रीवे' कहा जाता है। और जहाँ पुलिस की निरीक्षक गाड़ियों के होने और उनके द्वारा चालान काटे जाने पर भी गाड़ियाँ 100 मील प्रति घंटे की रफ्तार के आगे बहकने लगती हैं। हमारी गाड़ी भी 80, 85 होते-होते 90 मील प्रति घंटे की रफ्तार से दौड़ने लगी। गाड़ी का चालक सड़क पर चलता हुआ सोचता है कि यदि वह गति 5 मील प्रति घंटे और बढ़ा दे तो अपने गन्तव्य पर आधे शायद एक घंटे पहले पहुँच जाए।

90 मील प्रति घंटे की रफ्तार से भागती हुई खिड़कियों के बाहर, मैंने देखा, जगह-जगह सड़क किनारे कुछ गँदले-से पड़े हुए थे। बहुत गौर करने पर मालूम हुआ कि ये हिरण के क्षत-विक्षत शव हैं। मुझे बताया गया कि यहाँ हिरणों की आबादी बहुत है और कई इलाकों में उनके शिकार पर प्रतिबन्ध है। इसलिए हिरण सड़क के दोनों ओर फैले हुए जंगलों से निकलकर, सड़क पार करते हुए, इधर-उधर भागते हुए गाड़ी के नीचे आकर मर जाते हैं। कई बार तो रात के अँधेरे में वो दिखाई नहीं देते और दिन में भी गाड़ियाँ इतनी तेज गति में होती हैं कि अकस्मात् रुक नहीं सकतीं। नतीजतन ये खूबसूरत जानवर कहीं-कहीं लाश बनकर सड़क किनारे पड़े रहते हैं।

जॉन ने कहा कि यह हिरणों की बर्बादी है। इससे अच्छा तो यह हो कि उन्हें सुनियोजित ढंग से मारकर, खाने के काम में लाया जाए। उनके सैंडविच बनाकर खाये जाएँ। यह उनके मांस के साथ अधिक न्याय होगा।

मैंने ही नहीं, हूलिएता और मार्गरेट ने भी जॉन के ऐसे क्रूर और नापाक खयालों का घोर बहिष्कार किया। फिर गाड़ी में, क्रूर और नापाक होने के अर्थ

को लेकर लम्बी बहस हुई।

हिरण खूबसूरत हैं, सब सहमत थे। लेकिन मैट और जॉन का कहना था कि उनके निरन्तर प्रजनन से उनकी आबादी सीमा से बाहर हो गयी है जिसके कारण वे घने जंगलों से बाहर, आबादी के बहुत पास तक फैल गये हैं।

हाँ, लेकिन क्या हिरण का आदमी के इतने पास रह पाना बहुत सुखद नहीं है?

जरूर, पर उसके कैसे दुखद परिणाम हैं। इससे अच्छा तो यह है कि उनका शिकार किया जाए या उन्हें मारकर खा जाया जाए। ताकि कुछ तो उनके मरने का मतलब हो। और उनकी आबादी नियन्त्रित रहे।

हिरणों की आबादी सीमा में रहे ताकि आदमी की आबादी फैलती रहे? ताकि आदमी और जंगल काटता रहे?

और हिरणों के मरने का मतलब भी किसके लिए हो? आदमी के लिए!

आदमी को क्या हक है कि वह ऐसे खूबसूरत जानवर को अपनी खाद्य-सामग्री बना ले?

हमारी बहस खत्म नहीं हुई पर, गन्तव्य के आने पर खुद-ब-खुद बन्द हो गयी। हिरण की लाश फ्रीवे पर छूट गयी और जमकर गाना-बजाना हुआ। गायक सचमुच बहुत अच्छा था। सबने कहा कि उसकी आवाज बहुत 'हीलिंग' थी।

लेकन मैं हिरण के विकृत शव भूल नहीं पायी। और उन क्षत-विक्षत लाशों के साथ-साथ सारी पुरानी सड़ी-गली बातों का त्रास फिर से सताने लगा।

माँ की आवाज में वो सारे आश्वासन फिर से सुनने की सख्त जरूरत आ पड़ी।

लेकिन इस बार, जब अंकों की वह लम्बी श्रृंखला घुमायी तो पता पड़ा कि फोन कार्ड में चार मिनट ही शेष हैं। मेरी ही माँ से बात करने के लिए मेरे ही पास मात्र चार मिनट उपलब्ध हैं। क्या मजाक है? पर ये मजाक नहीं है। वही बहुत संयत और संजीदा महिला आवाज है, "यू हैव फोर मिनट्स अवेलेबल फॉर दिस कॉल"...जैसी संयत और संजीदा 400 मिनट पर थी, वैसी ही 40 पर वैसी ही 4 पर। इच्छा हो रही है पूछूँ, कैसे? पर यह रिकॉर्डिंग स्टूडियो के बन्द दरवाजे के भीतर का संयम है। बाहर, खुली जिन्दगी में इस आवाज के अपने तेवर होंगे, उतार-चढ़ाव होंगे। इस आवाज के अपने कोई बेशकीमत 4 मिनट होंगे जिसे इसने बचाकर रखा होगा।

जब उधर फोन की घंटी बजने लगी तो मैंने सोचा कि 4 मिनट में मैं इतनी बातें कैसे करूँगी? अगर बिना रुके तेज-तेज अविराम बोलूँ तो? अगर सारे संयोजकों

को छोड़ते हुए वाक्य बनाऊँ तो? अगर हम गति 5 मील प्रति घंटे बढ़ा दें तो? लेकिन इन चिह्नों से रहित, अविराम बोले जा रहे शब्दों के वाक्य का क्या अर्थ होगा?

खैर बात शुरू हुई। माँ ने कहा कि मैं उन क्षत-विक्षत शवों को लेकर उदास नहीं होऊँ। यदि मैं खुद कभी गाड़ी चलाऊँ तो इतनी तेज न चलाऊँ कि सड़क पर आ गये हिरण के लिए रुक न सकूँ।

और जैसे ही उन पुरानी बातों का पिटारा मैंने खोला, माँ ने जमकर डाँट लगायी। दिमाग को लगाम दो, बेकार बातें सोचना बन्द करो और सारा फितूर बाहर निकालो। उन्होंने डपटा और फोन रखवा दिया।

चलिए कुछ तो पहले जैसा हुआ। सब कुछ यथावत है। सब कुछ अपने नियत स्थान पर है। पृथ्वी अपनी धुरी पर लगातार गोल-गोल घूम रही है और दिन और रात गुजरते जा रहे हैं।

माँ की डाँट सुनकर किसी चिर-परिचित स्थान में पहुँच जाने का बोध हो रहा है। पर इतनी दूर से आती हुई बस इतनी-सी डाँट सुनकर मन नहीं भरा। ये बातें तो मैं महीनों से सुनती आ रही हूँ। बस सुनना काफी होता है क्या?

बड़ा नाज है हमें अपने सुनने पर। ''तुमने यह सुना!''

''हाँ सुना।''

''वह बेचारा सुन नहीं सकता।''

सिर्फ़ सुनकर हम कुछ नहीं पाते। सुनते हैं कि बहुत गहरे सागर में ह्वेल मछली सिर्फ़ अपने सुनने की शक्ति से शिकार करती है।

पर हम ह्वेल मछली नहीं हैं। जॉन चाहे तो भी सिर्फ़ अपने सुनने की शक्ति से हिरण का शिकार नहीं कर पाएगा। हमें दृष्टि चाहिए, स्पर्श चाहिए। अगर मैं माँ का चेहरा देख पाती जब वो मुझे डाँट रही थीं, अगर मैं उनका हाथ थाम पाती। माँ के बेहद मोटी उँगलियों और बेहद पतले चमड़ेवाले हाथ। तब शायद मुझे बार-बार उनसे कहलवाकर सुनना नहीं पड़ता।

पता नहीं अगली होली तक रुक पाऊँगी या नहीं? अगले साल तक बचाकर रखूँ सब कुछ? अगली होली तक सिर्फ़ सुनकर रह जाऊँगी?

लगभग एक पूरा लम्बा साल।

और क्या अगली होली पर निश्चित जा पाऊँगी? क्या यहूदी जानते थे कि अगले साल 'पास ओवर' के लिए वो यरुशलम जाएँगे?

नहीं, मैं अगली होली तक नहीं रुक सकती। थैंक्स गिविंग और क्रिसमस की छुट्टियों को मिलाकर पूरा एक महीना मेरे पास है, घर जा पाने के लिए। उससे ज्यादा मैं इन्तजार नहीं कर सकती।

टिकट भी ले लिये तो हूलिएता को बताया। थैंक्स गिविंग-क्रिसमस की

छुट्टियों में मैं इंडिया जा रही हूँ।

"सी, सी, सी", हाँ, हाँ, हाँ, हूलिएता ने स्पैनिश में कहा। जब वह बहुत खुश या बहुत नाराज होती है तो स्पैनिश—अपनी मातृभाषा बोलने लगती है।

अभी वह बहुत खुश है। वह भी उन छुट्टियों में मेहीको जा रही है। मैट भी उसके साथ मेहीको जा रहा है।

सब अपने-अपने घर जा रहे हैं। और चूँकि मैथिऊ लगातार अपने घर था, वह घर से बाहर जा रहा है।

उसे घर से बाहर जाने का इन्तजार है। सबको घर जाने का इन्तजार है।

जाने वह कौन-सा प्लेटफॉर्म होगा, जहाँ माँ मुझे लेने आएगी?

ओह, वह प्लेटफॉर्म नहीं हवाई अड्डा होगा। मुझे लगता है कि हवाई अड्डों, हवाई जहाजों, हवाई यात्राओं का हमारे इन जमीनी सुखों से कोई लेना-देना नहीं।

वह कोई भी जगह हो, मैं माँ के गले लग जाऊँगी। माँ से गले लगकर मैं एक बार फिर वह पंक्ति दुहराऊँगी जिसे हजार बार पढ़कर भी मन नहीं भरा, "देखो बिट्टी यह सुख है।"

बहुत देर तक, बहुत दूर तक माँ का हाथ थामे रखूँगी और माँ से पूछूँगी, "माँ फितूर क्या होता है?"

❑

तीर्थयात्रा, अर्थशास्त्र और ईश्वर

उन दिनों कॉलेज में नास्तिक होने का फैशन था। खासतौर पर लड़कों में। जैसे फिल्मों के हीरो, चाहे पुलिस ऑफिसर या डॉन, बड़े गर्व से अपने एक-एक शब्द को चबाते हुए कहा करते थे कि खुदा को छोड़ वे किसी के आगे सिर नहीं झुकाते, कॉलेज के लड़के उससे भी चार कदम आगे चलकर कहा करते थे कि वे दुनिया में किसी के आगे सिर नहीं झुकाते।

इसलिए जब मुक्ति को उस कार्यक्रम की जानकारी हुई, उसने अपने सहपाठियों-मित्रों में से किसी को कुछ नहीं बताया।

हालाँकि रिश्तेदारों के यहाँ जाना छोड़कर यह शहर से बाहर जाने का उनका पहला मौका था।

मुक्ति के माँ-बाबा ने समूचे परिवार के लिए कार्यक्रम बनाया था, लेकिन कार्यक्रम बनाया भी था तो तीर्थयात्रा का।

यों ही किसी पहाड़ पर या समुद्र किनारे घूमने जाने का कार्यक्रम नहीं बना सकते थे क्या? कितना मजा आता दोस्तों से कहने में कि हम फलाँ हिलस्टेशन पर या फलाँ समुद्र तट पर छुट्टियाँ मनाने जा रहे हैं!

पर नहीं, हम तो तीर्थ करने जा रहे हैं! एक तो इससे पहले कभी कहीं गये ही नहीं। बाबा हमेशा यही कहते रहे कि एक ईमानदार कमाई से तीन बच्चों को भली प्रकार पढ़ा पाना ही बहुत बड़ी चुनौती थी, घूमने-घामने का तो सवाल ही नहीं था।

फिर जाने तीर्थयात्रा का सवाल कहाँ से पैदा हो गया? तीर्थयात्रा भी तो कोई मुफ्त नहीं होती, उसमें भी उतने ही पैसे लगते हैं जितने कि साधारणतः घूमने में।

''जरूर माँ की कोई पुरानी तमन्ना रही होगी। शायद कभी की कोई मन्नत हो!''

जो भी हो, मुक्ति ने लाख कोशिश की पर तीर्थयात्रा को लेकर खुद को उत्साहित नहीं कर सकी।

दूसरी तरफ तृप्ति और तारक थे कि मारे खुशी के मरे जा रहे थे। जो कोई मिलता था, उसी से कहते चलते थे कि अमुक तारीख को उन्हें ट्रेन पकड़नी है!

अब तक शायद उनके सारे स्कूल को पता हो कि किस तारीख को उन्हें ट्रेन पकड़नी है!

"बेवकूफ बच्चे!" मुक्ति ने नाराज होते हुए सोचा।

मुक्ति और तृप्ति के बीच 8 साल का लम्बा अन्तराल है। जबकि तृप्ति तारक से मात्र डेढ़ साल बड़ी है।

सम्भवतः मुक्ति और तृप्ति के बीच के 8 सालों में माँगी गयी कोई मन्नत हो, जिसके एवज में तीर्थयात्रा की जा रही हो।

जो भी हो, तृप्ति और तारक के हर दिन, दिन गिनते-गिनते आखिरकार ट्रेन पकड़ने का दिन आ ही गया और फिर ट्रेन से उतरकर बस के हिचकोले खाता सम्पूर्ण परिवार जम्मू के निकटवर्ती शहर कटरा पहुँच गया।

कटरा तीर्थयात्रा और तीर्थयात्रियों के लिए बसाया शहर लगता था।

शहर के चौक पर किसी दुकान में देवी की वन्दना का ही गीत बज रहा था हालाँकि धुन एकदम फिल्मी थी। लगता था जैसे सम्पूर्ण शहर उस भक्ति संगीत पर थिरक रहा हो।

बस स्टैंड पर टैक्सीवालों का ताँता था। टैक्सीवाले को यह भी बताने की जरूरत नहीं थी कि उन्हें किसी होटल जाना है, वह सिर्फ़ जानना चाहता था कि उन्हें कैसे होटल में जाना है, यानी कि उनका होटल का 'बजट' क्या है?

भिन्न हैसियत के तीर्थयात्रियों के लिए शहर में भिन्न स्तर के होटल थे।

मध्यम स्तर के साफ-सुथरे कमरे की अपनी दरकार बताकर वे टैक्सीवाले के निर्देशन में होटल ढूँढ़ने चले।

जिस पहले होटल में टैक्सीवाले ने रोका उससे उन्हें लगा कि उसे उनकी दरकार भली प्रकार समझ नहीं आयी है।

वह पहला होटल इतना अधिक साफ-सुथरा था कि फर्श की टाइल्स में तारक को अपना चेहरा नजर आ रहा था, जिसपर वह खुलेआम मुग्ध होने वाला था कि मुक्ति ने बाँह पकड़कर उसे बाहर खींच लिया। वह साफ-सुथरा से कहीं अधिक सजा-सँवरा और महँगा होटल था।

दूसरा होटल कुछ-कुछ उनके अनुकूल लगता था, उसके पास शायद ग्राहक भी कम थे, इसलिए होटलवाले ने जिद की कि वे पहले कमरा देख लें, दाम की बात बाद में की जाएगी।

टैक्सीवाले ने यह हिदायत दे दी थी कि दाम को लेकर थोड़ा-बहुत मोल-भाव करना फायदेमन्द रहेगा।

होटल का एक आदमी कुछ इस रहस्यात्मक ढंग से उन्हें सीढ़ियों से ऊपर कमरा दिखाने ले चला मानो इतिहास का कोई अपूर्व अध्याय दिखाने ले जा रहा हो!

सीढ़ियों की पहली मंजिल चढ़कर वह शीशे की एक आदमकद खिड़की के सामने ठहर गया, उसने सबके वहाँ इकट्ठे हो जाने की प्रतीक्षा की, फिर हथेली फैलाकर अपना हाथ उसने खिड़की की ओर उठाया और मन्त्रमुग्ध भाव से बोला, ''ये वियू देखिए।''

मुक्ति खिड़की के सामने पहले पहुँचने वालों में थी, और बाकियों की प्रतीक्षा करती हुई वह खिड़की से बाहर ही देख रही थी और ऐसी कोई 'वियू' जैसी चीज उसे नजर नहीं आयी थी। अब उसने दुबारा कोशिश की।

सामने पहाड़ का एक कटा हुआ-सा टुकड़ा था, लगता था उसमें से पत्थर खोदकर निकाले गये थे, वह अब एक ऊँचे टीले से ज्यादा कुछ भी नहीं था।

मुक्ति ने एक बार उस टीले की ओर देखा, फिर घूमकर होटल के उस आदमी की ओर जो अब भी हाथ उठाये मन्त्रमुग्ध खड़ा था और यात्रा शुरू होने के बाद से पहली बार मुक्ति अपनी हँसी नहीं रोक सकी।

उस व्यक्ति से यह पूछने की अपनी इच्छा वह दबा गयी कि यह 'वियू' होटल से आनेवाले हर किसी के लिए सुरक्षित रखा गया है या कि शक्ल से उन्हीं का परिवार उसे मूर्ख नजर आ रहा है?

उस होटल का एक कमरा ले लिया गया।

होटलवाले ने श्रद्धापूर्वक उनसे पूछा कि अपनी यात्रा यानी कि अपनी पैदल यात्रा उन्होंने कब आरम्भ करने का निश्चय किया है? जिस समय का भी वे निश्चय करें, होटल को बस सूचना दे दें, होटल की गाड़ी उन्हें उस पुनीत पैदल पथ के आरम्भ बिन्दु तक पहुँचा आएगी।

मुक्ति को लगा कि किसी न किसी तरह हर व्यक्ति अथवा संस्थान दूसरे की तीर्थयात्रा में शामिल हो जाना चाहता है ताकि कुछ पुण्य वह बटोर ले सके।

शाम के समय जब होटल की गाड़ी उन्हें लेकर चली तो गाड़ी के ड्राइवर ने उसी श्रद्धा के साथ उनसे पूछा कि क्या चढ़ाने के लिए प्रसाद उन्होंने खरीद लिया है?

उनके नकारात्मक उत्तर देने पर उसने एक दुकान के सामने गाड़ी खड़ी की जिसमें सूखे फल, मेवे इत्यादि के ढेर सजाकर रखे गये थे।

मुक्ति ने देखा कि उस गली की सभी दुकानें सूखे फलों की ही थीं, और सबके साइन बोर्ड पर यही लिखा था कि ''यहाँ पूजा का प्रसाद मिलता है।''

काफी मोल-तोल के बाद प्रसाद का एक बना-बनाया पैकेट खरीदा गया।

गाड़ी पुनः चलने लगी तो ड्राइवर ने उनसे पूछा कि क्या देवी को अर्पित

करने के लिए चादर वे अपने साथ लेते आये हैं अथवा यहाँ से खरीदना चाहेंगे क्योंकि देवी पर चादर चढ़ाने का बहुत पुराना रिवाज है। चादर वे अपने साथ नहीं लाये, यह जानकर इस बार ड्राइवर ने गाड़ी एक दूसरी गली में एक दूसरी दुकान के सामने रोकी, जिसमें सिर्फ़ चादरें टँगी थीं। इस गली की सारी दुकानों में सिर्फ़ चादरें ही टँगी थीं।

काफी देर तक दुकानवाले से हुज्जत करने के बाद, ड्राइवर की सहायता से एक चादर खरीदी गयी।

तत्पश्चात ड्राइवर ने देवी के लिए चाँदी का एक मुकुट खरीदने का प्रस्ताव दिया, बल्कि मुकुट की अनुकम्पा पर एक छोटा-सा व्याख्यान भी दे डाला।

लेकिन मुक्ति ने गौर किया कि बाबा ने काफी सख्ती के साथ और किसी खरीददारी के लिए मनाही कर दी। बल्कि जब वे चादर खरीदकर आये थे, तभी से उनका चेहरा काफी सख्त हो गया था।

ड्राइवर उसके बाद चुप लगा गया।

पैदल पथ के निकट उन्हें छोड़ते हुए उसने विनीत भाव से कहा कि लौटकर वे किसी टेलिफोन बूथ से उसे खबर कर दें, तो वह वापस उनकी सेवा में हाजिर हो जाएगा।

और 'जय माता दी' का आह्वाननुमा अभिवादन कर वह गाड़ी भगाता ले गया।

उनके सामने मन्दिर तक की 12 किलोमीटर ऊँची चढ़ाई थी। लेकिन सरकार ने तीर्थयात्रियों की सुविधा के लिए चिकनी पक्की सड़क बनवा दी थी, जिससे पहाड़ चढ़ने का कष्ट काफी कम हो गया लगता था।

सड़क के दोनों ओर जहाँ तक मुक्ति की दृष्टि जाती थी, दुकानों की कतार थी।

देवी के लिए विभिन्न प्रकार के चढ़ावे की सामग्रियों की दुकानें ही नहीं, यात्रियों के अपने आराम के लिए भोजन-पानी की दुकानें, यात्रा की याद में खरीदे जाने के लिए मन्दिर और देवी की आदमकद तस्वीरों से लेकर छोटे-छोटे पोस्टकार्ड, चाभियों के रिंग्स, फ्रिज पर चिपकाये जाने वाले रंग-बिरंगे मैग्नेट्स इत्यादि की दुकानें। और इन सबके अतिरिक्त लगभग हर दुकान पर बिकते लकड़ी की छड़ी के ढेर।

जरा देर खड़े होकर वे तीर्थाटन को जानेवाली उस रंग-बिरंगी सड़क का मुआयना करते रहे।

हवा में किसी चीज की बहुत रची-बसी पुरानी गन्ध थी। जैसे बहुत समय से वहाँ की हवा में वह गन्ध जमी हुई हो। और गन्ध भी किसी बहुत पुरानी चीज की हो। वह गन्ध घोड़े की लीद की गन्ध थी। ऐसी कि जैसी किसी बहुत

पुराने ढेर से उठती हो।

मुक्ति ने चारों तरफ घूमकर देखा, ऐसा कोई ढेर उसे दिखाई नहीं दिया। लेकिन यात्रियों को अपनी पीठ पर बिठाये, अपने मालिक के साथ सड़क उतरते-चढ़ते हुए कई घोड़े नजर आये।

जाने कब से, हो सकता है अपने लड़कपन से, ये घोड़े तीर्थयात्रियों को मन्दिर की ऊँचाई तक ढोते रहे हों! क्या इतने तीर्थयात्रियों को उनके इष्ट के निकट पहुँचाकर और स्वयं इस पवित्र मार्ग के इतने चक्कर काटकर इन घोड़ों ने इतना पुण्य नहीं इकट्ठा किया कि आदमी की गुलामी से आजाद हो सकें? कि घने जंगलों में विलुप्त हो जाएँ और आदमी के ढूँढ़े न मिलें?

क्या नहीं कहते कि मन्दिर तक की चढ़ाई को अपने पैरों पर चढ़ने से पुण्य अर्जित होता है?

मुक्ति इस सोच-विचार में, माँ पूरे दृश्य की तन्मयता में, तृप्ति और तारक यात्रा के उत्साह में और बाबा चादर खरीदने के बाद की सख्ती में डूबे खड़े थे।

"सलाम साहब," किसी ने पास आकर अचानक कहा तो सब एकसाथ ऐसे चौंके जैसे यहाँ किसी के द्वारा सलाम किये जाने की उन्हें कोई उम्मीद नहीं थी। बल्कि यहाँ किसी के मिलने की भी उन्हें कोई उम्मीद नहीं थी।

"मेरा नाम मुहम्मद अली है," उनके वैसे चौंकने के कारण ही मुहम्मद अली ने शायद अपना व्यक्तिगत परिचय भी दे दिया हो, "साहब लोग अब चढ़ाई चढ़ने वाले हैं, छड़ी ले लेंगे, तो बहुत आराम रहेगा। आगे चढ़ाई मुश्किल होती जाती है। छड़ी बहुत मजबूत है साहब, ये चढ़ाई क्या बहुत बाद तक आपके साथ रहेगी। केवल पाँच रुपये में एक है—साहब," मुहम्मद अली अपने छड़ी की तारीफ में कुछ और अर्ज करता, लेकिन बाबा ने बड़ी मुलायमियत से एक छड़ी की तरफ अपना हाथ बढ़ा दिया था, वे चादर खरीदने के बाद वाली ड्राइवर-जन्य सख्ती से बाहर निकल आये लगते थे।

मुहम्मद अली से, हर एक के लिए एक, कुल पाँच छड़ी खरीद ली गयी।

जब हाथों में छड़ी भी आ गयी, तो चलना आरम्भ हुआ।

वे दुकानों की लम्बी कतार के सामने से गुजरने लगे। दुकानों में छड़ियों के बड़े-बड़े गट्ठर रखे थे। लेकिन जब मुहम्मद अली की छड़ी स्वयं उनके पास चली आयी थी तो वे दुकान वाली छड़ियों के पास क्यों जाते?

बाबा ने मुहम्मद अली से आठ आने कम करने को भी नहीं कहा था। मुक्ति सोच रही थी कि सबके लिए छड़ी खरीदने की जरूरत थी क्या? कम से कम उसके, तृप्ति और तारक के लिए तो नहीं थी।

इतनी अदद छड़ियाँ बनाने के लिए पेड़ों की डालें काटी गयी होंगी या

पूरे पेड़ काँटे गये होंगे? क्या छड़ी बन जाने पर पेड़ और जंगल का कुछ अंश बचा रह जाता होगा? मुक्ति काफी देर तक छड़ियों के बारे में सोचती रही थी, फिर उसकी सारी सोच चढाई में तब्दील हो गयी थी, सारे सोच-विचार नीचे समतल पर छूट गये थे।

धीरे-धीरे सड़क पहाड़ी होती गयी थी और चढ़ाई मुक्ति को अपने गले क्या अपनी कनपटियों तक महसूस होने लगी थी। और उसे लगा था कि उसका वजन उसके पैरों ने नहीं, मुहम्मद अली की छड़ी ने उठा रखा था। फिर थोड़ी देर बाद पैरों के सारे नामो-निशान मिट गये थे, सिर्फ़ मुहम्मद अली की छड़ी बची रह गयी थी, हाथ से उसे पकड़े रहने का एहसास भी चला गया था।

दुकानों की कतारें बहुत पीछे छूट गयी थीं। बढ़ती ऊँचाई और गहराती शाम के साथ हवा ठंडी हो गयी थी और लगातार और ठंडी होती जा रही थी। बीच-बीच में चाय की छोटी-मोटी दुकान मिलती तो लोग चाय पीने के बहाने धराशायी हो जाते।

यात्रियों के दल निरन्तर चढ़ और उतर रहे थे। ये दल एक दूसरे के सामने आते तो पूरी शक्ति लगाकर 'जय माता दी' की पुकार कर एक-दूसरे का अभिवादन करते या अभिवादन से अधिक, कुछ समर्थन, कुछ उत्साहवर्धन जैसा करते। कुछ यात्रीगण आपस में या अकेले ही 'जय माता दी' की पुकार या जाप करते चलते।

मुक्ति ने भी शुरू में प्रत्युत्तर में और फिर बाद में स्वयं पुकारकर, जप कर देखा था। और एक प्रकार की शक्ति महसूस की थी। लोगों का कहना था कि वह माँ की अनुकम्पा थी, उस जाप का प्रभाव था। पर मुक्ति को लग रहा था वह संगीत की शक्ति थी, लय का, ताल का सम्बल था।

तभी तो पालकी ढोने वाले कुछ गाते चलते थे, नहीं चलते थे क्या?

मुक्ति की कनपटियों में चढ़ाई का कुछ ऐसा वेग था कि अपनी स्मृति अथवा सोच पर वह पूर्णतः निर्भर नहीं हो पा रही थी। फिर भी लगता था कि संगीत से मानसिक ही नहीं, कुछ शारीरिक बल भी मिलता था। लगता था कि अगली ताल खत्म होने तक दो कदम और पूरे हो जाएँगे। वह भक्ति थी या संगीत?

मुक्ति तय नहीं कर पा रही थी कि अचानक संगीत बहुत ऊँचा हो गया। कोई बहुत बड़ा दल उनके निकट आ रहा था। यों लोग 'जय माता दी' के आगे पीछे एक-दो पंक्ति की तुकबन्दी कर उसे लम्बा बना लेते थे पर यह दल उसका पूरा गीत बनाये गाता चला आ रहा था।

"आगे वाले, जय माता दी!
पीछे वाले जय माता दी।
सारे बोलो जय माता दी।

मामा-मामी जय माता दी।

चाचा-चाची जय माता दी।''

वह दल जोर से गाता हुआ जब दूसरों की बगल से गुजरता तो दूसरों में भी ऊर्जा का एक हल्का-सा संचार करता जाता।

वह भक्ति थी या संगीत? मुक्ति को लगा था जैसे वह दल तीर्थयात्रा को जाता हुआ नहीं, क्रिकेट के किसी विजयी मैच से निकलता हुआ दल हो...

लेकिन मुक्ति की कनपटियों पर चढ़ाई का दबाव था, धमनियाँ बहुत तेज धड़क रही थीं और वह बस इतना कर पा रही थी कि हर अगली ताल खत्म होने तक दो कदम और चल ले...

यों दो-दो कदम चलकर सबने मन्दिर तक की 12 किलोमीटर ऊँची चढ़ाई चढ़ी, फिर अलग-अलग लाइन में लगकर कहीं जूते, कहीं छाते, कहीं कैमरा जमा किया।

जब इन सारी व्यवस्थाओं से निबटकर वे खास मन्दिर के सम्मुख प्रांगण में अन्दर जाने की कतार में खड़े थे, वह ठीक मध्यरात्रि का समय था।

मुहम्मद अली की छड़ी के सहारे खड़ी मुक्ति ने चारों तरफ गर्दन घुमाकर देखा। आँगन के चारों तरफ चिनार के बहुत ऊँचे पेड़ थे। चिनार के ऊँचे पेड़ों के बीच से कश्मीर की धुन्ध इधर-उधर उड़ रही थी। वह दृश्य किसी विदेशी जासूसी फिल्म का दृश्य अधिक लग रहा था।

मुक्ति को अपनी यह सोच परिवेश और प्रयोजन के प्रतिकूल लगी और उसने स्वयं को व्यवस्थित और सोच को भक्तिसंगत करने की सोची।

चिनार के पेड़ पर टँगी अपनी दृष्टि उसने यत्नपूर्वक आँगन में उतारी तो वह मन्दिर के द्वार पर तैनात बन्दूकधारी प्रहरी पर जा टिकी। प्रहरी की दृष्टि लगातार यात्रियों के बीच भटक रही थी।

प्रहरी के ठीक बगल में वह बोर्ड लगा था, जिसे मुक्ति ने रास्ते भर देखा था, अक्षरों को यन्त्रवत पढ़ा था, लेकिन एक-दूसरे की बगल में खड़े उन अक्षरों से बननेवाले शब्दों का अभिप्राय पहली बार मुक्ति पर प्रकट हो रहा था।

बोर्ड पर लिखा वाक्य था, ''देवी ने स्वयं को एक प्राकृतिक पिंड के रूप में व्यक्त किया है। कृपया दर्शन करते हुए पिंड पर ध्यान दें।''

अक्षरों का अर्थ समझकर मुक्ति की बेचैनी कुछ और बढ़ गयी।

सहायता के लिए वह बाकी यात्रियों की ओर देखने लगी।

मुक्ति अपने परिवार में कतार में सबसे आगे थी। उसके आगे दो वयस्क सज्जन थे। उन्हें देखकर मुक्ति को लगा कि वे निश्चित रूप से किसान होंगे।

हालाँकि सारे तीर्थयात्री खाली पैर थे, पर उनके पैरों को देखकर लगता था

जैसे उन्हें सदा से मिट्टी पर खाली पैर चलते रहने का अभ्यास हो।

क्या प्रार्थना लेकर आये होंगे वे? कि इस साल बेमौसम बारिश न हो? कि नदी उफनकर उनके खेतों में न बह आए? कि पकने से पहले ही फसल वापस मिट्टी में न मिल जाए?

इस आँगन में कौन-कौन क्या-क्या प्रार्थना लेकर खड़ा होगा? मुक्ति के माँ-बाबा क्या प्रार्थना लेकर आये हैं? क्या मुक्ति के पास कोई प्रार्थना है?

कतार धीरे-धीरे आगे बढ़ रही थी। मन्दिर गुफा के अन्दर था, जहाँ देवी ने स्वयं को उस प्राकृतिक पिंड के रूप में व्यक्त किया था। प्रहरी गुफा के द्वार पर बन्दूक थामे खड़ा था। गुफा में प्रवेश करते हुए मुक्ति ने उसकी बन्दूक को गौर से देखा था। गुफा में प्रवेश करते हुए उन दो सज्जनों ने द्वार को प्रणाम किया था।

गुफा के अन्दर का रास्ता सँकरा और टेढ़ा-मेढ़ा था। कतार आड़ी-तिरछी होकर धीमे-धीमे आगे बढ़ रही थी। अगले मोड़ के बाद हठात, किसी भी क्षण देवी का वह प्राकृतिक रूप सामने आ सकता है, मुक्ति स्वयं को इसके लिए तैयार कर रही थी। मुक्ति का ध्यान सामने वाले दोनों सज्जनों पर केन्द्रित था। उनके बाद मुक्ति की ही बारी थी। मुक्ति उनकी बारी आने को देख लेना चाहती थी। अपनी बारी के लिए प्रस्तुत हो सके।

अचानक एक बिन्दु पर पहुँचकर दोनों सज्जन के आगे पुजारियों का एक समूह आ गया, प्रकाश कुछ तेज हो गया, अगरबत्ती की खुशबू फैल गयी। मुक्ति ने गौर किया कि पुजारी समूह उनके सम्मुख नहीं आया था, वे पुजारी समूह के सम्मुख आ गये थे। पुजारी वहीं उसी बिन्दु पर खड़े थे। पुजारियों ने उन सज्जनों के हाथों की पोटलियाँ ले लीं। क्षणभर को वे ठिठके हुए इधर-उधर देखते रहे फिर पुजारियों ने उन्हें आगे बढ़ने का निर्देश दिया, सामने गुफा की दीवार थी, आगे बढ़ने का अर्थ था, मुड़कर वापस चलना।

मुक्ति मुड़कर वापस चलते उन दोनों सज्जनों को देखने लगी। चार कदम चलकर वो पुनः एक अकेले पुजारी के सामने आ पहुँचे। पुजारी ने उन्हें चरणामृत दिया। बहुत धीमी आवाज में उन्होंने पुजारी से कुछ पूछा। किन्तु जवाब देती हुई पुजारी की आवाज काफी ऊँची थी, "क्या दर्शन नहीं किया आपने? देवी के सामने से होकर आ रहे हैं!"

तब अचानक मुक्ति को अपनी स्थिति का आभास हुआ। जिनके दर्शन को वह आयी थी, उनके प्रत्यक्ष सामने खड़ी वह उन्हें ढूँढ़ रही थी!

बाबा ने चादर की जो पोटली मुक्ति को थमायी थी, वह पुजारी ले चुके थे। वह बिना जाने 'देवी' के सामने क्षण भर से कहीं अधिक से खड़ी थी। उसकी बारी पूरी हो चुकी थी। किसी पुजारी ने उससे आगे बढ़ने का संकेत किया।

मुक्ति के पीछे माँ थीं। मुक्ति ने माँ के दर्शन के लिए राह बना दी। जब वह चरणामृत वितरण करते पुजारी के सामने पहुँची, तो उसके आगे वाले सज्जन पुजारियों से अनुनय-विनय कर वापस दर्शन के लिए जा रहे थे। क्या मुक्ति भी उनसे दर्शन के लिए विनती करे? लेकिन वह सम्भ्रम में खड़ी सोचती रह गयी। पुजारी ने जो चरणामृत उसे दिया, उसने ग्रहण किया और पंक्ति में बँधी गुफा से बाहर निकल आयी।

प्रांगण से बाहर निकलते समय प्रवेश करती एक महिला ने बड़ी आतुरता से मुक्ति से पूछा, "दर्शन हो गये?"

"जी," मुक्ति ने जवाब दिया। वह सच कह रही थी या झूठ, उसे स्वयं पता नहीं था।

यदि देवी ने स्वयं को सिर्फ़ उस पिंड में व्यक्त किया है, तब तो... ? लेकिन मुक्ति ने पिंड के नीचे बिखरा लाल सिन्दूर ऊपर चाँदी का झूमर देखा था। क्या देवी उनमें भी विराजमान नहीं होंगी?

मुक्ति ने स्वयं को और सोचने की मनाही कर दी।

यों भी उनके सामने नीचे उतरने की भयानक दूरी थी।

तृप्ति और तारक के बहुत जिद करने पर बाबा पास के हिल स्टेशन घूमने जाने को मान गये थे। होटल वाले के सौजन्य से सुबह के 10 बजे के लिए एक टैक्सी बुक हो गयी थी। दिन भर में हिल स्टेशन घूमकर उन्हें वापस आ जाना था। परसों उनकी वापसी की टिकट थी। उससे ज्यादा दिन वे होटल में रुक भी नहीं सकते थे।

सवेरा होने तक उन्हें नीचे पहुँच जाना था। मुहम्मद अली की छड़ी से चलते हुए किस भक्ति और किस संगीत का सहारा लेकर कैसे और कितनी देर में वे नीचे पहुँचे, मुक्ति इस सारी समझ से परे जा चुकी थी।

पौ फटने को थी। होटल की गाड़ी आयी और उन्हें लिवा ले गयी। बाबा ने तय किया कि हिल स्टेशन के लिए निकलने से पहले सब लोग कुछ घंटे आराम करेंगे।

कब कितनी देर उन्होंने आराम किया, कब वे तैयार होकर टैक्सी में बैठे, और कब टैक्सी हिल स्टेशन के लिए चल पड़ी, मुक्ति को सबकुछ में शामिल होते हुए भी किसी का कुछ होश नहीं था।

एकबार फिर सड़कें पहाड़ी होने लगीं। देवदार के अद्‌भुत सुन्दर जंगल नजर आने लगे।

यह जगह इतनी सुन्दर है, यहाँ भी जरूर ईश्वर बसता होगा। तो क्या ईश्वर सिर्फ़ सुन्दर जगहों में बसता होगा? मुक्ति ने एक बार फिर सोचना आरम्भ किया

और फौरन खुद को रोक भी दिया।

टैक्सी देवदार के जंगलों से निकलकर एक छोटे से शहर से गुजरने लगी। अचानक सड़क किनारे एक खोमचेवाला नजर आया। उसकी टोकरियों में खूब सारे सुनहरे फल लदे हुए थे।

"ये कौन से फल हैं?" तृप्ति और तारक मचल उठे।

"ये खुबानियाँ हैं," टैक्सीवाले ने कहा, "कश्मीर की खुबानियाँ बहुत मशहूर हैं!"

"खुबानियाँ, खुबानियाँ!" तृप्ति और तारक ने ऐसे कहा मानो उसे न चख पाएँ तो सारी यात्रा व्यर्थ हो जाएगी!

"खुबानियाँ" मुक्ति ने मन ही मन बोलकर सुना और उसे लगा कि सचमुच यह फल उस सबकुछ का प्रतीक है जो उनसे परे है।

"कश्मीर के फल! वर्ना तो उन्हें निरन्तर कदली फल की महिमा ही बतायी जाती है। बाबा का कहना है कि केला दुनिया का सबसे पौष्टिक और सबसे सुलभ फल है। पर कहाँ केला और कहाँ खुबानियाँ! मुक्ति को मन ही मन खुबानी का नाम दुहराने में आनन्द आने लगा।

तृप्ति और तारक खुबानी खरीद देने की जिद करने लगे।

बाबा ने खुबानीवाले के पास टैक्सी रुकवायी।

मुक्ति को अचानक और कई उम्दा फलों के नाम याद आने लगे।

"अंजीर, शहतूत और खुबानियाँ..." उसने किताबों में पढ़े इन फलों को याद करना आरम्भ किया।

"कैसे बेच रहे हो खुबानी?" बाबा ने खुबानी वाले से पूछा तो पूछते ही चले गये।

"कहाँ उगती हैं खुबानियाँ?"

"यहाँ से कितनी दूर?"

"तुम कहाँ रहते हो?"

"खुबानियाँ बाहर भी जाती हैं क्या?"

मुक्ति को पहली बार लगा कि बाबा को कश्मीर और कश्मीर के उम्दा फलों में शायद उससे भी अधिक दिलचस्पी हो!

पर वह फिर दुहराने लगी, "अंजीर, शहतूत, खुबानियाँ.."

खुबानी वाला बाबा के सवालों से थकने लगा, उसे डर लगा कि कहीं वे सिर्फ़ सवाल पूछकर बिना खुबानी खरीदे न चले जाएँ। वह हर सवाल का जवाब देकर पूछता, "कितनी खुबानी तोलूँ साहब?"

आखिरकार किलो भर खुबानी खरीदी गयी। टैक्सी फिर से देवदार के जंगलों

में चलने लगी।

तृप्ति और तारक खुबानी खाने को उद्यत होने लगे।

माँ ने उनसे कहा कि उन्हें पहले प्रसाद खाना चाहिए, बल्कि प्रसाद तो उन्हें नाश्ते से भी पहले खाना चाहिए था, पर वे खुद इतनी थकी हुई थीं कि याद ही नहीं रहा।

प्रसाद का पैकेट खोला गया।

सबसे पहले टैक्सीवाले को देकर माँ ने सबको प्रसाद दिया।

"प्रसाद कहाँ से खरीदा साहब?"

टैक्सीवाले ने पूछा।

"होटल का गाड़ीवाला ही किसी दुकान पर लेकर गया था। क्यों?" बाबा ने कहा।

"किशमिश खट्टी हैं साहब!"

"जबकि इस इलाके में तो किशमिश की पैदावार होती है। बताइए, सब बेईमानी का धन्धा है!" बाबा की आवाज फिर से सख्त हो गयी।

"अरे, ऐसा ही है साहब, जबकि रिवाज है कि कुछ भी खट्टा देवी को नहीं चढ़ाते, पर इस देवी को नहीं मानते न साहब, उनका तो धर्म ही दूसरा है।" टैक्सीवाला भी क्षोभ भरी आवाज में कहने लगा।

"तो क्या धर्म को माननेवाले देवी को चढ़ाने के लिए खट्टा प्रसाद बेचें तो उन्हें पाप नहीं चढ़ेगा?" अचानक तारक बातचीत में शामिल हो गया।

"और अगर दूसरे धर्मवाले तीर्थयात्रियों को अच्छी मजबूत छड़ियाँ सस्ते में बेचें तो उन्हें पुण्य भी नहीं होगा?"

जब तारक शामिल हो गया तो तृप्ति क्यों चुप बैठती!

बाबा और टैक्सीवाला चुप हो गये थे, पर तृप्ति और तारक का वार्तालाप जारी था।

"जब वे दूसरे धर्म को मानते हैं तो इस धर्म में जो पाप-पुण्य हैं वो उन्हें कैसे चढ़ेगा?" अब तारक ढूँढ़कर तृप्ति को जवाब दे रहा था, पर तृप्ति के पास और सवाल आ रहे थे, "तो क्या अलग-अलग धर्मों के अलग-अलग पाप-पुण्य होते हैं?"

तृप्ति और तारक कुछ देर एक-दूसरे से सवाल-जवाब करते रहे फिर खुबानी खाने लगे।

टैक्सी देवदार के घने जंगलों से गुजर रही थी।

कश्मीर की खूबसूरत चढ़ाई पर मुक्ति का सिर गोले-गोल घूम रहा था।

❑

सवालों के घेरे में

जो कल्पना से परे थे, सहसा उसे कल्पना की आँखों से साकार देखा जा सकता था। सोचे न जा सकने वाले दु:स्वप्न की तरह जो रात की नींद में अपने आप बुनकर तैयार हो जाता है...असम्भव-सी, अविश्वसनीय वह घटना उसकी खुली आँखों के सामने घट रही थी; कि अठारह-उन्नीस घंटे की उड़ान के बाद बेहद थके-माँदे वे न्यूयार्क एयरपोर्ट पर उतरेंगे, किसी तरह, जाने कैसे एक ट्रॉली ढूँढ़कर आएँगे, कन्वेयर बेल्ट से अपना सामान उठाएँगे, कस्टम और फूड डिपार्टमेंट के तमाम सवालात से गुजरेंगे और आखिर में इमिग्रेशन की लाइन में खड़े होंगे। उनके कागजात देखता ऑफिसर कुछ चौंककर, कुछ चिन्तित होकर उनसे पूछेगा, "आपकी दाढ़ी पर, गर्दन पर ये फफोल कैसे हैं?" "क्या आप अपनी शर्ट के कुछ बटन खोल सकते हैं?" फिर सारे कागज उन्हें थमाकर वह कहेगा, "यह एक संक्रामक बीमारी है। इसके आउटब्रेक के साथ आप बॉर्डर क्रास नहीं कर सकते। आप आगे नहीं जा सकते। सॉरी।"

वह नजरें झुका लेगा। फैसला सुनाकर वह नजरें झुकाकर बैठ जाएगा। सरकार का एक अदना-सा अफसर उनका रास्ता रोककर बैठ जाएगा। वे वहीं खड़े रह जाएँगे। सकते में। वे उसकी बात मान लेंगे। जिन्होंने कभी किसी की बात न मानी, वे उसकी बात मानकर वहीं खड़े रह जाएँगे। वे आगे नहीं जा सकते। और तत्काल पीछे लौटने के रास्ते शेष नहीं रहे। शून्य जैसी किसी वृत्ताकार परिधि में वे खड़े रहे जाएँगे। बेबस से। और वह कुछ नहीं कर पाएगी। कुछ नहीं। इस दृश्य को बार-बार देखकर भी वह कुछ नहीं कर पा रही। इस दृश्य को घटते देखने से बचने के लिए वह दिनभर इधर-उधर छिपती रही। पर छिपने के हर कोने में दृश्य उभर आया। साकार, सम्पूर्ण, सूक्ष्मता के साथ। किसी प्राचीन, प्रचंड शाप की तरह जो किसी भी युग में, किसी भूखंड पर पीछा नहीं छोड़ता।

यों तो उसके आगे निरापद, निर्विकार चेहरे थे। शॉपिंग काट्र्स के पहिये की घर-घर आवाज के साथ वे चेहरे गुजरते जा रहे थे। बावजूद इसके इन चेहरों

के आर-पार के किसी क्षितिज में अकल्पनीय वह घटना घटती जा रही थी। नियति के अट्टहास की तरह। जैसे स्टेशन पर चेहरे गुजरते जाते हैं और दृष्टि देखती है कहीं और कुछ और।

कहीं से आते में, कहीं को जाते में, दिनचर्या की इधर-उधर में, मूड के हिसाब से अलग-अलग पंक्तियों की अलग-अलग समय एक पौराणिक किस्म की उनकी रागात्मक गुनगुनाहट चलती रहती तालबद्ध—

"बन्द नहीं अब भी चलते हैं नियति नटी के कार्यकलाप",

दोपहर की खामोशी में अपने प्रिय शब्दों पर विशेष जोर देकर, बिलकुल बेखबर कि थककर शायद कोई सो रहा होगा,

"पर कितने एकान्त भाव से, कितने शान्त और चुपचाप।"

नियति नटी के कार्यकलाप को रोक देने का एक ही उपाय उसे सूझता था। जो दृश्य सुबह से कई बार उसकी आँखों के आगे घट चुका था, उसे घटने से रोकने के लिए टिकट आगे बढ़ाना होगा। दस-पन्द्रह दिन? कितनी प्रतीक्षा की थी उसने। बच्चे के उत्साह की तरह उनके आने की तारीख पर लाल कलम से टिकमार्क लगा दिया था। अब तारीख आगे बढ़ानी होगी। आते वक्त भी दोनों में से कोई कुछ खास नहीं कह पाया था। उनके बीच बातचीत लगभग बन्द थी।

बहस का मुद्दा क्या था, ठीक बताना मुश्किल है। अपने आप में मुद्दा गौण था। लगता था उनके बीच सनातन काल से एक बहस चली आ रही थी जिसका कोई परिणाम सम्भव नहीं था। पुरानी घटनाओं को लेकर गहरे मतभेद थे। बहुत पहले के उसके बचपन की घटनाएँ जिनको भुलाया जा सकना सम्भव नहीं था। हालाँकि इन पुरानी यादों की कभी चर्चा नहीं होती थी। ज्यादातर घटनाएँ उनके द्वारा सहेजे जा रहे संयुक्त परिवार के ढाँचे में पिसती माँ की याद को लेकर थीं। उन घटनाओं को भुलाकर, उनसे सहमत हो जाना उसके लिए सम्भव नहीं था। दोनों जानते थे कि ये यादें हैं और इसलिए कभी न मिटने वाले मतभेद हैं। सनातन बहस है? जिसके अन्त में वह अक्सर चुप हो जाती थी, क्योंकि पिता को थककर परास्त होते देखना भी उसके लिए सम्भव नहीं था। वह संयुक्त परिवार कब का बिखर चुका था। जिसको जो नहीं बनना था, वह नहीं ही बना था। पर उन सबको बनाने के चक्कर में उन्होंने अपनी सारी शक्ति खपा दी थी। अब वे बहुत जल्दी थक जाते थे। यह सबकुछ उनसे मनवा लेना सम्भव था, पर ऐसा करना उसके लिए सम्भव नहीं था। अब उनसे उनकी हार मनवा लेना जब जिन्दगी भर उन्होंने किसी की बात नहीं मानी। अब उन्हें एक अदने से अफसर की बात मान लेनी होगी और खड़े रह जाना होगा। चुपचाप, निर्विरोध। टिकट का आगे बढ़ जाना ही श्रेयस्कर है। वह और इन्तजार कर लेगी।

विडम्बना ही कि इतनी खुशामद के बाद वे आने के लिए, राजी हुए तो तबीयत ही खराब हो गयी। कमजोर हो गये हैं। चिकेनपॉक्स के इन्फेक्शन ने धर दबोचा। सुबह फोन आने के बाद वह बच्चों की तरह बिलखती रही। फिर घर से भाग खड़ी हुई थी। उस क्षण तो निदान ढूँढ़ने से अधिक उस दृश्य की पुनरावृत्ति से बचने के लिए। जहाँ-तहाँ भटकते में आखिरकार इस ग्रॉसरी स्टोर के कैफेटेरिया में उसने शरण ली थी। फ्लावर शॉप के खिले हुए फूलों के गुच्छों की बगल में, ताजे फूलों के ढेर के आसपास। जहाँ बैठने पर सामने सजे 'टेक होम' चाइनीज बफे से उठती सुगन्धित गर्म भाप दिखाई पड़ती थी। जूम्ड इन तस्वीरें। आउट ऑफ फोकस बैकग्राउंड में शिमला मिर्च, टमाटर और आर्टिचोक्स की फूल से भी खूबसूरत तस्वीरें। फूलों से भी प्यारे फल।

"बच्चे आपके साथ समय बिताना चाहते हैं," आखिरकार इस वेदवाक्य से उन्हें आने को तैयार किया था उसने, "वहाँ जाते हैं तो कितना कम समय मिल पाता है आपके साथ। स्कूल की छुट्टियाँ खत्म हुईं नहीं कि लौटने की जल्दी मची रहती है। आप कुछ दिन इत्मीनान से यहाँ रह सकते हैं। आबोहवा का वास्ता बेकार था। वह कहती रह जाती और वे नहीं आते। पर दूसरी पीढ़ी का प्रलोभन उन्हें लुभा गया था।

फूल से भी प्यारे फल। फलों की ऐसी रंगीन चमकती तस्वीरें। जिन्दगी के इश्तहार की तरह। सारा माहौल स्वास्थ्य के सन्देश से लबालब। सबकुछ संयत, व्यवस्थित, सुरुचिपूर्ण। यहाँ बैठकर खुद को समझाया जा सकता था। उन्हें कोई बीमारी नहीं। यह तो बैक्टीरियल इन्फेक्शन है। किसी को भी हो सकता है। यह इन्फेक्शन हवा में होता है। सिर्फ़ यहाँ की हवा में यह इन्फेक्शन नहीं है। ऐसा इन लोगों का दावा है। यहाँ की हवा साफ, स्वच्छ, शुद्ध है। दुनियाभर में गन्दगी फैलाकर अपने पर्यावरण को हरा-भरा रखनेवाली सरकार का कोई अदना-सा अफसर उनसे नहीं कहेगा कि उन्हें इन्फेक्शन है और उस इन्फेक्शन के साथ वे नहीं आ सकते। वह दृश्य कभी नहीं घटेगा। टिकट आगे बढ़ाया जाएगा। डॉक्टर की बतायी बेहद कड़ी एंटीबायोटिक की दिन में पाँच खुराक खायी जाएगी। वह चंगे होकर आएँगे। एकदम ठीक। ताकि कोई उल्टे-सीधे सवालों से उनका रास्ता रोककर खड़ा न हो सके। वह इन्तजार करेगी।

कितने आकुल, कितने व्याकुल इन्तजार के क्षण। खासकर तब जब पन्द्रह दिन और इन्तजार करने के बाद वह एयरपोर्ट से उन्हें लेने 'अराइवल लाउंज' में बैठी हो। तमाम स्क्रीन दिखा रहे हों कि कांटिनेंटल फ्लाइट न. 8841 दस मिनट पहले पहुँच चुकी है। वह लाउंज के कई चक्कर लगा चुकी है। दस मिनट तो लगते ही हैं विमान से उतरकर यहाँ तक पहुँचने में। पर कहीं कोई उनसे

जिरह तो नहीं कर रहा? कस्टम, इमिग्रेशन, फूड डिपार्टमेंट के कितने अफसर कोने-कोने में बिछे हुए हैं। और अचानक अराइवल की इस गली से वे आते हैं, अपना केबिन लगेज हाथों में उठाये हुए लम्बे-लम्बे डग भरते सबकुछ का मुआयना करते, एक्सरे करती मशीनें, बरगर किंग में खाते लोग, दुकानों में टँगे सामान, विदेशी वेशभूषा, उनके चेहरे पर वही भाव मानो अभी कह पड़ेंगे, "यहाँ तक तो ठीक है, क्योंकि त्याग का विषय भोग नहीं है, त्याग का विषय है आसक्ति।" वह एकदम सामने आ गयी तो चौंककर उन्होंने कहा, "अरे?" मानो उसका उन्हें लेने आना कहाँ तय था? वह तो यूँ ही भ्रमण पर निकले थे, कुतूहलवश।

कनवेयर बेल्ट से अपना सामान पहचानने और उतारने में उन्होंने अतिशय तत्परता दिखायी। बेल्ट पर गोल-गोल घूमते अपने सूटकेस को उससे पहले पहुँचकर, लपककर उन्होंने उठाया तो क्षणभर के लिए उसकी गति उनमें भी समाहित हो गयी। इसी ऊर्जा से लैस वह बोल पड़े, "इतनी आसान और आरामदेह यात्रा तो वर्षों से नहीं की। कदम-कदम पर सब कुछ साफ-साफ लिखा हुआ है। किसी से कुछ पूछने की जरूरत नहीं।" तात्पर्य यह कि व्यर्थ वह उनकी यात्रा को लेकर चिन्तित थी। वे अब भी दुनियाभर में अकेले घूमने में सक्षम हैं। उसके चेहरे की मुस्कराहट उत्तर में दी गयी मुस्कराहट नहीं थी। वह उनके अपने सारे रोबदाब के साथ सकुशल पहुँच जाने से बेहद आश्वस्त थी।

ट्राली खींचकर सूटकेस उस पर डालकर उन्होंने अपनी सक्षमता प्रमाणित कर दी। प्रसन्न होकर वे हँस दिये। "वहाँ की तरह नहीं कि एक साधारण-सी जानकारी के लिए दस फीट लम्बी लाइन में खड़े रहिए। चोर-उचक्कों का डर अलग।" दोनों हँस दिये दोनों जान रहे थे कि यह यों ही कही हुई बात है। मन बहलाने को कही गयी बात।

गाड़ी एयरपोर्ट से निकलकर शहर की भीड़ से अछूती सीधी हाइवे पर दौड़ने लगी तो वे हाइवे सिस्टम की समूची कार्य प्रणाली जानने को आतुर हो उठे। कौन-सा लोकल, कौन-सा इंटरस्टेट? एक से दूसरे शहर में जाना कितना आसान है! क्या शहर के किसी भी कोने से इनमें दाखिल हुआ जा सकता है? एक्जिट के नम्बर क्यों हैं, नाम क्यों नहीं? यदि कोई नम्बर भूल जाए तो? क्या सारे एग्जिट दायीं तरफ आते हैं? बायीं तरफ के एग्जिट कठिन क्यों हैं?

सड़कों द्वारा उनका ध्यान आकृष्ट कर लिये जाने से जो राहत उसने महसूस की थी, प्रश्नों की गोलाबारी में जाती रही। शुरू में उसे डर था कि उसकी ड्राइविंग पर उन्हें भरोसा नहीं होगा। कहीं साथ चलने से ही इनकार न कर दें। और यदि बैठ भी जाएँगे तो उसकी ड्राइविंग सम्बन्धी कुशलता पर अनेक प्रश्न पूछेंगे। पर इतनी देर में उसने समझ लिया कि उन्हें अध्ययन का नया विषय मिल गया था। विदेशी तकनीक। इस तकनीक की विदेशी समृद्धि में भूमिका। पर एक साथ इतने

सवालों का जवाब देना और छह लेनवाले हाइवे पर 70 की रफ्तार में गाड़ी सँभालना उसके लिए दूभर हो रहा था। अपने इर्द-गिर्द लगातार लेन बदलती गाड़ियों से सावधान होते हुए उसने कहा कि घर पहुँचकर बताएगी तो वे एकदम चुप हो गये। खामोश।

वह सहम गयी। मुड़कर देखना भी सम्भव नहीं था कि कहीं भृकुटी तो नहीं खिंची। सम्भव होता तो भी शायद हिम्मत नहीं होती। फिर गाड़ियों की भीड़ कुछ घटी तो यथासम्भव प्रयास कर उसने सड़कों के जंजाल के बारे में बताना शुरू किया। इतनी सुनियोजित सड़कें और पब्लिक ट्रान्सपोर्ट लगभग नदारद। कार बनानेवाली कम्पनियों की सरकार में ऊँची पहुँच। बीच-बीच में वह थम जाती तो हाँ, हूँ की ध्वनि से वे दर्ज करते कि सुन रहे हैं। इस हाँ, हूँ के सहारे उसने संवाद जारी रखा।

घर के इत्मीनान में उनकी तकनीकी जिज्ञासा इतनी बलवान हुई कि सवालों का तत्क्षण उत्तर न मिलने की नाराजगी को उसने दबा दिया। करीब से गौर से उन्होंने घरेलू मशीनों का मुआयाना किया।

उनकी कॉफी के लिए दूध गरम करते माइक्रोवेव ने सबसे ज्यादा उनका ध्यान आकृष्ट किया।

पर तकनीकी जिज्ञासा अलग बात है, तकनीक का कायल होना अलग बात। उनके कहे बिना वह जानती थी, ऊपर दाढ़ी बनाते हुए पहले से कहीं दृढ़ उनकी आवाज नीचे तक आ रही थी—

"पश्चिम की उक्ति नहीं,
गीता है, गीता है।"

किन्तु "स्मरण करो बार-बार।" कहने से पहले वे चुप हो गये। आवाज पर एकदम से छा गयी निस्तब्धता कहती थी कि दाढ़ी बनाने की प्रक्रिया से कुछ अधिक जटिल ने उन्हें रोका है। लगता था मन में कोई बहस चल रही थी। कुछ देर के मौन के बाद, उसने कल्पना की, आधी दाढ़ी बना चुकने पर फिर से उनकी आवाज आयी—

"झूठ-मूठ सुजला सुफला के गीत नहीं हम गाएँगे।"

इस एक पंक्ति का गान तब तक चलता रहा, जबतक शॉवर की मोटी धारा ने आवाज को जज्ब नहीं कर लिया।

कविताओं की अपनी पेटी उन्होंने बच्चों के आगे बाइस्कोप के नजारे की तरह खोल दी। कुछ तुक मिलाती, कुछ पहाड़ी झरने-सी उछलती-फिसलती रौ में बहती कविताएँ...इनके सामूहिक सस्वर पाठ ने बच्चों की रोज शाम की बार्बी सांग्स और वीडियो गेम्स का स्थान ले लिया।

"दावा द्रुम दंड पर, चीता मृग झुंड पर भूषण वितुंड पर जैसे गजराज है।"

बोलते-बोलते बच्चे गेंद की तरह उछलने लगते तो उनका चेहरा आनन्द से भर उठता।

किसी म्यूजिक डाइरेक्टर की मुद्रा में अपनी तर्जनी हवा में लहराकर वे शामिल होते।

"तेज तम अंस पर। कान्ह जिमि कंस पर"

फिर, कभी उसी तर्जनी के इर्द-गिर्द बच्चों को लपेटकर वे ऐलान करते, "चलो ध्वनि सौन्दर्य से अर्थ की ओर चलो।"

"प्रवीर हो जयी बनो
बढ़े चलो, बढ़े चलो।"

चलो शुरू से—

"हिमाद्रि तुंग शृंग से
प्रबुद्ध शुद्ध भारती
स्वयंप्रभा समुज्ज्वला
स्वतन्त्रता पुकारती।"

बच्चों का उच्चारण लाल दन्तमंजन से मँजकर निखर गया था।

मशीनों का निरीक्षण पूरा करके अब वे चुनिन्दा मशीनों का परीक्षण कर रहे थे। शुरू से माइक्रोवेव सबसे चुनिन्दा मशीन थी। अब वे स्वयं माइक्रोवेव में दूध गर्म करके अपनी कॉफी बनाना पसन्द करते थे।

लेकिन यहाँ के दूध की प्रकृति से वे सख्त नाराज थे। कितना भी उबालने पर दूध पर, मलाई की परत नहीं जमती थी। उन्होंने भगोने में चूल्हे पर, दूध को उबाल-उबालकर जाँच लिया था। माइक्रोवेव में भी दूध को पूरा उबाल तक लाने के कारण दूध अक्सर गिर जाता था। पहली बार उन्हें पता नहीं चला। कभी जब दिखा तो उन्होंने पोंछने का उपक्रम करके उसे फैला दिया। पर ज्यादातर जरा-सा दूध गिरता था जो उन्हें दिखता ही नहीं था। एक बार उसने दबी जुबान से कहा था कि क्यों परेशान होते हैं वे, उन्हें जब चाहिए वह कॉफी बना दिया करेगी। पर उन्होंने जोर देकर कहा कि उन्हें खुद अपनी कॉफी बनाने की आदत है, तो उसने कुछ और न कहना बेहतर समझा। कहीं क्रोध में आकर कॉफी पीना ही न छोड़ दें।

बड़े जोशोखरोश के साथ वे माइक्रोवेव से खौलते दूध का कप निकालकर धम्म से माइक्रोवेव का दरवाजा बन्द करते और कविता साथ चलती रहती, स्वगत लेकिन सशब्द—

"इस झूठमूठ में रस क्या है?
केशव, यह सुयश सुयश क्या है?"

माइक्रोवेव में कॉफी बनाने में उन्हें वह लुत्फ आने लगा कि हर रोज दामाद के ऑफिस से आने पर वह बड़ी उम्मीद से उसकी ओर देखकर पूछते, "कॉफी?" कि एक बार और कॉफी बनाने का जायका लिया जाए।

चार जुलाई अर्थात् अमेरिकी स्वतन्त्रता दिवस की छुट्टियों में वाशिंगटन जाने से पहले उन्होंने अमेरिकी राज्यों का भीमकाय पोलिटिकल नक्शा लेकर गहन अध्ययन किया। किन-किन राज्यों से होकर गुजरना है, सब मालूम कर लिया। पश्चिमी न्यूयार्क के इस रौचेस्टर, शहर से निकलकर पेनसिलवेनिया, डेलावेयर मेरीलैंड होते हुए वाशिंगटन। यह जानकारी आत्मसात हो गयी तो उन्होंने नक्शे में न दिखनेवाली बारीकियों का रुख किया। किस रास्ते बल्कि किन रास्तों से जाना है? कौन-कौन-सा हाइवे लेकर? छोटे-मोटे कनेक्टिंग हाइवे को छोड़कर, मुख्यतः 90 वेस्ट, फिर 89 साउथ फिर 70 ईस्ट। तीनों पर लगभग सौ-सौ मील। पर ये इतनी सूक्ष्म हिदायतें, कितने मील चलकर कौन-सा एग्जिट लेना है, कैसे निश्चित तौर पर मिल जाती हैं? खास वेबसाइट होती है जो तमाम ड्राइविंग डिरेक्शन दे देती हैं।

हाइवे के इस तरह लचककर हर कोने में बिछे होने तक तो ठीक था। पर बेवसाइट की विश्वसनीयता पर उन्हें सन्देह था।

ऐन रवानगी के वक्त उन्होंने घोषणा की कि वे बच्चों के साथ पीछे नहीं, दामाद की बगल में आगे बैठेंगे। अबतक तो उन सबका एक साथ निकलना हुआ नहीं था, शहर में ही बच्चों के साथ कहीं-कहीं वह उन्हें ले गयी थी। तब, जाहिर है, वे उसकी बगल में आगे बैठे थे। शहर के रास्ते चिरपरिचित रटे-रटाये रहते थे। पर अभी सवाल नेविगेशन का था। आगे वाले को, निरन्तर चालक को दिशानिर्देश देना था—अगला एग्जिट, फिर दाहिनी लेन, दाहिना मोड़ पाँच मील बाद फिर 33 और 70 के जंक्शन से 70 के लिए बायें, तरह के निर्देश।

पलभर के लिए उसे सबकुछ अव्यस्थित होता नजर आया। ड्राइविंग डाइरेक्शन हाथ में लिये वह चुप खड़ी रह गयी। उन्होंने पहले बताया होता तो वह डाइरेक्शन के दो प्रिंटआउट निकालती। पर उसने पूछा ही कब? क्यों मान लिया उसने कि इस लम्बी ड्राइव में वे पीछे बैठना पसन्द करेंगे? और बिना उनकी मर्जी के वह उन्हें बैठने को कह सकेगी?

वह पीछे जा बैठी और गाड़ी के शहर से बाहर निकलने से पहले निर्देशों को इस तरह कंठस्थ करने लगी जैसे परीक्षा आरम्भ होने से पहले हॉल के बाहर

खड़ा विद्यार्थी बाकी रह गये पन्नों को एक साँस में गटकता है। क्योंकर उसने सोचा था हाइवे की कार्य प्राणाली में उनकी शुरुआती दिलचस्पी खत्म हो गयी? गाड़ी हाइवे पर चढ़ी तो बड़े अधिकारपूर्वक उन्होंने कागज माँग लिया। माँग ही नहीं लिया, कुछ आरम्भिक कठिनाई के बाद एग्जिट नम्बर समेत लिखे हुए निर्देश और चलते हुए रास्ते में समूचा तालमेल बिठा लिया। और बजाप्ता नेवीगेट करने लगे।

फिर भी उसकी मनोदशा परीक्षा हॉल के बाहर खड़े परीक्षार्थी की ही बनी रही।

हालाँकि स्थिति सँभल चुकी लगती थी। उनके प्रस्ताव पर बच्चों की सहमति से गाड़ी में अमूमन बजनेवाला टेपरिकॉर्डर बन्द कर दिया गया था और कविताओं की अन्त्याक्षरी चल रही थी। पर अक्षरविशेष का पुल बनाकर खेली जानेवाली अन्त्याक्षरी नहीं, जो बाहर दिखाई दे, उस पर कविता। पेड़ पर, चलती हुई गाड़ियों पर, सड़क पर, आसमान या बादल पर और 90 वेस्ट अर्थात् पश्चिम की दिशा में चलती गाड़ी के ऐन सामने धीरे-धीरे अस्ताचलगामी सूर्य पर। और कितनी कविताएँ इन सब पर। पर सूर्यवाली कविता बच्चों की जुबान पर अटक गयी थी। किसी ऑटोमैटिक खिलौने की तरह एक पाठ समाप्त हुआ नहीं कि पुनःपाठ आरम्भ हो जाता था। पाठ क्या, सीटबेल्ट से बँधे हुए जितनी गति सम्भव थी, उसमें झूम-झूम कर वे चिल्ला रहे थे।

"छप्पर पर के कद्दू जैसा लगता सूरज दूर का।
ध्रुवतारा लगता है मानो लड्डू मोती चूर का।"

बच्चों का यह सूर्यप्रेम, सूर्य के डूब जाने, चाँद के उग आने पर भी कुछ देर तक चलता रहा। फिर वे थककर सो गये। बच्चों के सो जाने पर अन्त्याक्षरी का क्रम टूट गया। चाँद उगकर आसमान में टँग गया। उसकी इच्छा हुई उनसे पूछे कि क्या उन्हें याद है उसके बचपन के रेकॉर्ड प्लेयर के जमाने में वे उसके लिए एक रेकॉर्ड बजाया करते थे—

"चन्दा मामा दूर के
पुए पकाये गुड़ के,
आप खाये थाली में
मुन्ने को दे प्याली में"

क्या उन्हें याद है?

उसे गीत के बोल ही नहीं, धुन भी याद है। उसकी गुनगुनाने की इच्छा हुई।

पर यह गीतों की नहीं, कविताओं की अन्त्याक्षरी थी। बच्चों के-से उन्माद में उसकी इच्छा हुई वह भी झूम ले, "चारुचन्द्र की चंचल किरणें", किन्तु यह चाँद चंचल किरणें नहीं बिखेर रहा था। पूर्णिमा में कई दिन शेष थे। अवनी और अम्बरतल में कहीं चाँदनी नहीं बिछी थी। पूर्णिमा में कई दिन शेष थे। रोशनी का हल्का-सा झुटपुटा था। गाड़ी की हेडलाइट जल रही थी। पर उस हेडलाइट की रोशनी में रास्तों में लिखे हुए नाम और नम्बर पढ़ना मुश्किल हो रहा था। गाड़ी कब की 90 वेस्ट से निकलकर 89 साउथ पर काफी देर दौड़ चुकी थी। किसी भी पल एग्जिट नम्बर के अवतरित हो जाने की सम्भावना थी। इस हाइवे के नम्बर ज्यादा जटिल थे। हर नम्बर के साथ ए और बी का अक्षर भी था। सुबह से गाड़ी चलाता चालक रात्रि पड़ाव तक पहुँचने को अधीर हो रहा था। रात्रि पड़ाव 89 साउथ से बाहर निकलकर पेनसिलवेनिया के पोर्टलैंड नामक शहर के एक मोटेल में बुक था। बार-बार चालक की आँखें दाहिनी ओर आती सूचनाओं के हरे बोर्ड की तरफ घूम जाती थीं। पीछे की सीट पर बैठी वह लगातार क्षीण होती जा रही रोशनी में हरे बोर्ड पर लिखे हुए का पढ़ना अपठनीय होते देख रही थी। अचानक एक बोर्ड जब काफी करीब आ गया तो हड़बड़ायी हुई उनकी आवाज आयी, "अरे, यहीं एग्जिट लेना है, यहीं!"

"कौन से नम्बर की?" चालक ज्यादा सचेत ही नहीं, कुछ विचलित भी हुआ।

"56 ए।"

पिछली सीट पर परीक्षा के समय वाली घबराहट फिर से हावी हो गयी। उसे लगा कि डाइरेक्शन में उसने ए नहीं बी पढ़ा था। पर उनसे कागज माँगकर दुबारा देखने का अवकाश नहीं था। यदि एग्जिट ए था तो बिलकुल सामने था और तत्क्षण ले लिया जाना था। स्थिति ऐसी कि परीक्षार्थी एक बार उत्तर पुस्तिका को रिवाइज करना चाहे पर घंटी बज चुकी हो और इनविजलेटर सामने खड़ा हो।

गाड़ी एग्जिट के घुमावदार लेन में मुड़कर घूमती चली गयी। जब घूमकर किसी शहर की छोटी सड़क में प्रकट हुई तो सड़क का सारा हुलिया, नाम व नम्बर लिखे हुए से एकदम भिन्न था। गाड़ी जैसे-जैसे आगे बढ़ती गयी, भिन्नता और प्रकट होती गयी। गाड़ी ने गलत एक्जिट ले लिया था। तीनों खामोश बने रहे और तीनों ने खामोशी से जान लिया कि गाड़ी ने गलत एग्जिट ले लिया था। डरते-डरते जैसे चोरी से एक निगाह उसने उन पर डाली। वे अपनी सीट में सिमट सिकुड़ गये लगते थे। सहसा उसे लगा कि सन्नाटे में तब्दील होती खामोशी जानलेवा है। सब अपनी जगह बर्फ की सिल्ली की तरह जमते जा रहे थे। सिर्फ़ उसे तोड़ने के अन्देशे से उसने गला साफ किया और ऐसे स्वर में बोलने लगी

जैसे हर ट्रिप में घटनेवाली इन छोटी-मोटी घटनाओं से वह पूर्णतः वाकिफ है।

"हम दुबारा 89 साउथ पर जाकर फिर से 56 बी में मुड़ सकते हैं। 89 साउथ पर चढ़ने के लिए कोई मोड़ आता ही होगा।"

"मैं सोच रहा था किसी गैस स्टेशन में रुककर लोकल हाइवे के बारे में पूछ लूँ। पोर्टलैंड यहाँ से पास ही होना चाहिए। इन द लांग रन लगता है यही एग्जिट छोटी पड़ेगी।"

चालक के ऐसा कह देने से तनी हुई उनकी मुद्रा कुछ सहज हुई। सिर को उन्होंने सीट से टेक दिया मानो आराम कर रहे हों।

गैस स्टेशन की तलाश में चलती गाड़ी किसी स्टेडियम की बगल से गुजरी तो चालक चौंककर सतर्क हुआ। स्टेडियम लोगों से खचाखच भरा था।

पौने नौ बज रहे थे। अमेरिकी स्वतन्त्रता दिवस की आतिशबाजी शुरू होने वाली थी। अचानक लिये गये ब्रेक के झटके से बच्चे उठ गये।

"हम पोर्टलैंड पहुँच गये? मोटेल कहाँ है?"

हर दिशा में गर्दन घुमाकर उन्होंने पूछा। गाड़ी रिवर्स गियर में चल रही थी। जरा-सा पीछे रह गये स्टेडियम के ऐन सामने धीरे-धीरे सरक रही थी।

"ये कैसा मोटेल है?" बच्चे उतावले हो रहे थे।

"ये मोटेल नहीं है।" आखिरकार हिम्मत बटोरकर उसने स्थिति का खुलासा किया, "हम अभी पोर्टलैंड नहीं पहुँचे।"

"पर तुमने तो कहा था कि हम फायर वर्क्स पोर्टलैंड में देखेंगे। ये कौन-सी जगह है?"

"इस जगह का नाम नहीं पता। हमने गलती से गलत एग्जिट ले लिया।" बच्चों के पिता और चालक ने अधिकारपूर्वक हस्तक्षेप किया पर पिता के आधे कहे में ही बच्चे फिर से जिरह करने लगे।

"गलत एग्जिट कैसे ले लिया?"

लगता था कच्ची नींद से उठकर वे सीधे मोटेल का बिछा हुआ बिस्तर देखना चाहते थे। इससे पहले कि कोई कुछ कहे, वह बोल उठी, "मेरी गलती से। मैंने बी की जगह, सोचा ए एग्जिट लेना है।"

बच्चे कुछ और कहने को तत्पर हुए पर तभी एक संगीतमय आवाज के साथ स्टेडियम के क्षितिज में रोशनी और रंग का फव्वारा छूटा। सबकी दृष्टि उधर टँग गयी। एक अनाम, अजनबी शहर के एक स्टेडियम के आगे रंग और रोशनी का तमाशा देखने में सब तन्मय हो गये। धनी देश के स्वतन्त्रता-दिवस का, हर शहर के कोने-कोने में मनता समारोह दूर आसमान से झरती जगमगाती रंगों की फुलझड़ी। विविध रंग सिर्फ़ उसकी परिचित फुलझड़ी का सफेद-सा चमकीला

रुपहला रंग गायब। उस रुपहले रंग की लम्बी फुलझड़ियों का एक और पैकेट ले देने के लिए कितना मचली थी वह उनके आगे। घर में सबके लिए बराबर खरीदी गयी फुलझड़ी से ज्यादा एक पैकेट। आखिरकार वे मान गये थे। उस अतिरिक्त पैकेट की एक-एक फुलझड़ी अपने हाथों में जलाकर उसने दुनिया की सबसे सुन्दर आतिशबाजी देखी थी। उसने पूछना चाहा, उन्हें याद है?

❑

चितकबरा हिस्सा

छोटे मिश्का के पास सतरंगी एक छतरी थी। छोटा मिश्का उस छतरी से बारिश कम अपना चेहरा ज्यादा ढँकता था। यों छतरी भी छोटे मिश्का की तरह छोटी थी, पर छतरी से चेहरा ढँकने में मिश्का का पूरा वजूद ढँक जाता था। दिखाई पड़ती थी उसके दोनों पैरों में पहनी लाल बूट। इस तरह बूट पहनकर, सतरंगी छतरी लेकर छोटा मिश्का बारिश की शामों में भी टहलने निकलता था। उस छोटे मुहल्ले की छोटी-छोटी गलियों के चक्कर लगाकर छोटा मिश्का अपने बड़े मकान में वापस चला जाता था। छोटे मिश्का का बड़ा मकान मुहल्ले का सबसे खूबसूरत मकान था। छोटा मिश्का उस बड़े खूबसूरत मकान के बड़े खूबसूरत बगीचे में झूमता-झूलता अकेला बच्चा था। छोटे मिश्का की छोटी-छोटी कुलाँचों के पीछे बचकानी चाल में दौड़ते अधेड़ माँ-बाप का अकेला बच्चा। उनका अपना वारिस, उनकी इकलौती सन्तान, उनका एकमात्र दत्तक पुत्र।

वे उसे रूस से लेकर आये थे। "मास्को से बहुत दूर एक छोटे कस्बाई शहर से" कहते-कहते आरलीन के चेहरे पर रूस के बीहड़ विस्तार में खोयी किसी ट्रान्स साइबेरियाई यात्रा के चित्र उभरने लगे थे। "यहाँ से मास्को तक विमान में, और फिर मास्को से उस शहर तक दो रात और डेढ़ दिन लम्बी ट्रेन-यात्रा"...। बावजूद इसके, आरलीन को उस छोटे शहर का नाम याद नहीं आ रहा था। लेकिन अपराजिता परिचय में कुछ इस तरह सिर हिला रही थी—जैसे उस छोटे अनाम शहर को ही नहीं, उस ट्रान्स साइबेरियाई रेलयात्रा में आनेवाले हर स्टेशन को जानती हो। जैसे ट्रेन की खिड़की से दिखाई पड़ने वाले साइबेरियन लैंड्स को उसने किसी के दिये दूरबीन से नहीं, खुद अपनी नंगी आँखों से देखा हो। भीगी हुई उसके चेहरे की मुस्कुराहट आरलीन से कहती थी, "मैं देख रही हूँ तुम्हारे साथ वो सबकुछ देखो कितना सजीव है तुम्हारा वर्णन...।" लेकिन अपराजिता की आँखें देख रही थीं आरलीन के चेहरे में बनते-बिगड़ते चित्रों के पार, बोरिस पैस्टरनैक की लाल जिल्दवाली उस किताब के पन्नों में घटते दृश्यों को...!

उस लाल जिल्दवाली किताब के पन्नों से निकालकर डॉ जिवागो चलता जा रहा था साइबेरिया की भयानक ठंड में, घुटनों तक जमी बर्फ में, पैदल अकेला रुकी हुई रेलगाड़ियों के साथ-साथ खाली पटरियों के बीचोबीच। जिवागो की पैदल यात्रा के अरसा बाद आरलीन वहाँ गयी थी, जब क्रान्ति होकर थम चुकी थी, रुक चुकी थी, रेलगाड़ियाँ फिर से चलने लगी थीं, मास्को से साइबेरिया के छोटे-छोटे शहरों तक। लेकिन लगता था साइबेरिया के छोटे-छोटे शहर वैसे ही रह गये थे...क्रान्ति से दूर अछूते।...रेलगाड़ियों के साथ-साथ कोई क्रान्ति उन तक नहीं पहुँची थी।

"उस शहर के इकलौते अस्पताल में पड़े मिश्का को लेने की सरकारी कागजी जद्दोजहद। और अस्पताल में इसलिए क्योंकि वहाँ और उस जैसे कई शहरों में कोई अनाथालय भी नहीं। हालाँकि मिश्का को फेफड़े की कोई मामूली-सी बीमारी थी, पर वे इसका गलत इलाज करा रहे थे। यहाँ आते ही सही दवा से वह महीने भर में चंगा हो गया। देअर इज नथिंग रांग विद हिम।" आरलीन ने जोर देकर दुहराया जैसे माँएँ अपने बच्चे की सेहत की बलाएँ लेती हैं। फिर मिश्का को पाने की जटिल कानूनी प्रक्रिया का विवरण करने में जुट गयीं। इन परित्यक्त बच्चों का भविष्य बनाने के लिए तो रूसी सरकार कुछ नहीं करती, पर इनके गोद लिये जाने को ढेर सारे दफ्तरों की ढेर सारी फाइलों में डालकर कठिन प्रशासनिक मुद्दा बना देती हैं, आरलीन कहती जा रही थी। अचानक बीच में उसे याद आया, "वे लोग इसे मिश्का कहकर बुलाते थे।" और तब अपराजिता ने जाना कि एडम नाम से परिचित कराया गया वह छोटा-सा बच्चा वास्तव में मिश्का है। वह एक बेहद पुरानी कहानी थी, कम उम्र कोई युवती, अधकच्चा प्रेम, वोदका के नशे में डूबने वाली शामें, अवांछित बच्चा और भयानक गरीबी। उस पुरानी कहानी में आया धनी अधेड़ दम्पति का हस्तक्षेप भी कुछ खास नया नहीं था। पर नयी-पुरानी, रूसी-अमेरिकी किसी कहानी में बच्चे की दिलचस्पी नहीं थी। बच्चा शब्दों के जंजाल से ऊब गया था। अपने छोटे-छोटे पंजों पर खड़े होकर, अपने छोटे-छोटे हाथ उठाकर, बड़ी-बड़ी पलकें झपकाकर, बच्चा माँ को कुनमुनाते इशारे कर रहा था। इशारे क्षण-क्षण प्रबल होते जा रहे थे। इशारों को समझकर माँ ने उसे अपनी गोद में उठा लिया था। लेकिन गोद में पहुँचकर, बच्चे के इशारे का रूप बदला था, वेग नहीं। छोटा मिश्का आरलीन की गोद में मचल नहीं, उछल रहा था। लेकिन जब इतने से भी बात नहीं बनी, उसने एक रागात्मक स्वर के साथ अपनी तर्जनी सड़क की ओर उठा दी। छोटा मिश्का अपनी अधूरी सैर पूरी करना चाहता था। छोटा मिश्का मुहल्ले की गलियों से निकलकर, सड़क की हलचल देखना चाहता था।

दो दिनों के बाद वह बिना बारिश की शाम थी। दो दिनों के बाद मिश्का बगैर, अपनी सतरंगी छतरी के निकला था। सतरंगी छतरी के साथ मिश्का की पहचान भी दो दिन पुरानी थी। इस मुहल्ले के साथ अपराजिता का परिचय दो ही दिन पुराना था। दो दिन पहले ही वह इस मुहल्ले में आयी थी। या अब भी आ रही थी। अमिताभ और अपराजिता का पुराना अपार्टमेंट उनके इस नये बने मकान से करीब आधा मील दूर था। इसलिए दो दिन पहले एक बड़े ट्रक में सारे बड़े सामान के चले आने के बाद कार, में छोटे-मोटे सामान भर-भरकर, अपार्टमेंट से घर के फेरे लगाने का सिलसिला जारी था। तकनीकी रूप से 'शिफ्टिंग' पूरी हो चुकी थी, वे नये घर, में 'मूव' कर चुके थे, लेकिन ढेर, सारा छोटा-मोटा पुराना सामान बचा हुआ था ढोकर लाने के लिए। ऐसे ही सामानों की फेरी लगाने में, दोनों हाथों में थैला उठाये अपराजिता के आगे मुस्कुराती हुई आरलीन आ खड़ी हुई थी, ''वेलकम टु द नेबरहुड।'' मिश्का की उँगली छोड़कर उसने अपराजिता के हाथों का आधा बोझ उठा लिया था। लम्बे कुछ आत्मीय होते गहराते आत्मपरिचय से आगे बढ़कर, बातचीत मुहल्ले का चक्कर लगाने लगी थी। नवागन्तुक अपराजिता का भरपूर स्वागत कर चुकने के बाद आरलीन मुहल्ले के बारे में बतायी जा सकने वाली तमाम बातें बता रही थी। बतायी जा सकने वाली इसलिए क्योंकि बोलकर बतायी जा सकने वाली बातों की एक सीमा होती है। ऐसी हर सम्भव बात बताकर, आरलीन मुहल्ले की सदस्यता पेश कर रही थी। इन बातों को जान जाना इनमें शामिल-शरीक हो जाना था, साझीदार बन जाना था।

हर मुहल्ले का अपना एक चरित्र होता है या फिर स्वभाव। उसके अपने बाशिन्दों के अलग-अलग चरित्रों-स्वभावों के कुल जमाजोड़ से फरक। इस स्वभाव की अपनी एक हस्ती होती है। वह अपने आप में होता है। उसके होने में बाशिन्दों का एक सामूहिक चेहरा होता है जो उनके अपने-अपने चेहरों से अलग होता है।

जिन मुहल्लों में अपराजिता और अमिताभ पले-बढ़े, अब तक रहते आये, तथाकथित रूप से उन मुहल्लों की प्रमुख चारित्रिक विशेषता उनकी जातिगत पहचान नहीं थी। कहने को मुहल्ले 'सेक्युलर' हो गये थे। यह महज संयोग की बात थी कि साफ-सुथरे, नापी-जोखी सड़कों और फूल खिलाते बगीचों वाले सारे मुहल्लों में उच्च जातियों का वास था। यह भी महज संयोग की बात थी कि इन्हीं जातियों के पास इन मुहल्लों में रहने का आर्थिक माद्दा था। तो निर्णायक जाति नहीं थी, निर्णायक था धन। यह तो इत्तफाकन था कि सारा धन उच्च जातियों के पास रहता आया था, बिचली जातियाँ निर्धन थीं। इसमें भला उच्च जातियों

का क्या दोष हो सकता था? यह सबकुछ इत्तफाकन था। यह भी कि जब एक बार अपराजिता के पड़ोस के एक मुहल्ले में तथाकथित रूप से पिछड़ी जाति (जिसे संविधानी भाषा में 'शेड्यूल्ड कास्ट' कहते हैं) का एक सम्पन्न परिवार आ टिका था, तो क्रिकेट खेलनेवाले बच्चों की गेंद दिन-दहाड़े, सुबह-शाम, रात-विरात उनके अहाते में टपकने लगी थी। कहने को वह हल्के रंग की गेंद थी, बच्चों का खिलौना,पर उस एक घर के आँगन-अहाते में ही उस गेंद के लगातार आक्रमण से परिवार खीझ उठा था। आखिरकार मुहल्ले में एक पंचायत की गयी थी, यह फरमान भी जारी हुआ था कि बच्चों को सावधानी से खेलने की हिदायत दी जाए पर गेंद थी कि सावधानी से खेले जाने पर भी उसी एक आँगन में आ गिरती थी। अब यह तो सिर्फ़ इत्तफाक ही हो सकता था! वे क्रिकेट खेलनेवाले मासूम बच्चे थे। क्या उन बच्चों की भी जातिप्रथा में कुछ आस्था हो सकती थी?

जैसे उन मुहल्लों की कोई जातिगत पहचान नहीं थी, वैसे इन मुहल्लों की कोई रंग निर्धारित पहचान नहीं है। यह फिर से सहज इत्तफाक था कि मखमली हरी दूबवाले लॉन, बच्चों को झूला झुलाते लम्बे-चौड़े बैकयाड्‌र्स, और देशी-विदेशी फूलों की लैंडस्केपिंग वाले मुहल्लों में सफेद चमड़ी का वास था। शहर के पुराने, जर्जर, बिना बगीचेवाले मुहल्लों में अधिकांश काले लोग रहते थे। कुख्यात 'ब्लैक नेबरहुड्स' जहाँ के क्राइम के आँकड़े टेलीविजन पर दिखाये जाते थे। जहाँ से गुजरने में आलीशान गाड़ियाँ अपने शीशे चढ़ाकर तेज़ रफ्तार से निकल जाती थीं। 'द ग्रेट अमेरिकन ड्रीम' इन मुहल्लों से दूर, 'द ह्वाइट सब अर्बन ड्रीम' में तब्दील हो रहा था। शहर की भीड़-भाड़ से दूर, सघन पेड़ों से ढँके-छिपे घरों के पॉकेट्स का बिखराव। इन व्यवस्थित सुनियोजित मुहल्लों में पीले-भूरे मेहनतकश एशियाई इमिग्रेंट्स के आ बसने से 'अमेरिकन ड्रीम' का जज्बा बुलन्द होता दिखाई पड़ रहा था। उनके आने से गोरे मुहल्ले रंगों के छीटों से चितकबरे हो गये थे और सबके लिए सुलभ होने का अमेरिकी ड्रीम का फलसफा फलित हो रहा था। इन मुहल्लों के जहाँ-तहाँ चितकबरे हो जाने से काले मुहल्लों का भुलाया जाना आसान मालूम हो रहा था।

आरलीन के इस तरह तत्क्षण अपराजिता को समा लेने की कोशिश में एक नर्वस-सी तत्परता थी। जो सहज ही हिस्सा नहीं होते, उन्हें हिस्सा देने की तत्परता। इसी तत्परता में उसने एडम के मिश्का होने की कहानी भी सुना डाली थी। मुहल्ले की सारी राजदारी नहीं, इस अकेली रूसी क़हानी ने अपराजिता के भीतर प्रवेश किया। प्रवेश क्या किया, घर बनाकर बैठ गयी। कहानी ने अपराजिता के लिए एक घना छायादार आश्रय बना दिया, एक विश्राम-गृह। विषय यह नहीं कि बच्चा अपनाया गया था, हाथ बढ़ाकर गोद लिया गया था। बल्कि यह कि

वह आयातित था, अपराजिता की तरह विदेशी। वह भी कागज के मोटे पुलिन्दों के सहारे आया था, उनपर अफसरों ने मुहरें मारी थीं। अन्तर तो फिर भी था। मिश्का एक नन्हे-से पौधे की तरह आया था। ज्यादा से ज्यादा ट्रांसप्लांटेड। अपराजिता उस पेड़ की तरह थी जो एक दूसरी मिट्टी में पेड़ की शक्ल ले चुका था, उसका पौधापन स्थायी रूप से दूसरी मिट्टी में था। गनीमत थी कि उसकी डाल काटकर नहीं लायी गयी थी, उसे जड़ से उखाड़ा गया था। पर जड़ों की अपनी याददाश्त होती है। जैसे किसी बाहरी, किसी विदेशी पुर्जे का किसी देह में इम्प्लांटेशन हो...

"क्या मैं इसे मिश्का बुला सकती हूँ?" अचानक अपराजिता ने लपककर पूछा तो आरलीन चौंक गयी। लेकिन तत्क्षण खुद को सँभालकर, फिर से वही पूर्वनिर्धारित, उदार, 'वेलकम टु द नेबरहुड' मुस्कुराहट बिखेरकर उसने कहा, "आफकोर्स।" "बाय मिश्का," अपराजिता ने चहककर हाथ हिलाया लेकिन बावजूद उस पुकार के, मिश्का का चेहरा संज्ञाशून्य बना रहा। विदा उसको सम्बोधित कर माँगी गयी थी, इस एहसास से वह नावाकिफ रहा। छोटा मिश्का अपने मिश्का नाम से पूर्णतः अनभिज्ञ था। छोटा मिश्का एडम नाम से धीरे-धीरे बड़ा हो रहा था।

यह अमेरिका के उत्तर-पूर्वी छोर पर बसा छोटा-सा एक गैर-जरूरी शहर था। अमेरिकी मापदंड के हिसाब से पिछड़ा हुआ। रूस के कस्बाई शहरों से मिलता-जुलता इसका एक इतिहास था। कभी यहाँ स्टील के बड़े-बड़े कारखाने थे...उन कारखानों का जंग लगा अहाता हाइवे की ऊँची-ऊँची सड़कों से अब भी दिखाई देता था। ऐसा नहीं था कि अब कुछ भी नहीं था, कोई रोजगार नहीं। कई बड़ी, कई छोटी-मोटी कम्पनियाँ थीं, मध्यम कोटि की एक यूनिवर्सिटी थी। अमिताभ और अपराजिता उस यूनिवर्सिटी की बदौलत यहाँ आये थे। अर्थशास्त्र में शोध करने को बुलाये गये थे। स्कॉलरशिप का आश्वासन देकर, निमन्त्रण पत्र भेजकर। किन्तु जब वे पहुँचे थे तो 'अमेरिकन पोर्ट ऑफ एंट्री' में इमिग्रेशन के लिए जिस लाइन में खड़े किये गये, उसपर, बड़े-बड़े अक्षरों में लिखा था 'एलियन्स'। विदेशी नहीं, 'एलियन्स'...तो यह ठेठ विदेशी मुहल्ला यूनिवर्सिटी के बहुत नजदीक पड़ता था। यों तो उनका अपार्टमेंट भी यूनिविर्सटी से सटा हुआ था, पर अमिताभ की अर्थशास्त्रीय बुद्धि ने जोड़ा था कि किराये के पैसे जो पराये होते जा रहे हैं, उनमें प्रतिमाह कुछ और जोड़कर कुछ कष्ट झेलकर, एक घर बनवाया जा सकता है; घर जो बैंक की सारी किश्तों के चुक जाने के बाद कभी अपना होगा, विदेशी जमीन पर अपना घर...कहने को तो अमिताभ ने ये अर्थशास्त्रीय दलील दी थी, परा अपराजिता को सन्देह था, अमिताभ सोचता था, अपार्टमेंट में

रहना, लगातार रहते जाना, विदेशी होने की अव्वल पहचान थी, चीन और ताइवान से आये कॉलेज के पहले सत्र में दाखिल कम उम्र छात्रों की तरह। तो क्या यह विदेशी पहचान अमिताभ को खटक रही थी? या एक खास तरह की विदेशी पहचान अमिताभ को खटक रही थी?

अपराजिता को अपने भीतर घर का जज्बा दफन हो गया महसूस होता था। कैसे न कैसे, चुपचाप, धीरे-धीरे। जैसे और भी बहुत कुछ जीवन से चला गया हुआ मालूम होता था। अपराजिता को लगता था, जबतक घर बना तब तक प्यार का खँडहर बन चुका था। प्यार एक दिन अचानक रूठकर कहीं चला नहीं गया था, जहाँ से उसे चिट्ठी-तार भेजकर दुबारा बुलाया जा सके। वह लुप्त हो गया था, विलीन हो गया था, रोज-रोज की जिन्दगी जीने में। खर्च भी कहाँ हुआ था, रखे-रखे बस कपूर की गन्ध की तरह उड़ गया था। किसी बड़ी घटना की तरह नहीं कि जिसे पहचानकर जार-जार रोया जा सके। आहिस्ता, खामोश, रोज-रोज। ऐसे कि कोई पूछे "कैसे, कब, कहाँ?" तो बस यही कहा जा सके कि कुछ मालूम नहीं।

तो प्यार अब नहीं था लेकिन उसके होने की शुरुआती क्रान्ति अब भी थी। हाँ, कई सामाजिक मान्यताओं, धारणाओं की बगावत कर उनका प्यार परवान चढ़ा था। पर यह एक अलग कहानी है। घर बनने की कहानी से प्यार की कहानी का बस इतना रिश्ता है कि लगातार घर के बनते; उसमें आते और अब रहते हुए अपराजिता को कसक थी कि जबतक घर बना, प्यार का खँडहर बन चुका था। बस इतना रिश्ता है कि अपराजिता को लगता था कि घर और प्यार के बीच एक अटूट रिश्ता है। बखूबी जानते हुए कि सांसारिक अथवा अर्थशास्त्रीय दृष्टि से इस रिश्ते का कोई महत्त्व नहीं। यह भी जानते हुए कि प्यार, ज्यादातर अदृश्य-सी एक रहस्यमय हस्ती है, जिसका अक्सर स्वाँग ही किया जाता है। पर कसक थी कि टीसती थी, चुभती थी। क्या कहीं यह भी कसक थी कि अमिताभ को ऐसी कोई कसक नहीं थी? कि उसको भान तक नहीं था? खासकर घर में आ बसने के इन अस्त-व्यस्त अहम दिनों में, क्षणों में। पुराने सामान की पोटलियाँ बनाने और खोलने में। जो पोटलियों में न समाये उनके सिरे पकड़कर ढोने में। इन सब क्षणों में प्यार नहीं था, पर घर था। और चूँकि घर था इसलिए घर की व्यवस्था करनी थी। उसे सँवारना न सही, समेटना और सहेजना था। उसकी दीवारों पर तस्वीरें टाँगकर, उसके कोनों में किताबें सजाकर, कमरों में मेज-कुर्सी बिछाकर, टिक जाना था। जज्बा बस टिक जाने भर का था, बाकी व्यवस्था थी, घर की देखरेख की व्यवस्था। जिन्दगी जीने की बाकी जिम्मेदारियों की तरह। हालाँकि अमिताभ में एक दूसरा जज्बा दिखता था, एक किस्म का उत्साह। बसने, बसाने

अथवा रम जाने का नहीं, एक सीधी-सादी फतह का उत्साह मानो विदेशी जमीन के एक टुकड़े पर घर कायम कर वह एलियंस की उस कतार से बाहर निकल आएगा। अमिताभ मसरूफ था इस सबर्बन मुहल्ले के तौर-तरीकों में शरीक होने में, वह मशगूल था नित्य नये पड़ोसियों से हाथ मिलाने में। पड़ोसी थे कि स्वागत करते नहीं चुकते थे। हर बार बाहर से आते में, बाहर को जाते में कोई न कोई मिल जाता था, 'वेलकम टु द नेबरहुड' का हार पहनाने वाला। इस अभिनन्दन में लिपटे, सिमटे, नयेपन को निहारते, एक सप्ताह गुजरने वाला था।

पैंकिग से निकले गत्ते के डब्बों, अखबार के टुकड़ों, प्लास्टिक की पन्नियों का ढेर जमा हो गया था फेंकने लायक। यों ही धीरे-धीरे सप्ताह भर का कूड़ा-कचरा भी जमा हो गया था। अपार्टमेंट में वक्त-बेवक्त कचरा फेंक आने की आजादी थी। हर गली के अन्त में म्युनिसिपैलिटी का एक बड़ा कचरे का डिब्बा रखा हुआ था जिसे म्युनिसिपैलिटी की गाड़ी हर सुबह खाली कर जाती थी। पर वह अपार्टमेंट की खानाबदोश जीवनशैली थी। यहाँ स्थायी घरवालों के मुहल्ले में कचरा निकालने म्युनिसिपल गाड़ी के आने का एक नियत दिन था मंगलवार। मंगलवार को सब घरवाले अपने-अपने कचरे की थैली बनाकर, अपने-अपने डिब्बों में डालकर घरों के आगे छोड़ जाते थे। म्युनिसिपल गाड़ी आकर उन डिब्बों को खाली कर जाती थी। पड़ोसियों की कथा से यह सारी जानकारी और कई छोटी-मोटी व्यावहारिक जानकारियों के साथ कई बार हासिल कर चुकी थी। व्यवधान बस इतना था कि डिब्बा खरीदने का अवकाश नहीं मिला था। अगले मंगलवार से पहले निश्चित रूप से डिब्बा खरीद लिया जाएगा, सोचकर अपराजिता ने मंगलवार की सुबह-सुबह कूड़े की तमाम थैलियाँ घर से बाहर निकाल दीं। उन्हें बाहर कर देने पर पेचीदा से एक काम के निबटने का एहसास हुआ। जटिल-सी एक प्रक्रिया के अन्ततः शुरू हो जाने की राहत। लेकिन उन थैलियों से मुक्त हो जाने पर भी, बाहर से अन्दर आने पर घर बिखरा हुआ ही दिखा। लगभग सप्ताह भर तक सामान ठिकाने लगाने के बाद भी बिखरे हुए घर पर अपराजिता को एक झुँझलाहट भरी ऊब हुई। घर की व्यवस्था उसके घंटों, दिनों को खा जानेवाले, बिना आवाज निगल जाने वाले एक दैत्य की खौफनाक शक्ल लेने लगी। घर के प्रति बेजज्बा, निरुत्साह-सी उसकी उदासीनता अब एक सशंकित भय में तब्दील होने लगी। उसने घर से बाहर निकलने का मन बनाया। लगभग दो सप्ताह हुए वह डिपार्टमेंट नहीं जा सकी। पिछले घर को छोड़ने और अब इस घर को आबाद करने की प्रक्रिया में, लगता है यहाँ रहने की व्यवस्था प्रमुख हो गयी, कारण गौण। इससे पहले कि इस जिन्दगी की व्यवस्था ही पूरी तरह हावी हो जाए और प्रयोजन नगण्य उसे तत्काल प्रयोजन की दिशा में लौट जाना चाहिए।

इस सपने के जंजाल का कहीं अन्त नहीं है। दुनियाभर को अपने गुरुत्वाकर्षण से बेधनेवाला यह कुख्यात सपना 'द ग्रेट अमेरिकन ड्रीम' छलावा नहीं तो और क्या है? सुन्दर घरों की मोहक छवियों से लोगों को छलनेवाला एक सपना? पहले घर फिर लॉन, फिर बगीचा। इन सबकी 'रीसेल वैल्यू' के लिए निरन्तर देखभाल और आजीवन ऊँचे सूद पर बैंक की उधार की किश्तों का भुगतान। यह इस अर्थतन्त्र का एक ऐसा चक्रव्यूह है जो उसके अर्थशास्त्रीय शोध तक को पूरा नहीं होने देगा। वह जानना चाहती है कि आखिर किसके हक में है लिबरल डेमोक्रेसी का यह अर्थतन्त्रीय जंजाल? आकंठ कर्ज में डुबो देनेवाले क्रेडिट कार्ड्स की मिल्कियत किसके हक में है? किसी भी चिकित्सकीय सुविधा तक रोग को अकेले न पहुँचने देने की इंश्योरेन्स कम्पनी की दलाली किसके हक में है? कहने को दुनिया की सबसे लिबरल डेमोक्रेसी का यह अर्थतन्त्र किन लोगों के हक में है? वह जानना चाहती है। वह जानकर रहेगी।

एकदम से डिपार्टमेंट पहुँचकर ढेर सारे सिद्धान्तों की पुरानी पोथियों के साथ नये आँकड़ों की तुलनात्मक गणना करने को उसकी उँगलियाँ फड़क उठीं। इस मशीनी युग में भी जरा मुस्कुराकर उसने सोचा, कैलकुलेटर अपने आप तो गणना नहीं कर सकता। सोच-समझकर उँगलियों को उसमें अंक-फीड कराने पड़ते हैं, किस अंक से किस अंक में गुणा किया जाए...। गुणाभाग करने को मचलती अपनी उँगलियों के सहारे अपराजिता आखिरकार उदासीनता के उस घेरे से बाहर निकली जो एक कभी न छँटनेवाली धुन्ध की तरह उसपर छाकर उसे डरा रही थी। उत्साह अचानक ऐसा उमड़ा कि इच्छा हुई अभी के अभी लाइब्रेरी की ओर निकल पड़े। आखिर बुलावा तो लाइब्रेरी का ही था...। लेकिन अपने से पलभर को छूटकर जैसे ही वह घर के भीतर की ओर मुखातिब हुई तो देखा नाश्ते के जूठे बर्तन उसका मुँह ताक रहे हैं। इससे पहले कि इन बर्तनों का पहाड़ खड़ा हो, उसने एक-एक को खँगालकर बर्तन धोने वाली मशीन में यथास्थान खड़ा किया। इसी तरह एकदम सामने पड़ जानेवाले बिखराव को बस उतना ही निपटाती—कि उनका संयोजन मुख्य मुद्दा न बन जाए, अन्ततः घर के पिछले दरवाजे से अपराजिता बाहर निकली। गैरेज का शटर ऊपर उठने लगा तो ढेर सारा उजाला, तीखी तल्ख रोशनी नहीं, सिर्फ़ उजला-उजला साफ-शफ्फाक उजाला उपराजिता की आँखों में फैल गया। उजाले के उस सुखद उबाल के आगे उसने अपनी आँखें बन्द कर लीं। वह आँखों को मिचमिचाने वाली धूपीली रोशनी नहीं थी, यह फिर से हल्के बादलोंवाला दिन था। झीसी जैसी टिप-टिप बारिश के आसार थे। ऊपर-नीचे, दूर दिशाओं में देखकर अपराजिता ने अनुमान लगाया। आधा ड्राइववे पार कर चुकने के बाद उसकी नजर सड़क पर पड़ी और लगा कि उस पर कभी न रहनेवाला

अजीबोगरीब एक बिखराव है। हल्की-सी हड़बडाहट में आगे बढ़कर उसने देखा, अरे! यह तो वही लैम्बस लेग है, ओह माई गॉड, ये कैसे हुआ? हतप्रभ, हतवाक होकर उसने, पलटकर देखा, कचरे की थैली जगह-जगह फटी हुई थी और कचरा इधर-उधर, यहाँ तक कि पड़ोसी की घास के ऊपर भी बिखरा हुआ था। अंडे और प्याज के छिलके, उबली हुई चायपत्ती, कद्दू की डंठल खत्म हो गये सीरियल का डिब्बा और न जाने क्या क्या...

लैम्ब की वह भीमकाय-सी हड्डी जिसका गोश्त शनिवार की शाम अमिताभ ने बड़े चाव से पकाया था, शान का अपना प्रिय चटपटा पाकिस्तानी मसाला डालकर।

उनके हर दिन के जीवन का अवशेष, अवशेष ही नहीं उच्छिष्ट जिस पर कोई ध्यान नहीं देता पर जिसमें बीते हुए दिनों को आसानी से देखा जा सकता है। घबराहट में उसने अपना सिर थाम लिया। कितनी बार चाय बनी, प्यालों में डालकर पी गयी, किसने कब किसको चाय के लिए नहीं पूछा, अब यह सबकुछ मुहल्ले की इस सड़क पर सरेआम बिखरा है। न जाने कितने लोग इस बीच यहाँ से गुजरे होंगे, सबने देखा होगा, न जाने क्या सोचा होगा कि कचरा फेंकने की तहजीब नहीं है इन्हें? या आदत नहीं है? अपराजिता की बहुत विकल इच्छा हुई कि तत्काल कोई पड़ोसी गुजरे वहाँ से और वह कह सके उनसे कि "मैंने नहीं बिखेरा, मैंने तो सबकुछ समेटकर, देखो, इन थैलियों में बाँधकर करीने से सड़क के किनारे रख दिया था, इन थैलियों पर पंजों के निशान देखो, इन्हें नोचा गया है, किसी जंगली जानवर द्वारा। तुमने नहीं देखा लोमड़ी-सियार जैसे उस लाल जानवर को, मैंने कभी-कभी रात में घूमते देखा है। या फिर जंगली बिल्ली हो सकती है, चमकीली आँखों वाली, मुहल्ले के पीछे के इन सघन पेड़ों में जाने किन-किन जानवरों का वास हो? पर विश्वास करो, यह किसी जानवर का काम है, मैंने तो थैली कस कर बाँध दी थी देखो, अभी भी बँधी हुई है।" अपराजिता की बेहद तेज इच्छा हुई कि कोई तो उधर से गुजरे जिससे वह यह सबकुछ कह सके, एक अजब बेचारगी से उसने चारों तरफ घूमकर देखा, कुछ घरों की खिड़कियाँ खुली हुई थीं, लेकिन उन खुली खिड़कियों में कोई नजर नहीं आ रहा था जिसे हाथ हिलाकर, पास-बुलाकर कुछ भी बताया जाए। पर आखिर क्यों किसी से कुछ भी कहा जाना था? किसको देनी थी सफाई? कैसी सफाई? कौन पूछ रहा था उससे? क्यों सोचा उसने कि कोई ऐसा सोचेगा? ये कैसा-खौफ मन के अन्दर बैठा है?

वाहियात से उस खौफ को पहचानकर अपराजिता भौंचक और आहत वहीं खड़ी रही। हरी मिर्च के लम्बे-पतले टुकड़े सड़क पर बिछे हुए थे। गुड़े-मुड़े कागज के ढेले जैसे उड़कर दूसरी छोर तक पहुँच गये थे। जाने उनमें क्या-क्या

लिखकर फेंका होगा उसने? घर-खर्च का छोटा-मोटा हिसाब, किताबों की कोई पुरानी लिस्ट, शोध की सही दिशा निर्धारित करते हुए आने वाले हफ्तों के लिए कोई योजना या फिर कोई अधूरी चिट्ठी...इस लिखे हुए को अन्दर ही रह जाना था। अपराजिता को लगा कि उसके अन्दरूनी जीवन का कच्चा चिट्ठा मुहल्ले भर के आगे खुल गया है। कि इस घर में आने के बाद की पहली रात वह जाने किस अन्देशे से सो नहीं पायी, कि लगातार मुस्कुराकर लोगों को घर दिखाते हुए भी उसमें घर का लेशमात्र जज्बा नहीं बन सका है, कि वह एक संशय में है, अपनी अधूरी थीसिस को लेकर एक अजीब-सा संशय कि वह पूरी नहीं कर सकेगी, पूरी कर भी लेगी तो अच्छी नहीं होगी, जाने कहाँ से कैसे-कैसे खौफ उसके मन में बैठ गये थे। घबराहट में बार-बार गणित के अध्यापक का चेहरा सामने घूम जाता था, चौथी कक्षा की दूसरी टर्मिनल में गणित में फेल होने पर उन्होंने सारी क्लास के सामने धिक्कारा था...जाने कहाँ से कब की बकवास बातें, बकवास बातों का खौफ और अब ये नया-नया जो इल्जाम कोई न दे रहा हो, उसे भी अपने मत्थे मढ़ दिये जाने का खौफ, विदेशीपन का खौफ,...सफेद मुहल्ले का चितकबरा हिस्सा होने के एहसास जैसा।

जैसे अचानक कोई किसी भयानक दुःस्वप्न से जागे और खोज-खोजकर अपने इर्द-गिर्द को दुबारा पहचानने की कोशिश करे, वैसे ही एक झटके से अपराजिता ने स्थिति का दुबारा मुआयना किया। और सड़क पर का सारा फैलाव चुनने लगी। कण-कण उसने बीन लिया। पर उसके चुनने में ही झिर-झिर बारिश शुरू हो गयी। अच्छा ही है, जो उसके हाथ नहीं कर सके, बारिश धोकर सारी सड़क साफ कर देगी। चिह्न तक नहीं बचेगा इस कुछ का। भीतर से कई सारी थैलियाँ लाकर उसने दुबारा गठरी बाँधी। उसका आवरण मोटा, बहुत मोटा किया। यों भी अब दोपहर ढलकर शाम होने को थी। लोगबाग इक्के-दुक्के दफ्तर से घर लौटने लगे थे। जंगली जानवरों के रात से पहले निकलने की गुंजाइश कम थी। और रात से पहले म्युनिसिपैलिटी की गाड़ी को आना था जरूर।

लेकिन फिर भी उसने कूड़े के डिब्बे पहले खरीद ले आने का निर्णय लिया। 'अगले मंगलवार से पहले कभी भी' तक उसका टाला जाना असम्भव जान पड़ा। लाइब्रेरी अब कल जाना होगा, सुबह-सवेरे।

दुकान को जाने के लिए अपराजिता दाहिने मुड़ी तो देखा मिश्का अपनी शाम की सैर को निकल पड़ा था। उसके हाथ में सतरंगी छतरी थी। देखकर एक सुकून-सा महसूस किया अपराजिता ने। छोटे मिश्का के पास सतरंगी एक छतरी थी। अपराजिता ने अनुभव किया कि मिश्का की छतरी के सात रंगों में दुनिया के सारे रंग शामिल हैं। ❑

शत्रु का चेहरा

नारे लगाना और बात है, लड़ाई लड़ना और बात। आईने में अपने चेहरे से मुखातिब होकर उसने कहा। लड़ने के लिए शत्रु का एक मुकम्मल चेहरा चाहिए। अदृश्य शत्रु के साथ लडा़ई नहीं की जा सकती। जो दृष्टि की पकड़ में न आए उस अदृश्य शत्रु के साथ कैसे उतरा जाए मैदाने-जंग में? दृष्टि में उसका अपना, सिर्फ़ अपना चेहरा आ रहा था, जिससे वजीर की तरह मशवरा किया जा सकता था।

पर उस दिन लड़ने का उसका इरादा ही कहाँ था? लड़ाई के सारे मनसूबे किसी अन्त:स्थल में जाकर विश्राम कर रहे थे। जैसे महायुद्ध से पहले सेनापति का हर सैनिक को कूच के पूर्व विश्राम का आदेश हो। विश्राम जिसमें मन्त्रणा की जा सके, नीति निर्धारित की जा सके।

हाँ, लड़ाई के लिए एक रणनीति चाहिए। जो उस मोर्चे में नहीं थी। मोर्चे के बीचोबीच चलते हुए उसे लगने लगा था कि लड़ाई तो है, उसे साफ-साफ दीख रही है, पर उस मोर्चे में लड़ने की शक्ति नहीं है। युद्ध चारों ओर है और युद्धस्थल कहीं नहीं।

उसने जुलूस को बीच में ही छोड़ दिया था। उस रात वह उस शहर से भी भाग गयी थी। वह भागकर यहाँ चली आयी थी—आश्रय लेने। और आश्रय मिला था। जिस तरह की शान्ति के लिए लड़ाई लड़ी जा सकती थी, वैसी शान्ति की एक झलक मिली थी।

यहाँ आकर एहसास हुआ था कि अलग-अलग रंग और सुगन्ध के साथ मौसम अब भी बदल रहे हैं। उनके बदलने से मंजर खिल रहे हैं, पराग झर रहे हैं। पेड़ फल दे रहे हैं, मधुमक्खियाँ शहद। जीवन का लयबद्ध संगीत जारी है।

यहाँ आने पर विस्मयादि बोधक भाव के साथ उससे कहा गया था कि आम का मौसम गुजरने को है, जर्दालु तो कब का गया, बम्बइया और मालदह भी गये। पर मलाल नहीं सुकुल और सिपिया अब भी हैं और पूरे शबाब पर हैं। यों भी रस निकालकर खाने के लिए सुकुल और सिपिया से बढ़कर कौन?

फिर तो आम के गदरा, अमावट, अगले वर्ष फिर आम के बौर से टिकोलों के निकलने, उनके पककर टपकने, परिपक्व होने, पकने का ऐसा समा बाँधा गया कि उसकी नस-नस में आम की लदी-फदी डालियाँ झूलने लगीं। उससे कहा गया कि आम का मजा सिर्फ़ खाने का नहीं, अगर (अब शहरवालों को) बगीचा नसीब न हो तो आम के मौसम में फल बाजार से उसे चुनकर लाने का भी है। उन्हें अलग-अलग कोणों से सूँघकर दबाकर चुनने के गुर उसे सिखाये गये।

इस तरह हरे-पीले रंग की मिठास से सराबोर वह बाजार के लिए निकली। सड़क तक पहुँचने से पहले ही उसे बैठा हुआ कारी मंडल दिखाई दिया। सड़क पर खाली गुजरते रिक्शे को उसने गुजर जाने दिया। वह एकटक कारी मंडल की ओर देखती हुई उसकी ओर बढ़ गयी। लगता था कारी मंडल वहीं सनातन काल से उसी मुद्रा में बैठा हुआ था। पर यह कैसे सम्भव था? वह दिन भर रिक्शा चलाता था। जब उनकी स्कूल बस नहीं आती थी, वह उन सब पड़ोस के बच्चों को अपने रिक्शे में ठूँसकर स्कूल ले जाता था। "डबल स्पीड से।" उसके निकट पहुँचते हुए चेतना ने गौर किया, कारी मंडल अब बूढ़ा हो रहा था।

वह उसकी पत्नी जानकी की सत्तू की दुकान थी जिस पर तन्मय बैठा एल्युमिनियम की बड़ी-सी थाली में कारी मंडल खा रहा था। उस दुकान पर ताजे पिसे चना, जौ, खेसारी, मकई के सत्तू के साथ घर के बने लाल मिर्च के भरवाँ अचार का भी बन्दोबस्त था। मंडल के साथ-साथ कुछ और लोग भी बैठे सत्तू खा रहे थे। लेकिन जिस आकार के मंडल के कौर उठ रहे थे, उससे लगता था वह साना हुआ सत्तू नहीं रोटी जैसी कोई चीज तोड़कर खा रहा था। दुकान पर एकदम उसके पास पहुँचकर चेतना ने देखा वह मकई की रोटी और सरसों के झोर से सनी मछली खा रहा था। कटी हुई मछली के टुकड़े नहीं समूची साफ की हुई 'डेलिकेसी' मानी जाने वाली लोकल छोटी मछली, तलकर सरसों में झोरायी हुई। ठोकी हुई मकई की मोटी रोटी जिस पर जानकी के पंजों की छाप दिखाई दे रही थी। मकई के सत्तू पर मकई की रोटी की खुशबू हावी थी।

मंडल अपनी रोटी और मछली को उस तृप्ति के साथ खा रहा था जो सम्पूर्ण थी। सड़क की बगल में चार बाँस के इर्द-गिर्द पन्नी लपेटकर बनायी गयी वह दुकान निरन्तर धूल उड़ाते ट्रक और बस के गुजरने पर समूची हिल जाती थी पर मंडल को इस सबका भान तक नहीं था। दुनिया का कोई भी दुख, मलाल उस वक्त उसे छू नहीं सकता था। उसके चेहरे पर सारी लड़ाइयों को जीत लेने वाले विजेता की मुस्कुराहट थी। वहीं दुकान से सटे उसका रिक्शा भी खड़ा था। चेतना वहीं जाकर खड़ी हो गयी। उसे लगा वह आम के पेड़ के नीचे जाकर खड़ी हो गयी है।

जानकी चेतना के अभिवादन में हँस दी। चेतना को शान्तिपूर्वक खड़ा देख जानकी मंडल को आवाज लगाने को उद्यत हुई पर चेतना ने फौरन उसे इशारे से रोक लिया। मंडल के तृप्तिमय आहार ग्रहण को शान्तिपूर्वक निहारती चेतना को देखकर जानकी अब आँचल में मुँह छिपाकर हँसने लगी। हठात् किसी राज में सम्मिलित हो जानेवाले भाव से दोनों हँसती रहीं।

खाकर मंडल ने ग्लास भर पानी पिया और तब जाकर उसकी नजर अपनी थाली से ऊपर उठी। इधर-उधर ताकने में उसे मुस्कुराती खड़ी चेतना दिखी।

"अरे!" वह भी शरमाकर मुस्कुरा दिया, जैसे बच्चे चॉकलेट खाते हुए की खुशी में शरमाकर मुस्कुराते हैं।

"आप कब आये?"

जब तुम खा रहे थे, चेतना की दुष्टतापूर्वक उसे चिढ़ाने की इच्छा हुई और यह भी पूछने की कि मछली कौन-सी थी? पर 'बस अभी' उसने हँसते हुए इतना भर कहा।

"नहीं, माने दिल्ली से कब आये?" मंडल और भी शरमाकर हँस दिया। कन्धे पर रखे गमछे को रिक्शे की पैसेंजर सीट पर पटक-पटककर उसकी धूल साफ करने लगा।

"हाँ, त सुकुल सिपिया का त सीजने है। काहे बढ़िया नहीं मिलेगा? चलिए आपको एकदम फर्स्ट किलास खरीदवा देते हैं।"

और आम खरीदवाने के जोश में मंडल उचक-उचककर रिक्शा खींचने लगा। रिक्शा जैसे ही दुकान से आगे बढ़ा, चेतना ने किसी तरह संवरण की हुई उत्सुकता प्रकट की, "मंडल जी, कौन-सी मछली थी?"

"ओ, ऊ," मंडल जी जोर से ठठाकर हँसे, "कवई मछली रहे।"

"अरे वाह, वह तो कभी-कभी ही मिल पाती है। जिन्दी खरीदी होगी आपने?"

"एकदम जिन्दी। दो-दो फीट उछलती थी। 80 रुपये किलो खरीदी रहे। आधा किलो के 40 रुपया। दू ठो चढ़ी रहे आधा किलो में।"

और 40 रुपये का ध्यान आने से वे अपनी सीट पर बैठकर धीमे-धीमे पैडल घुमाने लगे। जानकी की सनातन शिकायत, "जो भी कमाया मीठ-मछरी खाकर उड़ा दिया। किसी दिन बेसी कमाया तो सब भकोस गये।" जानकी का गुजर-बसर सत्तू की दुकान से।

"हाँ कवई मछली उससे कम में कैसे मिलेगी? लेकिन उसका कहना ही क्या?" चेतना को लगा कि चालीस रुपये के खर्च हो जाने की याद से मंडल जी का मछली का जायका कम हो गया है और पैसे खत्म हो जाने की कड़वाहट

हावी हो गयी है।

"सो तो हइए है," समर्थन पाकर वे फिर से चिहुँक उठे, "चलानी मछरी का कोई टेस्ट होता है? एकदम बेकार। उ जे बरफ पर रखी रहती है आन्ध्रावाली मछरी। एकदम्मे रद्दी। आ कवई त लोकल सब मछरी में भी बेस्ट है। रोहू, रेवा, कतला, सबसे बेस्ट।"

उन्होंने एक गहरे सन्तोष की साँस ली और फिर पैडल तेजी से घूमने लगा।

देवी मन्दिर आते-आते मंडल जी की पीठ पसीने से तर हो चुकी थी। "आदमी अपने मन का खाये नहीं तो रिक्शा हाँके क्यों?" मंडल जी का जानकी को सनातन जवाब।

"आ मुँहचिरबा के नहीं चीन्हे?"

वे हँस रहे थे, उनकी आवाज से पता चलता था।

"उहें बैठ के सतुआ खा रहा था।"

"मुँहचिरबा?" अगर गोलगप्पा मुँह में भरा हो और बेहद हँसी आये तो जैसी आवाज निकलती है वैसी आवाज में चेतना ने पूछा।

"सुकना नाम है। हियाँ से हुआँ ले मुँह चीरा हुआ है त हम लोग नामे धर दिये हैं मुँहचिरबा। नहीं याद है? उ भी रिक्शे हाँकता है। कभी-कताल जब बहुत बच्चा सब हो जाता था, त उ भी इसकूल ले जाता था।"

पिछली सीट पर गोलगप्पे सरीखी, आरम्भिक परेशानी निगल ली गयी थी और मुँहचिरबा नामकरण पर चेतना हँस-हँसकर लोट-पोट हो रही थी। मंडल जी भी हँस रहे थे। हँसते हुए मुँहचिरबा की अनेक कहानियाँ सुना रहे थे।

"जे कमाया सब का तारी पी गया, आ खाने के लिए दोनों टैम वही सतुआ।"

तारी पीकर मुँहचिरबा की हरकतों-कारनामों पर दोनों का हँस-हँसकर बुरा हाल था। उनके इस तरह हँसने से रिक्शा लगता था हिलता हुआ चल रहा था।

कल्याणी चौक कब आ गया, पता ही नहीं चला। यह इस छोटे शहर का मुख्य चौक था। पर हरी बत्ती-लाल बत्ती का जलता-बुझता सिगनल यहाँ अब तक नहीं पहुँचा था। इस चौक पर अब भी हाथ में बेंत का डंडा और मुँह में सीटी दबाये खाकी वर्दीधारी पुलिस का सिपाही खड़ा था। भीड़ बेहिसाब थी। सिपाही की सीटी लगातार बज रही थी। कल्याणी चौक से सीधे बायीं ओर जाती हुई सड़क फल बाजार में तब्दील हो जाती थी।

लेकिन शाम पाँच बजे के बाद कल्याणी चौक से बायीं ओर जाना मना था। ट्रैफिक वन-वे हो जाता था। यानी कि सीधे फल बाजार न जाकर चौक से दाहिने काफी दूर जाकर फिर एक-दूसरी सड़क में दाहिने मुड़कर फल बाजार तक पहुँचना

था। बल्कि वापस लौटना था क्योंकि आम की दुकानें बाजार के शुरुआती हिस्से में ही थीं।

"बेकार का नियम है। सिपाही लोगन के जे मन में आता है, करता है।"

सिपाही की उसकी ओर पीठ थी। एक स्कूली बालक की तरह उसने चाहा कि लपककर चौक पार कर ले। चेतना ने उसे रोकना चाहा, वह कुछ कहने को हुई कि सिपाही अचानक मुड़ा और विद्युत गति से मंडल के पास पहुँचा। मुँह से सीटी निकालकर उसने भद्दी गालियों की बौछार शुरू की और इससे पहले कि चेतना समझ पाती कि क्या हो रहा है, मंडल पर डंडे का जोरदार प्रहार हो रहा था। सिपाही का डंडा किसी रिफ्लेक्स एक्शन की तरह इतनी तेजी से उठा था कि चेतना भौंचक रह गयी थी। पसीने से तर मंडल के कन्धे पर तीन बार कसकर प्रहार हो चुका था। चौथी बार के लिए उठे हुए डंडे को चेतना ने हाथ बढ़ाकर पकड़ लिया। क्रोध के कारण पकड़ में वह मजबूती थी, जिससे चेतना खुद अपरिचित थी।

जुलूस की नारेबाजी में उठे हुए हाथ में जो आक्रोश था वह सब दुबारा उमड़ आया। जुलूस में तो वह निरर्थक सिद्ध हुआ था, यहाँ लगता था लड़ाई होकर रहेगी।

सिपाही ने दो बार डंडा छुड़ाने के लिए हाथ घुमाया, पर नहीं छूटा। पकड़ सख्त थी। सिपाही की आँखों में खून उतर आया। सारा शोरगुल थम गया। लोग सन्न होकर तमाशा देखने लगे। सिपाही के आग-बबूला चेहरे को देखकर लगता था वह बरस पड़ेगा, अबकी बार बित्ते भर की इस छोकरी को सम्बोधित गालियों में अथवा क्या मालूम दूसरे हाथ से डंडा छुड़ाकर उसपर भी डंडे ही बरसाये। पर यदि उसने डंडा छुड़ा भी लिया तो चेतना दुबारा पकड़ लेगी। पर वह तो तब जब सिपाही डंडा छुड़ा ले। चेतना अपनी जगह अड़ी रही, डंडे पर उसकी पकड़ और मजबूत हो गयी। भयानक तना-तनी का माहौल बन गया। सबके चेहरे पर। अब आगे जाने क्या हो, की आशंका रेखा खिंच गयी।

लेकिन सबमें बूढ़ा रिक्शावाला सबसे सयाना था। तीव्र वेग के एक झटके से उसने रिक्शे को आगे खींचा और खींचता ही चला गया। गति के झटके ने चेतना और सिपाही दोनों को पलभर के लिए पीछे ठेल दिया। लेकिन तत्क्षण दोनों फिर से सँभलकर अपनी-अपनी जगह तन गये। सयाना रिक्शावाला तनी हुई उस स्थिति से रिक्शा भगाकर लिये चला जा रहा था। कुछ आगे बढ़कर उसने चेतना को समझाना शुरू किया, "सिपाही मनमौजी होते हैं, महारद्द होते हैं, कानून के मालिक होते हैं। इनके मुँह लगना ठीक नहीं।" और फिर यह कोई पहली बार हुआ है, "कारी मंडल इन सिपाहियों के डंडे कितनी बार खा चुका है। जिसके

हाथ में डंडा हो उससे क्या कहा जाए?''

तो फिर किससे कहा जाए? पीछे की सीट पर चेतना चुप बैठी रही। जो बात-बात पर डंडे बरसाए उससे लड़ाई नहीं की जाए तो किससे की जाए? जिसके हाथ में अनीति का डंडा हो, शत्रु का चेहरा उसका नहीं तो किसका हुआ?

बूढ़े रिक्शेवाले ने सिपाही की बातें पीछे छोड़ दुबारा मुँहचिरबा के किस्से शुरू किये लेकिन पीछे की चुप्पी जस की तस बनी रही। आम का बाजार भी आ गया। ''देखिये, भरल है सुकुल आ सिपिया।'' रिक्शे से उतरकर लम्बी-सी हँसी में समूचे चेहरे को डुबोकर मंडल जी ने कहा। मंडल जी के बहुत कहने पर चेतना उतरकर आम की टोकरियों के आगे जाकर खड़ी हो गयी। लेकिन सूँघ-साँघकर ठोक बजाकर उन्हें चुनने का काम मंडल जी ने ही किया।

फिर वापसी में पियक्कड़ों के कितने किस्से उन्होंने सुनाये पर हाँ-हूँ से ज्यादा कुछ चेतना व्यक्त नहीं कर सकी। घर पहुँचकर आम की थैलियाँ मंडल जी ने खुद उठा लीं और लगा जैसे थैलियों समेत खिन्न-सी चेतना को घरवालों के सुपुर्द कर दिया। यही नहीं कल्याणी चौक पर हुई मुठभेड़ की समूची रामकहानी भी सुना डाली।

भाई की आँखों में खून उतर आया। वैसा ही जैसा सिपाही की आँखों में उतर आया था।

''दो कौड़ी का चौक पर खड़ा होने वाला सिपाही। उसकी ये हिम्मत? यहाँ का एस. पी. कौन है? एस. पी. को छोड़ो, मैं सीधा कलक्टर के यहाँ फोन करवाता हूँ।''

भाई का ऊँचे गलियारों में उठना-बैठना था। निकट के एक जिला मैजिस्ट्रेट करीबी मित्र थे। भाई जिस तरह तैश में था, लगता था कुछ सरकारी फोन चीख-चीखकर बजने वाले थे।

चेतना को सहसा लगा कि यह तो लड़ाई नहीं थी। डंडा बरसाता शत्रु का बीभत्स चेहरा भी लुप्त हो गया। सचमुच डंडाधारी सिपाही तो एक समूचे तन्त्र का सबसे निचला हिस्सा था। ऊपर से कई तरह के इल्जाम लगाकर उसे दंडित किया जा सकता था। लेकिन उससे क्या होगा? डंडा बरसाने वालों की कतार से निकलकर वह डंडा खानेवालों की कतार में शामिल हो जाएगा। और सबसे निचले हिस्से पर वार करना कायरता है, युद्ध नहीं। और वह भी खुलेआम वार नहीं, चोरी-छिपे फोन की घंटियाँ बजाकर। लेकिन सबसे निचले हिस्से पर पीछे का प्रहार युद्ध नहीं हो सकता। वह चौक पर डंडे बरसाने से भी ज्यादा जघन्य, ज्यादा घृणित होगा।

लाख समझा-बुझाकर चेतना ने भाई को ऊँचे दफ्तरों के दरवाजे खटखटाने

से रोक लिया। एक बृहत भ्रष्ट तन्त्र के भ्रष्ट सिपाही की बेचारगी की दारुण तस्वीरें उकेर कर। उस एक अकेले पर अपनी शक्तिशाली सुधार योजनाओं के प्रयोग की निरर्थकता बताकर। किन्तु सिलसिलेवार ढंग से एक समूचे तन्त्र में जकड़े व्यक्ति विशेष की लाचारियों पर बोलते-बोलते चेतना को फिर उसी कसैलेपन की अनुभूति हुई जिसे उसने जुलूस के मध्य में पहली बार महसूसा था।

भाई झुँझलाकर उठ खड़ा हुआ। ठीक है, वह कहती है तो वह कुछ नहीं करेगा। जैसे कोई कुछ नहीं करता। जैसे सब सिस्टम नाम की एक विचित्र-सी चीज को दोषी ठहराकर हाथ पर हाथ धरे बैठ जाते हैं।

भाई गुस्से से उबल पड़ा। घर में बैठे रहना उसके लिए कठिन हो गया। सड़कों पर भटककर ही सही, अपना क्रोध जाया करने वह बाहर की ओर चला। जाते-जाते चेतना से कह गया, "अब तुम भी उन लोगों में शामिल हो जाओ जो चेहरे देखकर भी पहचानना नहीं चाहते। जिन्हें हर आदमी सिस्टम के जाल में फँसा हुआ नजर आता है।"

कहकर वह गेट तक चला तो गया, लेकिन मुड़कर वापस आया फिर से यह कहने के लिए कि, "किसी एक से तो शुरुआत करनी होगी।" और फिर दनदनाता हुआ गेट से बाहर हो गया।

चेतना उससे कहना चाहती थी कि, 'तुम जो ये पहचान की सीढ़ी लगाकर...जैसे लोग पहचान से नम्बर बढ़वाते हैं, नौकरी दिलवाते हैं और जाने क्या-क्या करवाते हैं...,' पर वह कह नहीं सकी। निष्फल से एक क्रोध से भरी बैठी रह गयी।

भाई के पास गहराती अँधेरी शाम में खुली सड़क पर चलते चले जाने की आजादी थी। चेतना के पास नहीं थी। इसी मुद्दे पर तो जुलूस निकाला गया था। कम से कम प्रत्यक्षतः लेकिन मुद्दा खिलाफत का एक जुलूस निकाले जाने से कहीं ज्यादा बड़ा था। वह सचमुच लड़ मरने का मुद्दा था। छात्र जीवन में पहली बार चेतना किसी जुलूस में शामिल होने गयी थी। बिना किसी के कहे, भीतर की पुकार पर। भीतर के आक्रोश में उबलकर। भीतर घनघोर संग्राम छिड़ा था। हालाँकि उस लड़की से चेतना की कोई व्यक्तिगत जान-पहचान नहीं थी। लेकिन वह भी उसी छात्रावास में रहती थी। शहर की सबसे प्रख्यात यूनिवर्सिटी का पोस्ट-ग्रेजुएट विमेन्स हॉस्टल। पता नहीं किस विंग में। और अब तो चेतना को उसकी किसी निजी बात के विषय में पूछते संकोच होता था।

वह लड़की रिसर्च के दूसरे या तीसरे साल में थी। ज्यादातर रिसर्च में ही लिप्त। डाइनिंग रूम अथवा कॉमन रूम के अन्दर अथवा बाहर उसे कभी गप्पें लड़ाते चेतना ने नहीं देखा। बड़ी संजीदा किस्म की उसकी चाल थी। धीर गम्भीर चेहरा। एक शाम वह डी. टी. सी. की बस से हॉस्टल लौट रही थी। गर्मियों

की शाम। साढ़े आठ-नौ के बीच का वक्त। जब शाम धीरे-धीरे रात में घुलने लगती है। यों तो यह वक्त खुशनुमा होता है, पर जन-शून्यता उसे खौफनाक बना सकती है, और जनशून्यता में अगर खौफनाक लोगों की मौजूदगी हो तो वह वक्त जानलेवा हो सकता है। जाने वह कहाँ से आ रही थी। जाने कौन से नम्बर की बस थी। बस में दो-तीन पुरुषों के अलावा कोई नहीं था। सड़क पर भी शायद निर्जनता थी। पर यह कैसे सम्भव है? क्या आठ और नौ के बीच सड़क पर इतनी निर्जनता होती है? डी. टी. सी. की चलती बस में उसका सामूहिक बलात्कार किया गया था। हॉस्टल तक वह किसी तरह पहुँच गयी थी, फिर वहाँ से उसे अस्पताल ले जाया गया था। पुलिस फाइल का मामला वही कि हुलिया बताये जाने पर भी इतने बड़े शहर में बिना नाम-पता सिर्फ़ शक्लो-सूरत के आधार पर गिरफ्तारी कैसे हो? और गिरफ्तारी हो भी गयी तो सजा दिलाना दूसरे स्तर का युद्ध होगा।

हॉस्टल के हर कमरे में यह चर्चा। कहीं डरी-सहमी, कहीं क्रोध में तमतमाती हुई। किसी-किसी कमरे में निस्तब्धता। लड़कियों को अपनी हस्ती पर, पढ़ती-लिखती, रिसर्च करती, नौकरियाँ ढूँढ़ती, ट्रेन और बस में अकेली सफर करती, अपनी हस्ती पर एक बेहूदा थप्पड़ लगा महसूस होता रहा। कुछ महिला संगठनों के नेतृत्व में छात्रावास ही नहीं समूची यूनिवर्सिटी की महिलाओं ने एक जागरण मोर्चा निकाला। मोर्चे को किसी व्यक्ति विशेष से सम्बन्धित दुर्घटना से न जोड़कर सामाजिक रूप दिया गया।

महिलाओं के प्रति दृष्टि बदलने, महिलाओं की नयी भूमिकाओं से समाज को अवगत कराने, पुलिस को उनके कर्तव्यों की याद दिलाने के लिए एक जन-जागरण मोर्चा। इस हादसे की खबर से बौखलायी चेतना सहज ही उस ओर चल दी। वयस्क प्राध्यापिकाओं के पीछे-पीछे छात्राओं का हुजूम। यह ठीक-ठीक बता पाना कठिन था कि नारेबाजी कैसे शुरू हुई, किसने शुरू की, पर शुरू हुई तो कई बौखलाये हुए बेबस-से हाथ एकसाथ उठे। छात्रावास से आगे बढ़कर जुलूस यूनिवर्सिटी की मुख्य सड़कों पर चलने लगा। धीरे-धीरे देखने वालों की भी भीड़ जुट गयी। सारे बैठे-ठाले लोग उमड़ आये जैसे तमाशा देखने के लिए भीड़ उमड़ आती है।

और चेतना को लगा कि जुलूस के भीतर का माहौल भी बदलने लगा। छात्रावास के परिचित कुछ चेहरों पर वही प्रश्नवाचक आक्रोश टँगा रहा, कुछ पर अवसाद की रेखा खिंची रही। लेकिन बाकी की भीड़ पर लगा। जैसे जुलूस निकालने की क्रिया हावी होने लगी। हाथ के उठने और गिरने का जोश किसी योद्धा सरीखा नहीं बल्कि खिलाड़ी की ऊर्जा प्रवाहित करने लगा। नारे लगाती

हुई लड़कियाँ मुस्कुराती हुई एक-दूसरे की ओर देख रही थीं। कभी-कभी किनारे उमड़ रही भीड़ के चेहरे को देख रही थीं। चेतना ने देखा छात्राओं की भीड़ में कुछ इतनी बन-सँवरकर आयी थीं कि लगता था किसी जलसे में जा रही हों। जुलूस पर धीरे-धीरे जलसे का भाव छा रहा था। यदि समूचे पर नहीं तो कुछ हिस्सों पर पूर्णत:।

एक भयानक कड़वाहट ने चेतना को आ घेरा। उस जुलूस के साथ-साथ चलना उसे नामुमकिन जान पड़ा और वह भाग खड़ी हुई। और तब से उसे लगा वह भाग ही रही है। जाने कहाँ से भागकर कहाँ को जा रही है? जाने किससे भाग रही है? आईने में अपने चेहरे से उसने पूछा लेकिन चेहरा खामोश बना रहा। लड़ाई है, लेकिन लड़ाई का मैदान नहीं दिखता। शत्रु का कोई मुकम्मल चेहरा नहीं बनता।

❑

सफर

पूर्वा सुबह-सबेरे कलकत्ते से दिल्ली के लिए रवाना होती है और अगली सुबह लगभग उसी समय दिल्ली पहुँचती है। लेकिन कलकत्ते से दिल्ली आते-आते एक पूरी दुनिया बदल जाती है। ट्रेन की खिड़की से इस धीरे-धीरे बदलती हुई दुनिया को थोड़ा-थोड़ा देखा जा सकता है। ट्रेन जब किसी शहर के ऊपर पुल से गुजरती है, नीचे, शहर की सेकेंड भर की झलक भी दूसरे शहर की झलक से कितनी फरक होती है। मेट्रो से ज्यादा ट्रामों का शहर कलकत्ता। पुरानी, आदमकद ट्रामें और उन पर चिपके बांग्ला इश्तहार, ट्रामें जो सड़क पार करती गाड़ियों और लोगों के लिए रुक जाती हैं और दिल्ली की हरहराती-घरघराती ब्लू लाइन बसें। कलकत्ता जिसके हर गली-मुहल्ले में सब्जी-मछली का एक हाट होता है जिसमें केले के फूल से लेकर, कोंहड़े और अगस्त्य का फूल तक मिलता है और बंगाली महिलाओं के सफेद लाल शाखा-पोला पहने हाथ बड़े ध्यान से इन फूलों को चुनते हैं। दिल्ली के सफल मटर से बहुत दूर।

मुझे लगा जैसे मैं पक्षपात कर रही हूँ। पूर्वा में बैठी हूँ शायद इसलिए। (पूर्वा-पूर्व की, पूरब को लौट आनेवाली ट्रेन) दिल्ली की भी सब्जियाँ हैं—शिमला मिर्च, टिंडे, लोबिया और मूली की फलियाँ। मुझे अपनी ही शरारत पर हँसी आने लगी। अकेले यात्रा करने की सबसे बड़ी कठिनाई है कि आप अपनी बात पर हँस नहीं सकते। लोग आपको पागल समझेंगे। हालाँकि मैं ये दावा करती हूँ कि मुझे लोगों की परवाह नहीं, लेकिन मैंने पाया है कि कम से कम मुझे इस बात की परवाह है।

मैंने आज का तरोताजा अखबार खरीद लिया है। लेकिन अपनी इस बेसिर-पैर की सोच को जारी रखना मुझे ज्यादा भला लग रहा है।

ट्रेन हावड़ा जंक्शन से खुलने ही वाली है। हावड़ा के बाद बैंडल तक, कितने ही छोटे-छोटे स्टेशन आएँगे—बेलूर, बाली, उत्तरपाड़ा, चन्दननगर, हुगली, इनको देखते हुए गुजरते जाना मेरी एकाकी यात्रा का सबसे अच्छा हिस्सा होगा।

अगर कहीं ट्रेन रुकी तो खोमचे वाले उचक-उचककर पूछेंगे, "लेंबू चा खाबेन माँ?"

ये बात मैं दिल्ली के आसपास वाली जगहों के बारे में नहीं कह सकती। वहाँ चायवाले चिल्लाते फिरेंगे, "हाँ, गरम चाय बोलो भाई, चाय गरम।" चाय पीने के अन्दाज भी कितने अलग हो सकते हैं।

अगर दिल्ली की महिलाओं का सौन्दर्य उड़ते हुए जार्जेट के दुपट्टों में है, तो यहाँ की महिलाओं का ताँत की साड़ियों में और ताँत भी कितने तरह का, धनियाखाली, जामदाँनी, ढाकाई। क्या ढाकाई साड़ियाँ अब भी ढाका से बनके आती होंगी? जहाँ से भी आती हों, कहलाती ढाकाई ही हैं।

"जरा इनका ध्यान रखिएगा।" किसी ने कहा और मैं एक झटके से रेल के डब्बे में वापस आ बैठी। लगभग हर पुरुष, जो अपनी किसी स्त्री सम्बन्धी को छोड़ने आता है या उसके अकेले सफर के लिए उसे ट्रेन में बिठाने आता है, किसी न किसी पुरुष सहयात्री से उसकी देखभाल का निवेदन जरूर कर जाता है। मुझे समझ नहीं आता कि कोई किसी का क्या ध्यान रख सकता है? साथ दिया जा सकता है, ध्यान कैसे रखा जा सकता है? स्टेशन से पीने का पानी भरने का जमाना बीत चुका है। घर का लाया पानी खत्म होने पर लोग आजकल मिनरल वाटर की बोतलें खरीद लेते हैं। खोमचे वाले ट्रेन से लगातार चढ़ते-उतरते रहते हैं। टिकट खुद महिला के पास होता है। फिर ध्यान रखने का क्या मतलब? और यदि डकैती या कोई और दुर्घटना हो गयी, तो कोई भी अपना ध्यान रखने के बाद किसी का भी जितना ध्यान रख सकेगा, रखेगा। फ़िर भी लोग बड़ी श्रद्धा के साथ ये निवेदन करते हैं और बड़ा शिष्ट उत्तर भी पाते हैं।

यह एक सिख नौजवान था जो अपनी माँ को छोड़ने आया था। ज्यादातर सिखों की तरह लम्बी-चौड़ी कद काठी, गोरा रंग, तीखे नाक-नक्श, लेकिन उसकी माँ को देखकर लगा जैसे उसका निवेदन लाजिमी ही रहा हो। इतनी दुबली कि लगता था कि सिकुड़ गयी हो। हड्डी और चमड़े के बीच से मांस जैसे गल गया हो और उनके सिकुड़े हुए चेहरे में उनकी तीखी नाक और बड़ी-बड़ी आँखें अजीब भयावह-सी लगती थीं। ऐसी दुर्बलता तो बगैर किसी बीमारी के नहीं आती। हो सकता है बीमार हों, इलाज के लिए जा रही हों। लेकिन अकेले? और दोनों के हाव-भाव में भी इलाज के लिए बाहर जाने वाले अवसाद का कोई चिह्न नहीं था। न ही उनके बेहद कमजोर चेहरे पर कोई पीड़ा थी। मैं शायद उन्हें घूर रही होऊँ, जब वो मेरी तरफ देखकर मुस्कुरायीं तभी मुझे एहसास हुआ। बेटा सारा सामान सीट के नीचे करीने से लगा चुका था। उसने गले लगाकर माँ को विदा किया। ट्रेन चल पड़ी।

''आप कलकत्ते में रहती हैं?'' उनके सवाल में कौतूहल कम बातचीत शुरू करने की चेष्टा अधिक थी।

''नहीं, दिल्ली में।'' मैंने मुस्कुराकर छोटा-सा जवाब दिया।

''यहाँ रिश्तेदारों से मिलने आयी थीं?''

''नहीं, दरअसल मैं दिल्ली में पढ़ाती हूँ। यूनिवर्सिटी में, यहाँ एक वाइवा लेने आयी थी।''

''आप कॉलेज में पढ़ाती हैं।'' उनकी आवाज ज्यादा खुशनुमा-सी हो गयी, ''मैं भी अमृतसर में पढ़ाती थी, सरकारी स्कूल में।'' और फिर अचानक बुझ गयी, ''यहाँ प्राइवेट ट्यूशन करती हूँ।''

''कलकत्ते में?''

''हाँ, दिन में बाहर ट्यूशन करती हूँ।''

''आपने सरकारी नौकरी छोड़ी क्यों? ट्रांसफर करवा लेतीं?''

''मेरे हसबैंड ने छुड़वा दी। शादी से पहले मैं अमृतसर में आराम से रहती थी। मैं और मेरी बहन दोनों ही स्कूल में नौकरी करती थीं। शादी हुई तो हसबैंड ने कहा नौकरी छोड़ो, कलकत्ते चलो। मुझे तब यहाँ की हालत का कोई अन्दाजा नहीं था। जब नौकरी छोड़कर यहाँ आयी, तब पता चला। अब तो सत्ताईस साल हो गये।''

तो गड्ढों में धँसी इन आँखों में 27 साल पुरानी एक लम्बी कहानी है। जिसे कुरेदने की मेरी कोई इच्छा नहीं हुई, बल्कि कुछ भी कहते मुझे घबराहट-सी हो रही थी और शायद मैंने एक बेवकूफ-सा सवाल किया, ''आपके हसबैंड क्या करते हैं?''

''तीन साल पहले उनकी 'डेथ' हो गयी। किडनी फेल हो गयी थी। हमने बहुत पैसा खर्च किया। महीनों अस्पताल में रहे। बहुत कष्ट झेला उन्होंने।''

मुझे लगा जैसे उनकी आवाज में पीड़ा नहीं, भयानक थकान थी। शायद जिन्दगी में बहुत झेलने के बाद, पुराने घावों का दर्द नहीं, उनसे लड़ने की थकान बच जाती है।

मौत से पहले वो क्या करते थे, ये पूछने की मेरी हिम्मत नहीं थी। मैं इस वार्तालाप से बाहर निकलना चाहती थी। मैंने जल्दी से पूछा, ''आप दिल्ली रिश्तेदारों के पास जा रही हैं?''

''बेटी के पास। उसकी सुसराल है। पिछले साल ही शादी हुई। डिलीवरी होने वाली है। दो दिन पहले मोबाइल से फोन कर रही थी। फोन आए, कट जाए। हमने सोचा कौन तंग कर रहा है। बाद में जमाई ने फोन करके बताया। मोबाइल से कर रही थी, न कट जा रहा था, तभी अस्पताल ले जा रहे थे, अब तक तो हो भी गयी होगी डिलीवरी।''

उन्हें अपनी बेटी की खुशी में खुश देखकर मुझे बड़ी राहत हुई। जैसे कुछ तो इंसाफ हुआ।

ट्रेन धीमी होती-होती एक स्टेशन पर आ खड़ी हुई। बैंडल। मैंने चायवाले को आवाज देकर उनसे चाय के लिए पूछा। जवाब में वो सिर्फ़ मुस्कुरायी, लेकिन उसमें हाँ से ज्यादा दम था।

''मिट्टी के कुल्हड़ में चाय पीने का कुछ और ही मजा है। कितनी सोंधी खुशबू आती है और चाय अगर नींबू की हो, फ़िर तो बात ही कुछ और है।'' मैंने बड़े चाव से कहा।

''मुझे दिन में कितनी ही बार चाय पिला दो, नाश्ता करा दो, कर लूँगी। पर रोटी खाने का मुझे कोई शौक नहीं। बड़ी मुश्किल से एक-डेढ़ निगलती हूँ। बाकी सारी चटपटी चीजें खिला दो, खा लूँगी।'' वो हँस रही थीं।

मुझे लगा जैसे सचमुच अगर जिन्दगी भर आदमी को अपने होने का संघर्ष करना पड़े, तो उसकी सौन्दर्य चेतना थोथी हो जाएगी, बल्कि छिन जाएगी और उसे पता भी नहीं चलेगा।

हमारी चाय से उठने वाले भाप हमारे आसपास ताजगी का एक घेरा-सा बना रही थी। इस भाप के आर-पार मैं उन्हें तेजी से अपनी चाय फूँक-फूँककर सुड़कते देख रही थी।

अचानक ''एक्टू रूटी दिये दाओ, माँ'' की रट लगाता एक गन्दा-सा भिखारी बच्चा हमारे पास आकर खड़ा हो गया। उन्होंने बड़े सांकेतिक अन्दाज में पहले मुझे देखा, फिर उसे, फिर मुझे। फिर अपनी चाय को बर्थ पर रखकर, अपने बटुए को टटोलने लगीं। काफी ढूँढ़ने के बाद, उसमें से एक रुपये का एक सिक्का निकला, लेकिन एकबारगी उसे दे देने के बजाय, सिक्के को हाथ में उठाये बच्चे से कहने लगीं, ''पता है, रोटी के लिए कितनी मेहनत करनी पड़ती है? हैं? काम करेगा? चल, मेरे साथ चल। मेरे घर काम करना। करेगा?''

बच्चे का उनके या किसी के घर काम करने से कोई सरोकार नहीं था। वह टकटकी बाँधे सिक्के को देख रहा था। उन्होंने हँसकर सिक्का उसे थमा दिया। सिक्का मिलते ही बच्चा भाग खड़ा हुआ। वो अफसोस करने के-से अन्दाज में सिर हिलाकर कहने लगीं, ''ये लोग कोई काम नहीं करना चाहते। बस मुफ्त की मिल जाए। हमारे मुहल्ले के पास दाइयों के बच्चे घूमते-फिरते हैं। मैंने कितनी दफा कहा है—मेरा गेहूँ चुन दो, घंटे का 10 रुपया दूँगी, पर नहीं। मैं खुद चुनती हूँ। एक ट्यूशन करके आयी, थोड़ा चुना, फिर गयी, ऐसे बीच-बीच में। ऐसे कर-करके महीने भर गेहूँ धोती-सुखाती हूँ। पहले बेटी थी तो वो मदद करती थी, अब तो अकेली करती हूँ। खैर, अब तो हम दो माँ-बेटे ही रह गये हैं।''

''अब तो बेटी अपना घर सँभलाती होगी।'' मैंने उन्हें थोड़ा खुशी का एहसास दिलाने के लिए कहा।

''बड़ी जल्दी में उसकी शादी हुई। हम दिखाने के लिए दिल्ली ले गये थे, सोचा था, पसन्द आएगी, मँगनी कर देंगे। उन्होंने कहा अभी कि अभी शादी कर दो।''

''आपकी बेटी बहुत पसन्द आयी होगी। अच्छा हुआ झटपट शादी हो गयी।''

मुझे लगा जैसे वो कुछ और कहना चाहती हों। कुछ ऐसा कि तय नहीं कर पा रही हों कि कहें या नहीं।

''दिल्ली में मेरी बहन के घर से शादी हुई। तब से एक बार भी कलकत्ते नहीं आयी। अब तो बच्चा भी हो गया। कैसे बुलाऊँ उसे?''

''क्यों?''

''पहले हमने दो कमरा किराये पर लिया हुआ था। अब तो एक ही रखा है।''

''वो आपकी बेटी है।'' मैंने जल्दी से कहा, मेरे कहने का मतलब था कि बेटी होने के नाते वह अपनी माँ के घर कैसे भी खुश रहेगी।

''हमारी बिल्डिंग में अलग-अलग कमरे हैं। कुछ परिवार वालों ने इकट्ठे एक के बाद एक तीन कमरे ले रखे हैं। कुछ ने दो। कई लड़के एक-एक कमरा लेकर रहते हैं। हमारा सबके साथ मेल-जोल, आना-जाना है। सब आते थे हमारे घर। खासकर के अकेले रहते थे न, ये लड़के वो आते थे। कभी चाय पी ली, कभी नाश्ता कर लिया। हम सोचते थे बच्चे हैं परिवार से अलग रहते हैं। जब बेटी को दिखाने दिल्ली आयी, वहाँ बता के नहीं आयी कि लड़की वालों को दिखाने जा रही हूँ। क्या मालूम पसन्द करें, ना करें। यहाँ आयी तो शादी निपटा कर ही वापस गयी। आकर सबको बताया। इधर मैं पहुँची, उसके अगले दिन एक लड़का जहर खाकर मर गया। चिट्ठी लिख गया कि उसे मेरी बेटी से प्यार था, उसकी शादी कर दी गयी इसलिए मर रहा है। हम तो सदमे में आ गये। कितनी बदनामी हुई।''

मुझे लगा जैसे एक बार सारी दुनिया घूम गयी। उन्होंने सोचा होगा कि मैं उन्हें सान्त्वना दूँगी लेकिन मैं अवाक बैठी रही।

''इसमें आपकी बेटी का तो कोई दोष नहीं है। अगर आपके जमाई का चरित्र ठीक है तो फिर आपको अपनी बेटी को लाने में कोई समस्या नहीं है।'' ये वो सज्जन कह रहे थे जिनसे महिला का बेटा उनका ध्यान रखने को कह गया था।

फिर थोड़ी देर तक उन दोनों के बीच परिवार, समाज, बिरादरी इत्यादि के बारे में बातचीत होती रही। मैं लगातार चुप रही। मेरी इच्छा हो रही थी कि उनसे पूछूँ कि कहीं उनकी बेटी भी तो उस लड़के से प्यार नहीं करती थी? कहीं उसकी शादी जबरदस्ती तो नहीं हुई? लेकिन ये पूछना सम्भव नहीं था। अगर मैं सारे तकाजे को भूलकर पूछती भी तो वो यही जवाब देतीं कि उनकी बेटी को तो ऐसा कोई अन्देशा भी नहीं था। भारतीय परम्परा में माएँ भले ही बेटियों की हत्या कर दें, लेकिन ये कभी नहीं स्वीकारेंगी कि उन्होंने प्यार किया। हालाँकि मुझे ये लगता रहा कि हो सकता है कि वो सही हों। हो सकता है कि उनकी बेटी को उस लड़के से कोई लगाव नहीं हो, लेकिन अगर हो तो? फिर मैं उनसे उनकी बेटी के बारे में कोई बात नहीं कर पायी। हमने इधर-उधर की कुछ छिटपुट बातें कीं।

शाम गहराते ही हम अपने-अपने बर्थ उठाकर लेट गये। मैंने देखा कि वो बहुत जल्दी सो गयीं। थकान की नींद, लेकिन मुझे एक अजीब-सी घुटन और बेचैनी का एहसास हो रहा था।

अगर उन्होंने जानबूझ कर ऐसा किया तो क्यों? जिन्दगी भर एक कमरे की घुटन से बचाने के लिए? उस सबसे बचाने के लिए जो उन्होंने खुद भोगा?

लेकिन क्या मालूम हर दोपहर को जब घर की सारी महिलाएँ टेलीविजन देखती हों, वह बाल्कानी की रेलिंग पकड़कर घंटों रास्तों को ताकती खड़ी रहती हो? क्या उसे पता है उसके प्रेमी ने जान दे दी? वह निश्चय ही उसका प्रेमी रहा होगा, एकतरफा प्रेम में कोई जान नहीं देता।

मैंने एक बार फिर घूमकर उन्हें देखा। मुझे लगा जैसे रात भर मैं उनके खँडहर से चेहरे में उनकी बेटी का खूबसूरत चेहरा ढूँढ़ती रहूँगी और वह मुझे कभी नहीं दिखेगा।

जाने क्यों मुझे ये अधूरी कहानी सुननी थी। मैं कभी नहीं जान पाऊँगी कि उनकी बेटी ने जाना भी या नहीं कि किसी ने उसके प्रेम में जान दे दी। खुद जिन्दगी भर पिसने के बाद, ये महिला अपनी बेटी को खुश देख पायी या नहीं।

जाने कौन से दिन कौन-सी ट्रेन पकड़कर ये अमृतसर से कलकत्ता आयी होंगी? और फिर कौन से दिन, किस ट्रेन से इनकी बेटी कलकत्ते से दिल्ली गयी होगी?

❑

किस्सा-ए-कोहनूर

वस्तुतः यह एक यतीम कथा है अर्थात् इस कथा का कोई कथाकार नहीं है। हालाँकि कथा ने कई कथाकारों के दरवाजे खटखटाये, लेकिन कोई भी उसे दर्ज कर बयान करने को तैयार नहीं हुआ। कथा को लगा कि उसमें अन्तर्राष्ट्रीय राजनीति के कुछ तत्त्व हैं जो उसे विवादास्पद और खतरनाक बना सकते हैं अथवा उसमें बिकने लायक गुणों की कमी हो, जिसके कारण कथाकारों को हिचक हुई हो।

पर कथाकार के बिना भी कथा तो है, और अपने खास अवयवों से बनी हुई है, और जैसे यतीम बच्चों की भी एक हस्ती होती है वैसे इस यतीम कथा की भी अपनी एक हस्ती है, और बाजार की दृष्टि से काट-छाँट खुद उसे मंजूर नहीं, इसलिए यह कथा खुद को कह रही है। यह आवाज खुद कथा की आवाज है।

इसलिए इस कथा में कथाकार की वह आवाज नदारद है जो बतौर सूत्रधार काल के पिछले-अगले खंडों से सूत्र इकट्ठा करती है और इन सूत्रों से बाँधकर कथा को आगे-पीछे दौड़ाती है, और हर खंड से पहले खुद को मंच पर लाकर अदा से झुककर कहती है, "आइए, अब हम पीछे लौट चलें उस समय में जब..." अथवा, "तो चलिए, पर्दा उठाकर देखें आगे क्या होता है।"

और इसलिए कथा में कोई ब्रेक भी नहीं है, जिसमें रंगीन इश्तहार दिखाये जा सकें अथवा संगीत की धुन बजायी जा सके। कथा को इन सब अनुपस्थितियों के लिए खेद है, पर उसे असल चिन्ता है कि अपने पूरे वजूद को पूरी ईमानदारी से पेश कर सके। इसलिए वह एकदम शुरू से शुरू करना चाहती है अर्थात जिस क्षण उसका जन्म हुआ, उसके भी पहले से अर्थात् अपने इतिहास से।

तो इस कथा के इतिहास में एक नायिका रहती थी। हालाँकि कथा उसे हमेशा बतौर नायिका याद करेगी, पर असल में उसका नाम था जयन्ती महापात्र। नाम जयन्ती महापात्र, उम्र 26 वर्ष (निरन्तर दिखने की ख्वाहिश और कोशिश 22 से 24 वर्ष), मातृभाषा उड़िया, राष्ट्रभाषा हिन्दी, शिक्षा की भाषा अँग्रेजी। घर

में बोलचाल की भाषा अँग्रेजी मिश्रित हिन्दी, दफ्तर में बोलचाल की भाषा हिन्दी मिश्रित अँग्रेजी।

पर वह भाषा जिससे जयन्ती महापात्र की पहचान है वह है जावा। कम्प्यूटर लैंग्वेज जावा, जिसकी प्रोग्रामिंग में जयन्ती महापात्र को महारत हासिल है। दफ्तर में यह किंवदन्ती है कि जयन्ती की उँगलियों में आकर जावा स्वयं सस्वर बोलने लगती है। सारी दिल्ली के सॉफ्टवेयर बाजार में ऐसा कोई नहीं जो जयन्ती महापात्र की गति से जावा के जटिल से जटिलतम प्रोग्राम डिजाइन कर सके।

जयन्ती के इस कौशल अथवा उसकी इस कला की उसके दफ्तर ने भरपूर कद्र की है। दफ्तर अर्थात् एक बृहदाकार मल्टीनेशनल कम्पनी जो दुनिया की दूसरी कम्पनियों को साफ्टवेयर के तैयार प्रोग्राम्स बेचा करती है। सबको मालूम है कि यह खुले बाजार में गुणों और कीमत की खुली प्रतियोगिता का युग है। जयन्ती इस कम्पनी में है, पर चाहे तो किसी कम्पनी में हो सकती है। लेकिन यह पुराने प्रतिष्ठित ब्रांड नेम्स, पुराने वजनदार पे पैकेट्स के प्रति वफादारी का भी युग है।

जी हाँ, यह सन् 2004 की नित्य बदलती हुई दिल्ली है, जहाँ से निकलने वाले दैनिक अखबारों में नित्य अर्थशास्त्र के पंडितों के लेख छप रहे हैं कि कैसे दुनिया सिमटकर एक 'ग्लोबल विलेज' बनती जा रही है। यह वह युग है जब एक साथ उड़ीसा में, जयन्ती के जन्मस्थान से ज्यादा दूर नहीं कालाहाँडी में लगभग बीस साल से लगातार सूखा और अकाल पड़ रहा है और भारत की सबसे विख्यात मॉडल मिस यूनिवर्स रह चुकी ऐश्वर्या राय, अमेरिकी टेलीविजन पर 'लॉरियल' नामक एक फ्रेंच कम्पनी का विज्ञापन करतीं, यह कहती हुई दिखाई पड़ रही हैं, 'लॉरियल, बिकॉज,' आई एम वर्थ इट।''

जयन्ती महापात्र पूर्णतः इस युग की पैदाइश है। आजादी की आधी शताब्दी से भी ज्यादा बाद की, हरित क्रान्ति और पंचवर्षीय योजनाओं के भी बहुत बाद की, जब अचानक विदेशी गाड़ियों, विदेशी पत्रिकाओं, विदेशी टेलीविजन चैनलों की चमक-दमक से भारतीय बाजार और घर-बार की आँखें चुँधिया रही थीं।

ऐसे ही चमकीले दिनों में से एक दिन अचानक जयन्ती के दफ्तर के बड़े बॉस के फोन पर अमेरिका से एक लाँग डिस्टेंस कॉल आया और उसने सारे दफ्तर के काम-काज की गति बदल दी। आनन-फानन में बड़े कांफ्रेंस रूम में मीटिंग बुलायी गयी, कुछ इंटरनल इंटरव्यू लिये गये, कई बार और बड़े बॉस के फोन पर लांग डिस्टेंस कॉल की घंटी बजी और दो दिन के भीतर-भीतर पासपोर्ट और बायोडेटा समेत सारे कागजात तैयार कर दफ्तर का लीगल रेप्रेजेंटेटिव दो लोगों का वीसा अप्लाई करने अमेरिकी कांसलेट भेज दिया गया।

—अमेरिका के बॉस्टन शहर स्थित एक बड़ी कम्पनी के दफ्तर को जावा

में काम करने वाले दो कुशल लोगों की आवश्यकता थी और वह भी अविलम्ब। जिन दो नामों का वीसा तैयार होने को भेजा गया था, उनमें से एक नाम जयन्ती महापात्र का था।

जयन्ती जब इस अचानक आये अवसर से अपने कैरियर में लगे छलांग की उत्तेजना से भरी अपने घर पहुँची, तो खबर सुनते ही घरवालों ने उसे चहारदीवारी में कैद कर लिया। माँ ने न केवल इस प्रस्ताव पर घोर आपत्ति जाहिर की, उन्होंने जयन्ती को इस विदेश-यात्रा की सख्त मनाही कर दी। पिता ने भी, हालाँकि कुछ कम सख्त शब्दों में माँ का ही समर्थन किया। ठीक है, उन्होंने अपनी बेटी को बेटे की तरह बचपन से अँग्रेजी स्कूल में पढ़ाया, हॉस्टल में रखकर इंजीनियरिंग करवाया, लेकिन विवाह योग्य अपनी बेटी को वो अकेले विदेश नहीं भेज सकते, चाहे उस विदेश-यात्रा से बेटी के कैरियर में कितना ही बड़ा गोल्ड मेडल लगता हो।

जयन्ती ने उनके सामने सारे तर्क रखे, फिर कुतर्क किया, फिर बाकायदा झगड़ा किया और अन्त में उसने भूख हड़ताल कर दी। भूख हड़ताल में तो नहीं, पर मौखिक युद्ध में जयन्ती के भाई ने उसका भरपूर साथ दिया। जब दो दिनों तक अन्न का एक भी दाना लिये बगैर जयन्ती दफ्तर आती-जाती रही तो माँ-बाप बेहद परेशान हुए। हारकर उन्होंने समझौते की एक शर्त रखी। जयन्ती अपने अमेरिकी प्रोजेक्ट के लिए जा सकती है, यदि वह एक भद्र सुशील भारतीय लड़के से विवाह कर ले। पर शर्त जयन्ती को न केवल नामंजूर थी, सोचने के भी नाकाबिल थी। जयन्ती को इस शर्त से सैद्धान्तिक परेशानी थी। वह अकेली विदेश नहीं जा सकती पर पति के संरक्षण में जा सकती है? और ऐसी जल्दबाजी में एक अनुकूल पति कहाँ से जुटाया जाए? और यदि माँ-बाप कहीं से जुटा भी लाये तो ऐसी जल्दबाजी में जयन्ती विवाह नहीं कर सकती।

पर भूख हड़ताल एक ऐसा अस्त्र है जिसके सामने सारी दुनिया पर हुकूमत करने और जुल्म ढाने वाली अँग्रेज सरकार भी घुटने टेक देती थी। फिर जयन्ती के माँ-बाप तो उसके माँ-बाप थे। इस प्रकार, अनशन के जोर से किसी तरह उनकी रजामन्दी लेकर ''सिर्फ़ तीन महीने का ही तो प्रोजेक्ट है'' उनके डूबते दिलों को यह आश्वासन देकर, ''मम्मी-पापा का ख्याल रखना,'' भाई से यह वचन लेकर अन्तर्राष्ट्रीय हवाई अड्डे के मुख्य द्वार पर भाई को अति उत्साहित और माँ-बाप को बेहद परेशान और चिन्तित छोड़कर जयन्ती महापात्र एअर इंडिया के एक बहुत बड़े बोइंग विमान से अमेरिका के उत्तर पूर्वी छोर पर बसे बॉस्टन शहर में आ पहुँची।

हालाँकि ये मार्च के आखिरी दिन थे, पर बॉस्टन में अभी भी सर्दियों का

अवशेष था। सड़कों के किनारे पुरानी बर्फ के ऊँचे ढेर थे। पर जयन्ती महापात्र ने एक सर्वथा नूतन प्रदेश के पर्यटन का सारा आकर्षण त्यागकर खुद को दफ्तर के अपने हीटेक क्यूबिकल में कैद कर, कम्प्यूटर के हवाले कर दिया। यहाँ तक कि अपने वीकएंड के बहुमूल्य घंटे, जिन्हें व्यवस्थाग्रस्त अमेरिकी समाज में एक बहुत बड़ी चीज समझा जाता था, शुक्रवार की शाम से रविवार की शाम तक का खाली समय जयन्ती ने जावा के नये स्क्रीन तैयार करने में लगा दिये।

जल्दी ही, इस नये कार्यालय में भी जावा पर उसके जादुई अधिकार का सिक्का जम गया। यहाँ तक कि कम्पनी के मैनेजमेंट ने जावा के वार्षिक यूजर कांफ्रेंस के लिए कई पुराने कर्मचारियों को नजरअन्दाज कर जयन्ती को चुना। जयन्ती के साथ कांफ्रेंस में भेजा जाने वाला दूसरा, और कम्पनी का कुछ पुराना कर्मचारी था, जॉन कम्मिंग्स, एक मात्र वह व्यक्ति जो वीकएंड के दौरान कभी-कभी जयन्ती को ऑफिस में काम करता दिख जाता था। कई बार दोनों एक ही साथ कॉफी की मशीन पर अपना फ्लास्क भरने जा पहुँचे थे, और इस तरह दोनों की हल्की-हल्की पहचान थी।

कांफ्रेंस लन्दन में थी। और चूँकि यह कांफ्रेंस था, जिसके तय घंटे थे, रोजमर्रे का दफ्तर नहीं, जहाँ जयन्ती जैसे लोग अपने काम के घंटे बढ़ाते रहते थे, इसलिए लन्दन में कांफ्रेंस के बाद के घंटों में जयन्ती पूर्णत: एक पर्यटक बन गयी। जॉन के लिए भी यह लन्दन की पहली यात्रा थी, इसलिए जॉन का लन्दन भ्रमण का उत्साह भी जयन्ती से कम नहीं था। बर्मिंघम पैलेस, सेंट पॉल्स कथिड्रल, वेस्ट मिनस्टर ऐबी, बिश बेन के दर्शन के बाद तीसरे दिन की शाम दोनों टावर ऑफ लन्दन जा पहुँचे। एक के बाद दूसरे ऐतिहासिक कमरे से गुजरते हुए, जॉन लगातार इंग्लैंड के प्राचीन इतिहास की दुहाई देता रहा, शायद इस कसक के साथ कि अमेरिका का ऐसा कोई अपना इतिहास नहीं है, जयन्ती को सन्देह हुआ।

जॉन अमेरिकन था, जयन्ती भारतीय थी, टावर के अन्दर दुनिया भर के देशों के लोग थे, सब पर्यटक थे। जयन्ती भी, जॉन की तरह, बाकी तमाम लोगों की तरह, महज एक पर्यटक थी। पर अचानक सन्तरियों और पहरेदारों से घिरे कमरे में आकर जयन्ती को एक बदलाव का एहसास हुआ।

इस कमरे में हीरे-जवाहरात की प्रदर्शनी लगी थी। लिखा था, ''द ज्वेल्स ऑफ द रॉयल क्राउन ऑफ इंग्लैंड।''

एक-एक हीरा-पन्ना इतना बड़ा था कि जयन्ती की हथेली में न समाए। पर उनमें से एक भी इंग्लैंड की पैदाइश अथवा उत्पाद नहीं था। ज्यादातर हीरे, कांगों और दक्षिण अफ्रीका के थे, लैटिन अमेरिका का पन्ना, बर्मा की रूबी, और भारत का कोहनूर! विश्व विख्यात कोहनूर हीरा, भारत का हीरा!

उसके सामने आकर जयन्ती जड़वत खड़ी हो गयी। और वह कुछ हल्का-हल्का बदलाव जो उसे अपने अन्दर महसूस हो रहा था, अब एक भयानक विस्फोट की शक्ल लेने लगा।

"ये मेरा है," उसे अपने अन्दर से एक तेज विस्फोट की आवाज सुनाई दी। "ये मेरा है", उसने दुबारा सुना। "ये मेरे लोगों, मेरी मिट्टी मेरे देश का है।" जयन्ती ने साफ-साफ सुना।

और ठीक उस क्षण कथा का जन्म हुआ।

हीरे-जवाहरात की चमक से भरे, पहरेदारों से घिरे उस कमरे में यह कथा अस्तित्व में आयी और पल-पल आकार लेने लगी। जयन्ती की मुख मुद्रा बदल गयी, आँखों का भाव बदल गया।

जयन्ती अब पर्यटक नहीं रही। वह भूल गयी कि अगली सुबह उसे जावा की उस प्रतिष्ठित अन्तर्राष्ट्रीय कांफ्रेस में वापस जाना है। वह भूल गयी कि वह एक सफल सॉफ्टवेयर प्रोग्रामर है, और उसी बलबूते पर वह टावर ऑफ लन्दन के इस जगमगाते कमरे में खड़ी है। वह भूल गयी कि एक बिजनेस असोसिएट की सफलता को पाने के लिए उसने कितनी मेहनत की थी, अन्तर्राष्ट्रीय पब्लिक रिलेशंस के तौर-तरीकों को धीरे-धीरे देखकर सीखा था। वह अपना नाम तक भूल गयी।

उसे बोध रहा तो सिर्फ इस बात का कि शीशे के पीछे जगमगाता वह बेमिसाल हीरे का टुकड़ा उसकी जमीन, उसके देश का है, वहाँ से उसे चुराकर अवैध तरीकों से उठाकर लाया गया है। वह कैसा कानून है जो उसकी पहरेदारों से घिरी खुली प्रदर्शनी की इजाजत देता है? इस लिखित घोषणा के साथ कि वह इंग्लैंड के ताज की सम्पत्ति है?

जयन्ती की इच्छा हुई कि बढ़कर उस लिखे हुए को संशोधित कर दे, "अँग्रेज सेना द्वारा गुलाम देशों से जबरन लाये गये हीरे-जवाहरात।" क्या दुनिया में इतिहास की कोई हस्ती नहीं? सही और गलत, सच और झूठ का कोई भेद नहीं? कानून में कहीं और न्याय नहीं?

जयन्ती अपनी सारी हस्ती, अपनी निजी तरक्की के सारे सपने भूलकर एक आहत क्रान्तिकारी में बदलने लगी। ऐंग्री यंग वुमन। जयन्ती महापात्र इस कथा की नायिका बनने लगी।

उसके लिए उस कमरे में खामोश, विवश खड़े रहना असम्भव हो गया। उस एक हीरे पर उसे मुग्ध देख जॉन मुस्कुराता हुआ उसके पास पहुँचा तो अपने क्रोध को यथासम्भव दबाकर उसने जॉन से कहा कि वह टावर के बचे हुए कमरे नहीं देखना चाहती, वह वहाँ से चली जाना चाहती है।

"इट इज माइन," "इट बिलांग्स टू माई पीपुल," जॉन से यह कहने की अपनी लपलपाती हुई इच्छा को संयत कर, जयन्ती चुपचाप टावर से बाहर निकलती सीढ़ियाँ उतरती रही। और उसके हर क्रुद्ध कदम के साथ यह कथा जवान होती रही।

जयन्ती को इस तरह अप्रत्याशित रूप से गम्भीर पाकर जॉन बिलकुल खामोश बना रहा। यह भी उन्हीं में से एक है, जॉन की खामोशी में जयन्ती सोचती रही। इस या उस तरह से अपनी ताकत के जोर पर दुनिया पर आक्रमण करनेवालों, शासन करनेवालों, तस्करी करनेवालों में से एक।

और खुद जयन्ती? वह इनकी पिट्ठू है? इन बड़ी पूँजीवादी मल्टीनेशनल कम्पनियों की पिट्ठू? इनमें अपनी तरक्की की हर सम्भव कोशिश करती, बेहतर से बेहतर प्रोजेक्ट के लिए एक के बाद दूसरे शहर भेजी जाती, दुनिया के सबसे बड़े रिसर्च प्लांट में काम करती, और शायद अपने देश के उस अपेक्षाकृत छोटे दफ्तर में कभी वापस नहीं जाती, जयन्ती महापात्र!

क्या वह सचमुच नहीं चाहती थी कि इन तीन महीनों में उसके काम से प्रभावित होकर बॉस्टन स्थित यह कम्पनी जो तथाकथित रूप से दुनिया की 'बिग फाइव' कम्पनियों में से एक है, उसे एक स्थायी नौकरी का प्रस्ताव दे दे? क्या अपने पिता की आँखों में उसने यही खौफ नहीं देखा था? क्या उसके पिता उससे कम काबिल इंजीनियर थे, जो आजीवन एक विशुद्ध भारतीय पावर प्लांट को कुशल और सक्षम बनाने में लगे रहे? क्या जयन्ती किसी भारतीय कम्पनी को अपनी ऊर्जा, अपनी क्षमता नहीं दे सकती थी? क्या जयन्ती जैसे तमाम लोग बड़ी कम्पनी बड़े प्रोजेक्ट, बड़ी तनख्वाह, आराम और नाम के पीछे इस तरह नहीं भाग रहे कि अपने मुल्क में टिकते ही नहीं? क्या इसे ही 'ब्रेन ड्रेन' कहते हैं? क्या यही है कोहनूर हीरे की तस्करी?

जयन्ती को अचानक महसूस हुआ कि उसने गद्दारी की है, गद्दार है वह। इस नये युग की, उपनिवेशवाद के इस नये अध्याय की मीर जाफर है वह। मीर जाफर ही था वह जिसने अँग्रेजों से लड़ रहे अपने राजा सिराजुद्दौला के साथ दगा किया था? जयन्ती को इतिहास का कोई विशेष ज्ञान नहीं था, सिर्फ़ एक बोध था, अपनी सभ्यता की प्राचीनता का, उस पर हुए अनन्त आक्रमण और अत्याचार का और उसकी अविजित जीवनी शक्ति का।

कोहनूर की चमकती हुई प्रदर्शनी का दंश एक कभी नहीं महसूस किये दर्द की तरह जयन्ती को चुभता रहा। हर शाम की तरह अपने-अपने कमरों में लौटने से पहले जॉन और जयन्ती ने 'फिश एंड चिप्स' का डिनर किया, पर एकदम निःशब्द। जॉन, आमतौर पर हँसमुख और मुखर जयन्ती की इस असाधारण गम्भीरता

का कुछ भी अर्थ समझ नहीं पा रहा था। जयन्ती को जॉन की तरफ देखना भी असम्भव मालूम पड़ रहा था।

वह करे तो क्या करे? तत्काल इस नौकरी को अलविदा कह, देश लौट जाए और एक मुहिम चलाए कि कोहनूर एक लिखित क्षमा-याचना के साथ भारत को लौटाया जाए, भारत के संग्रहालय में सजाया जाए। एक मुहिम चलाए कि दुनिया की ये 'बिग फाइव' कम्पनियाँ जो भारत के सबसे उम्दा संस्थानों से 'बेस्ट ब्रेन' को हर साल उठा ले जाती हैं, उन संस्थानों तक पहुँचने न पाए, पर अकेली क्या कर लेगी जयन्ती?

लेकिन जयन्ती को मालूम नहीं था कि वह अकेली नहीं थी कि भावातिरेक के उस अथाह समुद्र में यह कथा भाव और भाषा की असीम सम्भावनाएँ लिये उसके साथ लरज रही थी। जब अपने कमरे में पहुँचकर लैपटॉप को इंटरनेट से जोड़कर काँपती उँगलियों से जयन्ती ने टाइप किया 'कोहनूर डायमंड', तो जयन्ती के साथ-साथ यह कथा भी धड़कते दिल से स्क्रीन पर उगने वाले अक्षरों की प्रतीक्षा कर रही थी। जयन्ती एक सम्भावित संघर्ष का वजूद ढूँढ़ रही थी और कथा अपना प्रागऐतिहासिक काल। या शायद वह मिथक जो उसके मूल में था।

जो अनेकानेक किस्से, किंवदन्तियाँ उस हीरे के विषय में उभरकर आयीं, उनमें से अधिकांश का सार यही था कि वह हीरा मध्यप्रदेश के किसी राजघराने की शोभा हुआ करता था। किन्हीं विषम राजनीतिक परिस्थितियों में उस राजघराने की रानी ने वह हीरा बाबर के बेटे हुमायूँ को भेंट स्वरूप दिया था। फिर सत्ता और शक्ति की लड़ाई में वह हीरा पंजाब के सिंहासन द्वारा हर लिया गया। लेकिन मध्यप्रदेश दिल्ली और पंजाब के अलग राजघरानों में घूमता हुआ वह उसी भूखंड में बना रहा। लेकिन उसके बाद आयी ईस्ट इंडिया कम्पनी और अँग्रेज सरकार की तानाशाही जिसने देश के कोने-कोने से हर कीमती पत्थर, गहने जेवर, सोने-चाँदी का अम्बार इकट्ठा कर इंग्लैंड पहुँचाने का दुष्चक्र चलाया। 1849 की पंजाब विजय में कोहनूर अँग्रेजों के हाथ लगा और दूसरे वर्ष उन्होंने उसे महारानी विक्टोरिया को समर्पित कर दिया। लेकिन दुनिया के इतिहास में जिस समय को साम्राज्यवाद के स्याह अक्षरों में लिखा और कुबूला जाता है, क्या उस समय की अन्यायपूर्ण घटनाओं में एक छोटे से परिमार्जन के लिए कोई कुछ नहीं कर सकता? क्या हीरे का एक अनमोल टुकड़ा वापस अपने देश नहीं लौटाया जा सकता?

सवाल की तल्खी ने जयन्ती को कुरेदा बहुत लेकिन अन्दर या बाहर से कोई जवाब उसकी मदद को नहीं आया। उस रात जयन्ती महापात्र ने अपने घर फोन मिलाकर बेहद लम्बी बात की, शाम की घटनाओं का कोई जिक्र किये बगैर इधर-उधर की बेहद लम्बी बात। विशुद्ध उड़िया में। सारी बातचीत में, यहाँ तक

कि, अपने भाई के साथ भी जयन्ती ने अँग्रेजी का एक लव्ज नहीं आने दिया।

लेकिन आखिरकार जब बहुत कुछ कहकर भी कुछ न कह पाने का एहसास उस पर हावी हो गया, तो जयन्ती महापात्र ने दुबारा अपने पिता को फोन पर बुलाया और स्वयं से अपरिचित एक आवाज में कहा, ''बाबा, आज मैंने कोहनूर हीरा देखा, टावर ऑफ लन्दन के एक कमरे में अँग्रेज सिपाहियों से घिरा कोहनूर हीरा देखा।''

''अपना प्रोजेक्ट अच्छी तरह करो और वापस लौट आओ,'' थोड़ी देर के सन्नाटे के बाद पिता ने कुछ ऐसे कहा जैसे कोई बुनकर अपने बच्चे को समझाता हो कि वह बुनकर तो है और उसके बुने कपड़े शहर की ऊँची दुकानों में बिकते तो हैं, पर वह उन कपड़ों का मोल नहीं कर सकता।

'स्व' का वह बोध, व्यक्तिगत नहीं, एक अद्‌भुत समष्टिगत बोध जो उस दिन जयन्ती महापात्र को हुआ, उसने उसमें एक नयी चेतना भर दी। अपनी भाषा, अपनी संस्कृति, अपने लोग, अपनी मिट्टी, अपना हीरा...इन सबका अर्थ जैसे उसने दुबारा समझा, जैसे उसने पहली बार असल में समझा। और इस नये समष्टिगत एहसास में जयन्ती महापात्र के निजीपन का समावेश हो गया और वह पूर्णतः इस कथा की नायिका बन गयी।

बॉस्टन के अपने दफ्तर पहुँचकर जो पहला काम उसने किया, वह था अपने क्यूबिकल के बाहर भारत का एक छोटा-सा झंडा चिपकाना, पहचान स्वरूप नहीं, ऐलान स्वरूप। वह अमेरिकी धरती पर रहती है, अमेरिकी कम्पनी के लिए काम करती है, पर उसकी एकमात्र वफादारी अपने देश के प्रति है। वह कभी 'स्टार एंड स्ट्राइप्स' के अमेरिकी झंडे के आगे सिर नहीं झुकाएगी, वह सिर्फ़ तिरंगे के सम्मुख नतमस्तक होगी। गद्दार नहीं है वह।

पर किसके लिए था यह ऐलान? जयन्ती सारे दिन सोचती रही। क्या अपने मन की शान्ति के लिए इतने प्रत्यक्ष ऐलान की आवश्यकता होती है? पर क्यों नहीं होती? आदमी अपना चेहरा बखूबी जानता-पहचानता है, फिर भी उसे बार-बार शीशे में देखता है।

शाम तक दो लोग उससे कह चुके थे कि उसके देश का झंडा खूबसूरत था। जयन्ती ने नहीं सोचा था कि कोई भी राष्ट्रीय ध्वज खूबसूरत अथवा बदसूरत हो सकता है, झंडा शरीर नहीं, झंडा आत्मा है, उन दो-चार दिनों में जयन्ती को लगा था। क्या यह सच नहीं कि राष्ट्रगान की प्रशंसा को ताली बजाकर व्यक्त नहीं किया जाता? कि उसे सिर्फ़ महसूसा जा सकता है, गाकर या चुपचाप सुनकर?

उसी तरह, झंडे का सरोकार सूरत से नहीं, हस्ती से है। वह समष्टिगत हस्ती, जिसकी अनेक परिभाषाएँ सम्भव हैं, पर जयन्ती के लिए एक हीरे की

वापसी उस परिभाषा का अपरिहार्य अंग मालूम पड़ रही थी।

दिल्ली से साथ आये अपने सहकर्मी कृष्णन से अगले ही दिन जयन्ती ने कोहनूर का प्रसंग छेड़ा, हालाँकि बड़े ही हल्के अन्दाज में, मुद्दे पर अपने भावों की गहनता को उसने सचेष्ट छिपाया। जयन्ती की बातें और उन बातों में निहित प्रस्ताव को सुनकर कृष्णन हक्का-बक्का रह गया। अपने पुराने दोस्ताना अन्दाज में पलटकर उसने जयन्ती से पूछा कि कहीं उसका दिमाग तो नहीं खराब हो गया?

फिर हँसकर जैसे उसने खुद ही गुत्थी सुलझा ली, अपने काम की जादूगरी से जयन्ती ने मैनेजमेंट समेत तमाम दफ्तर को प्रभावित कर लिया है, उसे भला अपनी नौकरी की क्या चिन्ता? यह प्रोजेक्ट खत्म होने पर भी कम्पनी उसे वापस नहीं जाने देना चाहेगी। इसलिए जयन्ती दुनिया भर की दूसरी चिन्ताएँ कर सकती है, पर उस जैसों अर्थात् कृष्णन जैसों को तो पहले यहाँ टिक पाने का कोई जुगाड़ बिठाना है! कौन एक बार यहाँ आने के बाद, वापस धक्के खाने को लौटना चाहता है?

और जहाँ तक कोहनूर का सवाल है तो भैया, जो बीत गयी सो बात गयी, अब गड़े मुर्दे उखाड़ने से क्या लाभ? और अगर कोहनूर देश लौट भी आए तो कौन-सा उनका अपना हीरा होगा? इस सरकार के बदले उस सरकार की सम्पत्ति होगा। लन्दन के किसी संग्रहालय में रहने के बजाय दिल्ली के किसी संग्रहालय में रहेगा, पर जयन्ती और कृष्णन जैसी आम जनता तो उसे कहीं भी टिकट देकर ही देखेगी!

कृष्णन के उस उद्गार के बाद जयन्ती में किसी भी स्वदेशी मित्र अथवा परिचित से इस वार्तालाप का साहस नहीं रहा। उस शहर के प्रवासी स्वदेशी समाज में घूम-फिरकर उसने देखा, अपना देश कायम था जरूर, वहाँ से आयी पहली पीढ़ी में एक पुरानी आदत की तरह, और यहाँ, विदेश में जन्मी-दूसरी पीढ़ी में बड़े बुजुर्गों की नसीहत की तरह। अपना देश कायम था मेलों, जलसों-उत्सवों के अवसर पर पहने गये भारतीय पहनावों के चटख, शोख रंग की तरह, भारतीय भोजन की प्रसिद्ध मसालेदार खुशबू की तरह। कुछ उस तरह जिस तरह बालीवुड के रोमांटिक गानों के बैकग्राउंड में धान के हरे और सरसों के पीले खेत लहलहाते हैं।

देश के अलग-अलग प्रान्तों की अलग-अलग भाषा बोलनेवालों के अलग-अलग एसोसिएशन थे, जिनमें एक तयशुदा तौर पर मिलने-जुलने, उठने-बैठने, सर्दियों में एक-दूसरे के घर पार्टियों की तारीखें तय करने और गर्मियों में खुले पार्क में अमेरिकी तर्ज पर बारबेक्यू करने का रिवाज था। और अनिवार्यत: ऐसे

मौकों पर अपने शहरों के गली-चौराहों, नुक्कड़ पर की पान दुकान और बाज़ार की चाय भजिया की दुकान को पहले कुछ भीगी-गीली आवाज में याद किया जाता, लेकिन फिर धीरे-धीरे आवाज का तेवर बदल जाता जैसे वह व्यक्ति खुद बदल गया हो, और अब उसमें बिछड़ने की कोई कचोट शेष नहीं हो, और फिर उस आवाज में वर्तमान जीवन की सुविधाएँ और समस्याएँ बोलने लगतीं, और फिर यन्त्रवत वह आवाज कहने लगती कि वैसे भी उन गलियों में अब वह पुरानी बात नहीं रही, जयन्ती को सन्देह होता कि कुछ अपने वहाँ न होने की सफाई देते हुए...लेकिन बार-बार वर्तमान में लौटकर भी, वो पुरानी गलियाँ उस वार्तालाप से छूट नहीं पातीं, और घूम-फिरकर सारी बातचीत उन्हीं गलियों में भटकती रहती, भले ही बार-बार उनकी निन्दा करने को, और लाख चाहकर भी उस देश की गलियाँ कभी अपनी नहीं बनतीं, और यह टीस कायम रहती है शाम दर शाम, सुबह दर सुबह, मौसम दर मौसम, साल दर साल।

दो एक ऐसे आयोजनों में जाकर बहुत जल्द ही जयन्ती ने यह जान लिया। उसने जान लिया कि इन बुझी हुई महफिलों में वह कोहनूर की चमक नहीं लगा सकती। ऐसा कोई झंडा नहीं जिसके नीचे इन लोगों के मन-प्राणों को इकट्ठा किया जा सके।

यही था जयन्ती के प्रवासी स्वजनों का सामाजिक जीवन, फिर धीरे-धीरे उसने एक चीज और देखी, एक अन्तर्धारा, प्रतियोगिता की, प्रतिस्पर्धा की एक अन्तर्धारा जो इस सबके नीचे-नीचे बहती थी। कौन कितनी आलीशान गाड़ी चलाता है, से लेकर हर छोटी-मोटी चीज का हर मौके पर हर सम्भव दिखावा करने से कोई नहीं चूकता, असह्य जान पड़ा जयन्ती को, यह सब, असह्य, उबाऊ खंडित, विभक्त, आरम्भ में।

फिर धीरे-धीरे इन्हीं पार्टियों में जाते-जाते जयन्ती को इनका अभ्यास होने लगा। हालाँकि कथा ने यथाशक्ति जयन्ती को इन पार्टियों से दूर खींचा पर उसे इन सबकी आदत होने लगी। और धीरे-धीरे वह इनकी पक्की अभ्यस्त हो गयी। उसे पता भी नहीं चला कि कब किस दिन कोहनूर की चमक उसकी आँखों से फिसलकर हमेशा के लिए उससे दूर चली गयी। अपनी निजी तरक्की के सपने देखने में व्यस्त उसकी आँखों को पता भी नहीं चला।

तीन महीने कब के गुजर गये। प्रोजेक्ट समाप्त हुआ और कम्पनी ने जयन्ती महापात्र को स्थायी नौकरी का प्रस्ताव दिया, जिसे जयन्ती ने अविलम्ब स्वीकार कर लिया। वादे के मुताबिक तीन महीने बाद जयन्ती घर नहीं लौटी। फोन पर उसने अपने माँ-बाप से कहा कि अब वह थैंक्स गिविंग नामक एक त्यौहार की छुट्टी पर भारत आएगी, यों भी अभी गर्मियों का मौसम है। जयन्ती अब पूर्णतः

अपनी निजी जिन्दगी में वापस लौट गयी है। अब वह पहले से भी ज्यादा मौकापरस्त, सफल बिजनेस असोसिएट है। अब वह इस कथा की नायिका नहीं रही।

नायिकाविहीन कथा अब एकदम एकाकी है। और एकाकी ही कथा उन गलियों में चली गयी है जहाँ से किसी समय कोहनूर को उठाकर लाया गया था। किसी जिद्दी बच्चे के फितूर की तरह निपट अकेली कथा सुनसान सड़कों पर भटक रही है। कथा को ये उम्मीद है कि कोई बाउल गायक मिल जाएगा जो गाकर उसे लोगों को सुनाएगा। कथा को उम्मीद है कि कोहनूर की चमक की तरह वह लोगों की आँखों में बस जाएगी। कथा को उम्मीद है कि कथाकार के अभाव में वह लोककथा बन जाएगी।

❑❑❑

णाणं
पयासयं

वीर नि.सं.
2470

ई.सन्
1944

भारतीय ज्ञानपीठ